于闐太子

莫高窟密碼及西域的前世今生

周遠馨——著

于闐國王李聖天和曹皇后供養像，莫高窟第九十八窟。

曹延祿姬（于闐公主）供養像，莫高窟第六一窟。

敦煌節度使曹元忠供養像，莫高窟第十二窟。

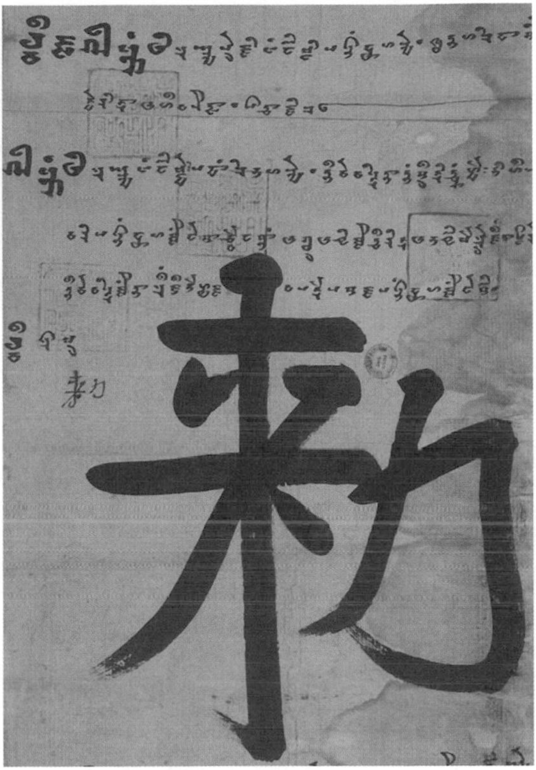

右圖：于闐國王尉遲輸羅致沙洲節度使曹元忠書，現藏法國國家圖書館。

左圖：于闐太子大師尉遲殊羅供養彩繪木塔，現藏甘肅省博物館。

序

周遠馨

「于闐太子」敘述的是尉遲輸羅在公元十世紀（五代十國至北宋初年），短短四十二年在敦煌和西域的生平故事；在整體架構上屬於透過大歷史的宏觀，對應今日實境，嘗試找到有關西域歷史謎疑的出口。

公元一〇〇六年前後，經過一番慘烈的刀兵火劫，喀喇汗王朝大汗玉素甫．卡迪爾成為于闐地區第一位伊斯蘭教統治者，立國千年的于闐佛國在世界舞臺上正式謝幕，帶走了曾經的輝煌。

對於宋朝而言，于闐傾舉國之力，毀城隕難，多年抵抗外來勢力入侵西域，使宋朝免於東西夾攻的危難，得以在遼、金、西夏之間多年拉鋸征戰，存活了三百年之久（公元九六〇至一二七九年）。于闐悲壯的貢獻，宋朝無以償還。而宋朝因此失去對西域的影響力，成為歷朝中版圖最小，外交實力最弱的朝代。

這場冰與火的宗教戰爭，不存在對錯善惡，雙方都有偉大和高尚的理想，為了追求最崇高的目標，不妥協退讓，最終付出生命和存亡的代價。

于闐人從西域消失後，以另外一種形式生存活著，維吾爾民族和文化成為今日新疆多樣又迷離的色彩。千年佛國告別西域後，以虔誠的穆斯林信徒延續他們在精神世界的探索和寄託。

這也是個文化衝突，出現在世界文明的十字路口上，值得令人深思。我也相信即使在二十一世紀的今天，類似的衝突以不同的方式持續地出現在我們身邊。

戰爭的結果多半是勝利者擁有更大的話語權訴說他們的故事，而我今日何其有幸，從另一個視角，為滅亡的一方，訴說于闐的傳奇。

民族的延續和遷徙往往超越邊界、宗教和文化，有些人應該被不同的國家和歷史源流共同記住，于闐人和尉遲輸羅應該是這段歷史不該被遺忘的脊梁骨。

漢唐西域三十六國，即今日新疆。二〇一七年，我在新疆庫車附近參觀克孜爾千佛洞，解說員是個美麗的維吾爾族姑娘，用生澀的漢語背誦壁畫的基本信息。平心而論，讓一個未受歷史和美術專業訓練，信仰伊斯蘭教的孩子，來導覽一個她內心沒有共鳴的古代佛教遺產，難盡人意。庫車一帶是古西域佛國龜茲所在，高僧鳩摩羅什（公元三四四至四一三年）的家鄉；而今天的庫車，荒廢的佛寺遺址，被藍白相間的圓頂尖塔清真寺包圍。曾為漢唐佛教傳播中心的西域，到底經歷了什麼？

無人能確切的理清這來龍去脈，畢竟，曾經住在這塊土地上的民族和文化已在歷史的大洪流中被融化沖散。風沙吹掠過了一千多年，已消失的拜火教、摩尼教文化，梵文、佉盧文這些死亡的文字，回鶻、西夏、契丹這些同化的民族，對於今日的人們儼然不這麼重要。該如何找回歷史原型？我毫無線索，這應該是屬於歷史學家的任務。

多年前往返於絲綢之路，敦煌莫高窟裡壯麗絢爛的壁畫深深震撼我心，千年前的精神世界令人神往，我開始對畫中人物和供養這些佛窟的人產生好奇，在無垠的戈壁沙漠裡，支撐如此堅定又富足的心靈生活是什麼力量？

開啟我追踪之旅的，是一份珍藏在法國國家圖書館裡的敦煌土地訴訟文書，案子發生在公元九五四年。這是一九〇〇年在莫高窟藏經洞裡發現的五萬多件敦煌遺書之一，原告是一名叫阿龍的少婦，案卷中記載著她喪夫喪子的痛楚，奮力從小叔子索進君手中奪回土地的頑強，她留在案卷上的右手中指紅印依然清晰可辨，審案的節度使曹元忠也留下他親筆的判決。

案卷中古老的生活細節，阿龍訴說的聲音，栩栩如生，在我腦海裡變得鮮活真實。

為了想認識阿龍和敦煌曾經獨有的生活百態，我從洛杉磯來到敦煌，住在鳴沙山腳下，日日望著太陽從黃澄澄的沙丘邊升起又落下。初冬早晨，頂著如毛絨般的白雪，徒步至敦煌圖書館和博物館，沉浸在浩瀚的史料經卷裡，讀書讀到摸黑回家。

在數不清的地方誌、文史書稿裡，「于闐太子」像是沙漠夜空中的星星，閃爍著寶石般的光芒，不斷地向我召喚。隔着千年浩瀚的時空，我神奇地踩入他的足印，跟隨著他走進西域佛國的世界。在他成長的敦煌，遍地留下他的氣息：在榆林窟第三十一窟，留下了于闐太子為父皇李聖天所建的感恩窟，藏經洞有他抄寫完整的于闐文《佛本生贊》，有他供養的佛木塔（現存於甘肅博物館），還有他親筆寫給舅舅的捷報（現存法國國家圖書館），歸義軍和酒帳油帳，寺院獻物帳，侍婢祐定向于闐皇后申請造窟的物資，陰小娘子宴請曹皇后的記錄等等。這些看似平淡無奇的流水帳，是既熟悉又陌生的文化密碼，吸引著我抽絲剝繭，解碼破密，從模糊的影子慢慢勾畫出于闐太子的模樣。

這些被解碼的細枝末節成了推動歷史前進的燃料，也成為我與于闐太子進一步認識的催化劑，為我們的共鳴注入了溫度和光芒。

我們永遠無法全部知曉歷史長河發生過甚麼，但是這些被遺忘千年的末端細節，微不足道的插曲，竟是鮮為人知，影響深遠的宗教戰爭和地域霸權更替的序曲，引發了西域主權的爭奪戰，勾勒出今日絲路版圖的底稿。

這部小說的誕生是一連串的偶然發現，零散四海八方的拼圖一一被挖掘，循著一個神祕的規律，拼湊出一幅超越自己想像的大圖案。

歷史並不是一人一時，或者一朝一世的孤立事件，而是有它的內在規律和聯繫性，需要大視野才能看明白。（黃仁宇）

黃仁宇教授所著的《萬曆十五年》對我的歷史觀有極其深遠的影響：「歷史的規律性……需要在長時間內大開眼界，才看的出來。」

在課堂上學歷史，不僅單一平面，往往是從本位立場出發。而旅行探索，為平面歷史提供了不同的維度和角度，更能讓我們到這些曾經的荒蠻之地，從外往內看，從西向東眺，目光從遠而拉近。

絲綢之路東西縱橫，我四度穿越河西走廊，三入新疆，最遠抵中亞。第一次的感覺像回家，接下來每一次的造訪，自己的情感似乎已穿越了時空限制，越來越濃郁，越來越真實。往來於白骨遍地的古戰場，聆聽戰鼓雷鳴，在斷壁殘垣的佛寺遺跡透視朝聖者的虔誠，在敦煌巷弄裡嚐一口自唐代流傳至今的胡楊鹼麵，這些體驗為平面的歷史添增了不同的維度，讓我能夠從大歷史的角度宏觀，來寫小歷史切片的精彩。

于闐古國在今日新疆和田一帶。如今是個地處崑崙山下，塔克拉瑪干沙漠邊緣，以和闐玉聞名的綠洲小城。于闐文物，幾乎是好萊塢電影《法櫃騎兵》的原型。從十九世紀開始，于闐寺院的壁畫佛像等文物從沙漠中被法國，英國，德國，瑞典、俄國、日本和美國的考古探險家一一掘出，包括丹丹烏里克古城，尼雅古城，讓世人一窺于闐美人的神祕面紗。于闐文物流落世界各地，留在新疆的僅是一堆無限落寞的夯土，和癡人如我對于闐的懷念。

于闐人、回鶻人、粟特人和喀喇汗民族都已在民族巨流中被同化，而于闐和回鶻的後代，成了今日新疆維吾爾人的主族源。粟特人即是史載的「胡人」，在絲綢之路叱詫風雲千年。華人中姓「昭武九姓」的後裔，大半是粟特後裔，中原歷史最有名的粟特人即是撼動唐朝江山的安祿山。

二〇一九年，我來到位於中亞的烏茲別克斯坦國，追探「胡人的故鄉」。粟特文化早已煙飛湮散，他們的故鄉撒馬爾罕，經過穆斯林文化的洗禮，仍屹立不搖。親睹李白詩中「落花踏盡遊何處，笑入胡姬酒肆中」風情萬種的胡姬，從撒馬爾罕王的寶座上瞭望東方王朝，我看到不一樣的風景，這個視角成為這部創作重要的元素之一。

史書中的粟特人頭腦靈活、說話帶蜜、追逐財富，而旅途中認識的粟特後裔卻顯得質樸端莊，溫良樂天，對外國人靦腆又好奇，經濟仍處在開發階段，但良好的生活教養讓我留下深刻的印象。

在此次研旅中，有幸認識了敦煌研究院學者毛銘博士，為我的研學提供了珍貴的資料。毛博士留學英國，嫁給了烏茲別克斯坦人，是個十足的「胡化漢人」，她身材嬌小，卻有超級巨星的氣場，一路上，當地人和歐洲遊客紛紛要求與之合影。認識毛博士也是一種偶然和必然的結合，在「從外觀內」與「由西望東」跳脫出傳統的大漢中原本位，我們有一致的視角。她對這個小眾題材的專業意見和支持，為我在創作過程中起了莫大的激勵作用。

在長達七年的歷史研究過程中，所參考的文獻書籍之多之雜之廣，感謝所有在敦煌遺書上默默付出的中外學者和前輩們，他們的作品收錄在參考書目中。

同一年，我從洛杉磯移居上海，以便專心致力創作，在美國好友予以無私付出和支持：小瑜三十年來從不懈督促提醒我寫作，做我最堅強的後盾；Tina 和 Jennifer 為我處理在加州各種大小雜事，上海有萬能的惠君師姐照顧我支持我，讓我隱居海外能無後顧之憂全力以赴。還有許許多多的祝福，尤其是亦師亦友的作家吳鈞堯老師，全球華文文學星雲獎對這部作品的肯定和支持，心中除了感恩還是感恩！

完稿於庚子年全球抗疫之際臺灣淡海邊

目錄

第一章　于闐太子東行

後晉，西域。

離敦煌[1]約四百里的戈壁灘，寸草不生，砂石遍地，風舞沙鳴。駝鈴悠悠，一支陣容龐大的使團隊伍，三個月前從于闐國啟程，由西往東北緩緩推進，為單調荒涼，人煙罕至的絲綢之路上，帶來短暫的生機。

二十五輛馬車駱駝滿載珍品物資，飄有「李」字旌旗的護衛隊開道引路，左右各二十五名的護衛軍分為兩列，戴著防沙面罩，步伐整齊，覆面侍女四名圍繞著一大輪高欄、圓拱頂蓋的馬車，精緻的雕畫掩蓋於層層黃沙之下。

一小男孩兒騎馬與車並行，身著寶藍胡服騎裝，手腳扎束緊實，在戈壁灘曝晒一段時間，白皙皮膚灼熱發紅，嘴唇乾裂，挺直的坐姿已逐漸隨著馬步前後搖晃鬆散，瞇眼避開烈日風沙，強忍著酸痛麻一聲不吭。

緊跟著男孩兒旁邊的，是于闐使團總領常繼榮將軍，頭戴盔甲，長期馳騁大漠草原，粗曠皮膚如灑上一層紅銅，雙肩厚實如鼎，虬髯密而厚實，看來比實際年齡多了幾歲。

常將軍負責護送于闐皇后和太子，千里迢迢越過大漠遠赴沙洲，利用機會實地教太子觀天星辨雲氣，沙漠求生練體力。

「太子殿下馬不停蹄騎半個時辰了，風沙越來越烈，待隊伍休息片刻，請太子回車。」常繼榮半勸半命道。

太子輕抿龜裂嘴唇，接過後方騎兵遞上的水囊袋緩飲淺酌，乾嗓啞音，疲態盡露。將軍鼓勵一番，隨機訓練，「太子，前方黃塵密布，可能在瞬間刮起沙塵暴，輕忽不得。」

「太子，為了安全，還是聽將軍的吧！」馬車裡傳出皇后溫婉聲音。

太子兩腿僵直發麻，動彈不得，侍衛將他抱下，才知老師說的有理。

四面群山環抱，道路險要，沙盜肆虐，沿途慘不忍睹的人馬屍體，各種打劫滅口的跡象越來越密集，將軍對護衛隊下令，提高戒備，再過十幾里路，便是馬賊沙盜出入埋伏的峽谷地。

于闐位處絲綢之路南道樞紐，立國於崑崙山下得天獨厚的綠洲，紡織農業興盛，貿易發達。雖位處東西文化交匯地，國王尉遲僧烏波對漢文化情有獨鍾，繼任王位時並改名李天聖，不知唐已滅亡五年，仍以「唐之屬國」自居，與沙洲歸義軍聯姻，娶敦煌節度使曹議金之長女為后。兩人生了皇長子尉遲輸羅，漢名李從德，年屆六歲立太子，派遣皇后帶太子回敦煌學習漢文化，透過歸義軍維持于闐和中原王朝的關係。

珉瑜隨曹皇后從敦煌陪嫁到于闐國，既是從小一起長大的閨蜜，也是後宮的左右隨扈，更是異國他鄉陪伴在側的知音。離鄉七年，衣錦榮歸，心裡雀躍生喜。

孩子進馬車，揭下面罩，乾咳氣促，迫不及待問道，「母后，看到我騎馬了嗎？」

太子苦苦哀求隨同將軍一起體驗軍隊出征的實況，沒想到體弱力虛的孩子，竟能在戈壁荒灘撐過半個時辰。

「嗯，有進步，戈壁騎行，日晒風沙，看你滿臉跟個花貓似的……」皇后撥開青紗面罩，溫婉說道。

「您看，我吃了好多沙……」太子調皮的伸伸舌頭，「這比在教練場上更好玩兒呢。」

珉瑜遞上潤濕的手絹，拭擦太子的花臉，馬車猛然煞住，傳來一陣急促馬蹄聲，珉瑜繫上面紗，從窗口探頭一查究竟。

將軍策馬來回，嘀嗒蹄聲透著警報的訊息。他朝不遠處的峽谷灣處眺望，沙煙消漫，峽谷兩旁峻岩陡壁，是最佳突襲藏身之處。

將軍下令戒備前方埋伏，大聲呵斥埋伏出面之時，一隻利劍咻地從山崖樹叢射出，朝著緩緩移動中的轎兵衝去，正中轎兵右肩胛骨，轎兵頓時隨劍翻轉落地，前面雙驥受到驚嚇，瞬間揚蹄逃竄，驅向來時戈壁灘的路途狂奔而去。

兩名護衛緊追在後，卻驅使了馬車加速，眼見馬車失控的左右猛烈搖晃，彷彿車輪即將解體脫落，皇后和珉瑜以身左右護太子。

不知何時，追車的騎兵身後竄出一匹黑馬，如一陣疾風呼嘯而過，黑馬加速與車轎平行的霎那，車轅鬆弛搖動，馬車開始轟轟地震顫傾斜，車內環堆一團的三人被猛烈地分散，太子被拋甩至窗口，見一匹黑馬和騎士，蹬腿前撲，如閃電般翻躍上離他最近的馬背上，上身掛在馬背，手扶馬肚，找到了韁繩後坐穩拉緊，控制住了速度，方使瀕臨翻顛的馬車減速穩定下來。

皇后和珉瑜驚魂未定，太子卻被這黑馬騎士的瞬間縱躍制馬，看得目瞪口呆。

密密麻麻的土谷渾騎兵從四面八方竄出，將使團層層包圍，此刻護衛隊亮出了于闐國王的旗號。身經百戰的將軍面對一群如狼似虎的土谷渾沙盜，面不改色，心中有底：沙盜要的是錢財，他的任務是保障皇后太子安全，寡不敵眾，應避免正面衝突。

沙盜頭目，長髮及肩，額繫紅巾，圓臉方耳，虎視眈眈的領在前排，看上一長串豐碩的行李車隊，原想大幹一場，可免冬天的飢荒，沒想到研判失誤，將于闐使團誤當豪華商隊。

頭目有自知之明，識時務者為俊傑，當即抱拳作揖，揮手示意讓身後的兵馬退下。

馬車已在兩名騎兵和黑馬騎士的引領下，往峽谷方向駛回，停在岩壁下。將軍策馬上前確認皇后太子安然無恙，見敵收兵。

土谷渾首領從馬上躍下到馬車前，對著馬轎內皇后，右手撫胸行游牧民族彎身禮，「在下慕容桑度，在此向皇后娘娘請安！」

皇后和太子從馬車裡向外望去，見一魁梧大漢，和為他們解圍的黑馬騎士，穿著打扮如游牧民族，長髮飄逸，卻是個臉龐清秀的少年郎，約莫十三四歲，身姿挺拔，自信矯健，劍眉下一雙沉靜冷酷的雙眸，卻透著一股超越年齡的滄桑感，從側面近觀，左下顎有一吋傷疤。

珉瑜下車，「多虧這位少俠，皇后和太子才平安無事。」

慕容桑度感慨萬千道，「自土谷渾遭吐蕃侵略，被驅離家園，流散四方，今依附在契丹之下，附落猶存。部分族人隨我在此屯聚自保，連續乾旱兩年，草糧欠缺，牲畜無存，有冒犯皇后之處，懇請見諒。」

皇后敦厚勉勵，「少俠奮不顧身，救駕有功，當予以賞賜。」將軍下令，從物資箱中挑出兩箱珍品財寶，送給化敵為友的慕容部族。

太子取下頸項掛的一塊鑲金半透明呈油脂光澤的玉佩，交予黑馬少年，「這是崑崙山流下的聖水中淘的。」

少年靦腆拙口，略顯猶豫，心中忐忑有愧。

「少俠，你就收下太子的美意吧！不打不相識，這也是你們的緣分啊！」將軍渾厚的聲音透著善意和鼓勵。

慕容桑度赧笑，「君兒是草原孩子，未見世面，讓將軍見笑了。」

少年朝慕容桑度大汗望去，得到首肯，便屈身行禮。

「君兒小英雄，這是于闐國最負盛名的羊凝脂玉，開過光可避邪集氣。」珉瑜笑道。

孩子四目交集，眼中微露笑意，若似熟悉，卻又新鮮動人。

慕容大汗和將軍商量，趁天色尚早，護送使團出峽谷，循密徑在水灘旁夜宿。慕容桑度對副將指揮手勢，高崖邊上待命的族人，陸續前進會合。土谷渾部隊的一名士兵，對少年傳達任務，「君兒，我們在前面集合開路，你和鹿兒小隊護送隨使團，保障安全。」

土谷渾的馬匹膘肥體壯，豐臀圓腹，將軍和大汗一面並驥騎馬，一面笑談，不知說了什麼，二人同時放聲大笑，說不盡地灑脫。

沿途數十里，土谷渾部族百來人馬，前有崗哨開路，後有悍騎壓陣，馬蹄震震迴響在峭壁通天的峽谷，走出遮蔭之處，穿過一片胡楊林，黃綠相疊的葉子延伸到天際，有樹的附近就是水源。

黑馬少年與馬車平行而行，太子對黑馬少年帥氣利落，自信豪邁的騎術仰慕不已，透過馬車的窗口，視線鎖定在黑馬少年的一舉一動。少年從眼角餘光，感受到車窗裡投射出的眼神，兩人雖然沒有交談，卻默契十足的透過馬的一動一靜交流著。

訥口少言的少年，在馬背上敏捷膽大，充滿自信，時而快速，時而停止，在馬背上做出各種射箭動作，一會兒雙手舉弓跪於馬背風馳電掣前進，一會兒和他兄弟玩耍競技，馬肚藏身，猛地飛騎而過撿起沙地上繩子。

「太子殿下，土谷渾孩子是黏在馬屁股上長大的，先會騎馬才學走路，我們在馬上生活一輩子，死在馬上就是有福氣。」談起馬兒，慕容桑度神色驕矜，粗豪笑吟。

黑馬少年表演了最拿手的騎術，四馬並排奔騰，人在馬鞍上來回跳躍旋轉，最後左手扶鞍，右手高揚，全身懸空側立，任馬奔馳，衣襟隨風飄揚。

太陽西下，從遼闊的戈壁灘緩緩沉墜，金色彩光反射在太子的臉上，崇拜的目光定格在他的英雄身上，神往那人馬合一的世界。

夜幕低垂，前哨兵引領隊伍到水源，安營扎寨，起灶炊煮。

皇后入營帳，摘下帽帳，臉頰一層薄灰，清洗過後，輕嘆舒口氣，斜靠在高堆的毛毯上閉目養神，緩解一路顛簸的疲勞。淨素的臉龐，五官立體精緻，秀聳的鼻樑配上細長微翹的鳳眼，融合了粟特父親和漢族母親的優勢，儘管倦容乍現，卻遮掩不住亮透如膏脂的皮膚，黑白分明眼珠動人明亮，輕輕的用羊脂抿潤乾燥欲裂的雙唇，彷彿擦了硃砂唇膏一般的艷麗。

大帳外，篝火中的枯枝爆開，飛起點點火星。少年手提一隻野兔，從水窪旁的草叢中走來，太子活脫像個小跟班似的，隨著君兒忙這忙哪兒，串肉條，烤火，蹲在炭火旁，雙手撐著下巴，垂涎欲滴地盯著君兒嫻熟地翻烤著，他們的臉上泛著健康的紅潤色，不知是炭火還是他們的興奮。君兒用刀劃下一塊香噴噴，表皮酥脆的肉，送進太子口中。

太子將口中一大塊肉，咬成兩塊，示意君兒彎腰，將大塊肉餵進哥哥口中，他笑眼瞇成縫的看著他大口咀嚼時，兩頰凹進去形成的梨窩，君兒笑看太子不顧自己滿嘴油漬漬的，和他比賽吃肉，「輸的人是狗崽子！」。

君兒早熟沉靜的個性，和太子玩耍時，流露出孩子般的純真，兩人撕食烤肉，你敲我一下頭，我瞪你一臉調皮，其樂融融，咯咯呵笑。

禁不住太子撒嬌哀求，皇后同意讓君兒留在太子帳裡陪他過夜。太子帳裡，兩個孩子比手劃腳，嘰嘰喳喳說著聽起來不足為奇卻又珍貴的小祕密。

「君兒哥哥，你怎麼練成單手在馬上支撐的？」太子眼中閃爍好奇。

「從小在馬背上玩，就這麼玩出來的招數……後來摔下來，把下巴給磕傷了，好久不能吃東西，不能說話，只能喝羊奶，你看！」君兒側過臉，露出他左頷下的疤痕，兩人一陣呵呵，藉著燭光玩手影遊戲，而貼身侍女祐定卻撐不住，點頭如搗蒜的在帳口打起瞌睡。

使團在營裡休整一天，換馬蹄，修轅補輪，養傷兵，磨兵器，盤點什物，一切就緒，終須上路。

清晨，太子睡眼惺忪的打開帳幕，君兒哥哥牽著他的黑馬，靜靜地候在帳口。

「我這匹馬，送給太子，」君兒把握在手上的韁繩交給尚在迷糊中的太子，「他叫黑風，是我接生的第一匹馬，以後伴著你，牠教你騎馬，你一定會騎的比我好。」

慕容桑度等人分別向皇后，將軍拜別，太子這才意識到分離的時候，眉心緊皺，神色黯然的上了馬車，從窗裡探頭，抬頭一瞬間，雙眼通紅，不捨不忍。

太子回望頻頻，馬車走遠後，姍姍向君兒揮手。

黑馬少年欲言又止，幼時的慾望隨著草原上日日的磨練失去了光澤，心中湧上跟著馬車往敦煌的衝動，雙腳卻如被釘在戈壁灘上，馬車走遠，黃塵消漫，才舉起手道別。

1 敦煌又名沙洲。歸義軍管轄沙洲和瓜洲，行政中心在敦煌。

第二章　紅辣子姐姐

燥風撩起山上層層黃沙，如霧漫天，好像一排波浪，陽光鍍上一片金黃，閃閃發光，瞬間沙丘像魚鱗、像蜂窩、像羽毛，變幻莫測。大風巨響，風停沙靜之時，整個山體奏發出絲竹管弦之音，如閃雷般的轟鳴。

鑲著「曹」的五彩旌旗在風中飄揚，敦煌節度使曹元忠派特使在城外十里處迎接于闐國皇后使團。

沙洲，果然名不虛傳，飛沙之鄉，綠水之洲。從遠處眺望鳴沙山，連綿山丘，如一條蛟龍，蜿蜒曲折，攀附在地平線上。翻越過黃沙的洗禮，跨入蔥蔥綠洲，竟是天壤之別，祁連山下融化的冰川雪水，流經敦煌，在荒蕪人煙的戈壁灘，生出得天獨厚的綠洲。

敦煌的人，不是籌備遠行，便是異域歸來。

戈壁灘走出的商隊都要在此停留整休，在市集裡賣掉一部分他們冒著生命帶來的商品，繼續前進到長安，換取貴如金的絲綢瓷器，帶回中亞，傳入歐洲。來自中原和西域的使臣，相訪結盟；傳揚信仰的僧侶，相繼不絕。

輸羅太子探頭觀賞五花八門的街景，色彩斑斕的絲綢布料，氣味撲鼻的香料蔬果，來自四方的人在此大筆賺錢消費，深目高鼻的粟特商人，棕膚剃頂的印度僧侶，黃髮碧眼的大秦[1]貴族，威風八面的士兵，妖嬈嫵媚的西域舞孃，和來自中原各地形形色色的士農工商，市集裡人聲鼎沸，粟特語、漢語、波斯語、于闐語、天竺語、突厥語、回鶻語、吐蕃語，交織成一片大千語海。

皇后揭下帽帳，換上面紗，從簾縫裡探視熱鬧的街景，對珉瑜道，「就這市集看來，變化很大，看來這幾年三哥治理敦煌更上一層樓。」

節度使王府是座漢式瓦頂建築，結合了西域式塢堡，外圍有高牆和墩台做防禦之用。于闐皇后和太子僕僕風塵來到王府，稍作歇息，準備更衣盛裝進府拜會。

太子梳洗完畢，頭戴鑲金絲的寶藍幞頭，淡藍色短衫，和西域風格的燈籠褲，百般無聊地等皇后裝束，溜躂出西院，走進一竹籬圍成的小院，內有數間茅草小屋，門前有歇坐喝茶的地方，周圍種滿各種奇異花卉，太子在棋盤上獨自玩了一會兒，悠悠晃晃的逛著園子，在瘦高磷峋的奇石中恍神了，近處傳來一絲微弱的喵喵叫聲，往小山下面的石窟和花叢裡瞧，冷不防地，空中飛來一支巴掌大的樹皮，落在他肩膀上。

「這裡，這裡！」有個壓低的嗓音從高牆旁的大樹傳來。太子抬頭尋找聲音「小哥，在這兒！」一個白衣男孩向他招手。

「你是誰啊？」白衣男孩打量著太子，「這裡的小孩兒我都認識，怎麼沒看過你？」

「你在樹上幹啥呢？」太子瞇著眼避開從樹葉間篩過的陽光。

樹上男孩懷裡抱著的貓兒不安的蠕動著，「我的貓被狗追，逃到樹上，我爬上去救牠，被卡住了。」

「去後院找個梯子來，往左拐，不過不能讓他們知道我爬菩提樹，會挨罵的，知道嗎？」

「嗯，你別怕，我會救你和你的貓。」太子帶著侍女祐定和梯子，讓白衣孩和貓平安下樹。男孩白衫沾滿了樹渣，臉蛋左右幾撇黑灰，「以後你來找我玩兒。」做了個鬼臉，一溜煙的抱著貓咪往東院跑。

*

皇后高聳髮髻戴金鳳冠，身著翻領小袖，通身金絲紅袍，後裙曳地，腳穿平頭繡花鞋，笑盈盈的牽著太子的手，常將軍全副官服，身佩長劍，虎虎生威，步步生輝向大廳。

曹元忠和翟大娘子見皇后，難掩激動之情。曹元忠挺鼻樑深眼窩，膚白臉窄，下頷稍尖，沙漠酷日晒後不黑卻變紅，眉宇之間一股寬厚正氣。他篤信佛教，熱衷修建功德窟，頭戴硬直角青黑色幞頭，赤色襴袍腰繫金玉帶，帶上釘綴了一百三十七片牌飾，象徵皇公貴族的頂級身分。

節度使夫人翟氏，一彎月眉下眼睛笑意盈盈，說什麼話都很難得罪人。雙頰生的豐腴圓滿，她梳了個百花髮髻，額頭上綴花子，別出心裁的畫裙，結合了唐朝奢華開放和西域風格，珠光映鬢、彩錦繞身，露出頸項，下裙拖地三尺，華而不俗，奢而不誇。

于闐皇后的父親曹議金，結束了河西走廊地方政權爭奪大位的腥風血雨，掌政沙瓜兩洲，為第一任節度使，兒子元德、元深、元忠先後繼位節度使。

「大姐，時光飛逝，這一別就是七年啊！」曹元忠感慨道，「當初妳嫁到于闐國，還是個不經世事的郡主，這一轉眼都是太子和公主的母后啦！」

曹皇后從小在生母朱氏的漢文化教導下成長，感情深厚。太子從容自然的向舅舅和舅娘行大禮。

曹元忠笑讚，「你父皇繼位前，在敦煌停留甚久，我們還一起讀過私塾，一起習武。」

翟大娘子圓潤面善，「孩子，來舅娘這兒，你看這眉清目秀，沒想到孩子的漢語說的如此流利。」翟大娘讓太子坐在她身旁。

「這一別，沒想到連阿爹和哥哥最後一面都沒見到。」皇后用絲帕擦拭眼角，自嫁到于闐國後，大哥巡兵時墜馬而亡；父親、二哥相繼病世。

門口傳來一陣歡聲高嗓，「三叔，三嬸，我來了！」一女孩飛奔入大廳，翟大娘子淡笑道，「正在說妳呢！」心中卻不悅：早上交代過的事，怎麼沒放在心上，在皇后面前就饒了她這一次吧！

皇后的目光朝女孩望去，有著說不出的似曾相識；太子目不轉睛，瞅著剛才樹上救貓的孩子，幞頭褪去，梳了兩個渦旋髮髻，一身灰濛衫燈籠褲換成了桃色裙衫翠綠腰帶，灰頭土臉清理的透亮泛紅，明眸靈動，原來是個姑娘，他心中一動，收回嘴邊的笑痕！

小姑娘言行機敏，一顆提著的心落了地，躬身向曹元忠、翟大娘子行禮，「我去救貓咪了！」

「你們只管叫她紅辣子便是！」翟大娘子嘖嘖笑道。

「紅辣子？」太子抿嘴低笑，皇后含笑盯著她。

「平日盡穿男孩子衣裳，和兄弟們一起打鬧，今天是第一次見大姑姑，才換上女兒裝，是姑姑面子大唄！」翟大娘子笑吟吟瞅著小姑娘道，「其餘地你們日後便見分曉。」

小姑娘輕巧的移游到皇后面前深躬行禮，「小殊見過姑姑，終於等到姑姑，一路辛苦了！」

皇后含笑打量這嬌憨可人，聲音著蜜的小姑娘，說不出的熟悉感，是她說話的語調，忽靈忽靈的小眼神，還是在人前的大方自信？

「二哥這一房，就這一個女兒文殊，」曹元忠輕嘆道，「臨終前託孤於我，二哥交代，二嫂還年輕，讓二嫂回瓜州都府，或隨她意願再嫁！」

曹皇后口中輕念，「曹文殊，嗯，人如其名，英氣俊麗。」

「小殊一直住在府裡，我們搬進府裡，她住的廂房也一直都沒變動。」翟大娘子利用機會，把家裡的事交代清楚，接下去無奈聲道，「只是，不到半年，二嫂便與甘州回鶻結親。」

皇后明白，出使回鶻就是擔任和親聯盟，做回鶻可汗的可敦。

「回鶻在草原上霸權數百年，葛勒可汗也把自己的女兒毗伽公主嫁與敦煌，之後唐代便有六位和親公主和親回鶻，回鶻對中朝稱臣，功不可沒啊！」

「三叔，要是我想我阿娘了，是不是可以去看她？」小殊探問道。

大人們一臉沉默，政治聯姻和骨肉親情牽上關係，往往是說不清的。

皇后感同身受，嫁到于闐不也是聯姻結盟？她想起留在于闐的小女兒從蓮，憐惜地握起小殊的手。翟大娘子笑道，「都說外甥似舅侄女像姑，小殊和妳幼時，幾乎是一個模子刻出來的，是不？」

皇后含笑凝視小殊，眼裡慢慢盈出暖意，「我離開敦煌時，小殊剛出生，這樣算來，是年長太子兩歲咯！」

坐在大娘子下首的太子，抿嘴憋笑，和小殊正式見面，稱紅辣子姐姐。

禮席中間的長桌上，男女分坐，桌上擺滿了沙洲特色胡餅、蒸餅、饊子、餢飳，都是皇后思念的家鄉美食。面前一盤疊如塔型的餢飳，熱呼呼油炸香味撲鼻，油溫特鮮，皇后賞了一盤給珉瑜。

饊子是油炸的麵食，用糯粉和麵，撒上點鹽，再用手捏成圓環之形，油煎食之，成串的圈在長棍上，太子嚐了一口，便吃的停不下來。

皇后笑道，「我們在于闐也嘗試做過，味道和老家的還是差一點兒。」

「還可以沾著蜜汁吃！」小殊脆鈴般聲音。

「哦，是嗎？我以前也是喜歡沾花蜜吃，」皇后聽了笑顏滿面，轉身和小殊大談吃饊子，「可是容易上火，妳奶奶還規定我們一次不能超過兩塊，我和奶娘溜到廚房，自己揉出特大的圈圈，吃到嘴角都起泡兒呢！」

小殊咯咯笑道，「姑姑，以後我們也做一個特大的饊子，就掛在脖子上轉著吃。」坐在身旁的太子，鈍了一秒鐘，腦海出現起這饊子圍脖的情景，跟著瞇眼吱笑，心裡立刻喜歡上這小姐姐。

跨過厚重堅固的大門，塢堡宅院，感覺到新堆砌的土牆澄澄如金，還透著泥土混合來自地下水的鮮味，皇后閉目，輕輕吸了一口空氣中瀰漫的家鄉味。

于闐太子宅暖房慶典，辦了一場齋會，連續了七天，接待來自河西各地的皇族官員。宅子裡十二個小院像個迷宮，筒都開圓拱門透著強烈的西域風格，賓客觀賞花園裡的奇花異草，坐在大方桌喝茶下棋。

宅外搭起帷帳，皇后親自帶領為老百姓施粥布飯。「太子從小在宮裡錦衣玉食，我讓他體驗眾生生活，將來才能愛民，體民之苦，宮裡優沃舒適中，如何治理好國家呢？」皇后溫婉嫻熟自帶威容。

＊

紫藤，攀緣纏繞著大院牆壁的支架，迫不及待的從花苞裡竄出淡紫色的花芯，將單調的土牆綴成一片淡紫星幕。坐落在東西院中間花園裡的草亭裡，傳出先生陰陽頓挫，朗朗口誦聲：

桃之夭夭，灼灼其華。之子于歸，宜其室家。
桃之夭夭，有蕡其實。之子于歸，宜其家室。

「夭夭就是花朵盛開，很美麗的樣子。」不苟言笑的先生解說，「之子，就是這個姑娘，于歸，要出嫁了。」

太子是課堂裡唯一的學生，分不清「室家」和「家室」，眉間微皺，吃力地跟著一句句重複。

翟大娘子和皇后說了些無關痛癢的話，「我把大管家薛嬤嬤給帶來了，還有幾個靠得住的，幫忙妳打理一段時間，不過，得先說好，等太子宅上了軌道，我可得把薛嬤嬤要回來喲！」翟大娘子一臉精明，帶來了好消息：物色了三四個伴當，包括她的長子曹延祿，組成太子學舍，陪太子讀書。皇后開口向翟大娘子要小殊留在太子宅陪伴，對當家的大娘子而言，少一個本家千金，也就少一件麻煩，樂的借花獻佛，做個順水人情。

*

三界寺檀香裊裊，梵音繚繞，皇后素衣雅容，輕步慢行，唯恐打破這美好的靜謐。她在天皇殿向彌勒佛和四大天皇上香頂禮，為于闐國祈福。她為太子的啟蒙先生親自敦請，一表誠意。

于闐高僧提雲般若，十年前赴中原傳法，卻逢中原南分北裂，諸侯割據，外族虎視眈眈，不得不從汴梁返回，延著河西走廊一路講經說法，留在佛法興盛的敦煌。三界寺不是香火最盛的佛寺，正因香火不旺，提雲選擇在這個綠洲邊緣上的小寺潛心修行，傳譯佛經。提雲出身于闐貴族之家，五歲入佛門，和國王在寺院裡修行，同窗一載，朝夕相處，兄弟相稱，感情甚堅。

若水草亭三面布滿細直竹子，如同一道綠幕，阻隔了熱風襲來，也為學塾提供了隱蔽空間，小鳥在竹葉上歇息，陽光從竹林和草亭中的渠道中灑下，亭內明亮十足，陰涼清爽。

太子和三個伴讀男孩兒們在課桌椅間互相嬉鬧，侍女祐定在亭外候著，引頸張望院外的動靜，在先生到達之前，任孩子隨意玩一會兒。

孩子中個頭較大的子炎，笑瞅著面貌清秀文殊道，「妳明明是女孩兒，怎麼老打扮成男孩兒樣兒，妳看我妹妹不是挺好看？」手指著一邊甜美安靜的小女孩子璇道。

「長安城裡，都流行女穿男裝，」曹文殊眉毛上揚，撇嘴譏諷道，「說你大頭，你還真傻咧！」孩子們哄堂大笑。

「來了，來了，」祐定閃進亭中，急聲急語，「快坐好，安靜安靜。」

怕被漢語先生叫起背誦的太子，依舊坐在邊上，這點小心思先生們都心知肚明，也都順著他演。高僧進草亭，頭頂幾乎碰到亭梁，他溫暖的目光緩緩掃視在座的五個孩子，孩子們被這身姿頎偉吸引住，「啊，是神仙下凡嗎？」小殊喃喃自語，仰視的眼神充滿了敬慕之情。

他抿起嘴來唇邊揚起一彎清雋的弧線，眼睛忽兒淺灰，忽兒淺藍，見酷似國王幼時的太子，兩人對視，先生淡淡的一笑，太子綻開笑顏，對以往嚴肅授課先生的心理抗拒，瞬間消失。

先生席地授課，拉近孩子們和先生的距離。祐定站在草亭門外，看似聽差，實際上卻不放過先生說的每一個字。

歷史課就從太子的名字「尉遲輸羅」說起。

「古早之前，傳說中于闐國王是毗沙門天王的後裔[2]，就是護法大神的後人。『尉遲』本不是姓氏，而是屬於鮮卑的部落名，在印歐語系裡的伊朗語支意為征服者，勝利者，最初的部落的頭銜，自第三代于闐王起，用於姓氏，尉遲家族統治于闐延續了九百多年。」

先生講于闐歷史，像說故事一樣，孩子們聽的津津有味，忘了腳腿的酸痛麻。

「先生，為什麼我曾爺爺的爺爺和中原皇朝這麼親呢？」太子認真又疑惑，「還把我送到沙洲來留學？」

對於皇室家族而言，歷史和家族史緊緊相關，環環相扣：「你的爺爺輩，尉遲勝繼承皇位後，到長安覲見唐玄宗李隆基，進獻于闐的特產名馬和美玉。唐玄宗將宗室的女兒嫁給他為妻，又冊封他為右威衛將軍。尉遲勝是個軍事天才，與安西節度使高仙芝擊敗侵擾安西四鎮的薩毗，立下大功。後來，唐朝發生安史之亂，尉遲勝率兵五千，千里迢迢赴中原平亂。當時于闐百姓十分擁戴這勤政愛民的國王，對他依依不捨，尉遲勝將親生女兒留在于闐，表示會回到于闐，並將國政交給弟弟尉遲曜代理。」

提雲先生抿了口茶，「尉遲勝獲朝廷晉升為驃騎大將軍，就是皇帝身邊的軍事參謀，他留在長安護衛唐肅宗的安全，並將皇位傳給弟弟尉遲曜。後來繼位的唐代宗，答應他們的要求，冊封弟弟尉遲曜為于闐王，加任他為開府儀同三司，封武都郡皇，給了很多賞賜。」

「尉遲勝大將軍不回于闐了嗎？」孩子等不及問道。

「尉遲曜遣使向唐德宗上奏，將王位退讓位於侄子尉遲銳。尉遲銳卻再三辭退，認為叔叔尉遲曜管理于闐國事多年，百姓生活安定，心悅誠服；而他久居長安，對于闐的情況不瞭解，不宜讓他擔任于闐王。尉遲勝兄弟間相互禪讓皇位，受到京師許多人的贊揚。」

小殊聽的入神，蹙眉思索，「先生，當年留在于闐的小公主去找她阿爹了麼？」遙距千里，血脈親情難斷，這位被留在于闐的公主，她是否和數百位和親公主一樣，為蒼生百姓無言奉獻了她們的命運，卻連一個名字，一尊畫像，一篇文章都沒有留下，最後消失在歷史的長河裡？

提雲沉默許久。

「先生，我在敦煌留學，將來回于闐還是留在中原？」輪羅打斷了先生，臉上一抹疑慮。

「太子是不是也可以和尉遲勝曾爺爺一樣，不要繼承皇位？」小殊讀懂輪羅的內心，眼裡瞅著太子，認真問道。

「每個人來到這個世上都要扮演屬於他的角色，完成他的任務，學習他的功課，如果沒有圓滿這些，來世還是要從頭再來一次的。」這番話也許對六歲的孩子而言，也許太抽象難理解。

休息時間，年紀最小的子璇繞到提雲身後，趴在提雲的背上，賴皮笑鬧著，「先生背我，先生背我！把我頂高高。」

太子從墊子上躍起，「不要碰我師父，他是我的！」三步並作兩步的跌進提雲的懷裡，小殊加入推擠之列，搶著坐在先生腿窩裡，擠不進來的便吊在先生的伸長的手臂，像是樹上掛滿了嘰嘰喳喳的小松鼠，草亭裡清脆如鈴的嘻笑聲、喘息、推著、黏著，課堂上沉重的歷史的包袱，拋諸腦後。

1 大秦是古代中國對羅馬帝國及近東地區的稱呼，羅馬為古絲綢之路的終點。
2 毗沙門天王，亦為多聞天王，佛教護法之大神，四天尊王之一。

第三章　王者的養成

經過九個凍霜季節，初春尚未完全逼走頑固的寒氣，嫩葉已悄悄的爬滿支架，一夜春露後，爆發翠綠一片，紫藤花串串低垂，太子宅成了沙漠中一片夢幻仙境。

一小兒郎昂首闊氣的從西廂房穿過花園朝東苑走去，身著白色對翻領襟窄袖袍，條紋小口褲和透空軟錦鞋，青藍色的頭幞，颯爽英姿，在置滿盆景的石柱下撿了兩個小石塊，來到東院的崑崙書堂外。

房外的槐樹上，射下石頭，對準窗戶投了塊，沒動靜，再射大一點的石子兒。

「是誰？」祐定抬腳向外衝出，來勢洶洶，「誰敢膽子這麼大，敢騷擾太子？」她瓊鼻小嘴，翹臀蜂腰，機靈聰明，有著少女沒有的女人味，特別是那雙水汪汪的杏眼，橫時既嚇人又勾人。

「嘿嘿！」紫藤樹半腰幹上垂掛著一只穿著白褲的腿，有節奏的搖晃著，另一只腿屈膝在樹幹上，「是我！祐定，給太子問安呢！」悅耳嘻笑聲道，「下課後去演武場練騎馬射箭。」

祐定見樹上的人兒，立刻屈身行禮，緩色緩聲，「郡主好！太子用午膳後說要打個盹，這會兒還在午休呢。」

「這懶蟲！我去叫醒他。」小殊郡主咻地從樹上跳了下來，走近書房。

「郡主，昨夜太子熬夜念書至深更，沒睡幾個時辰，四更不到便又起床打坐，連我都有點撐不住呢！」祐定見郡主沒有停下來的意思，想幫太子擋住，叉開話題，「郡主，上次我幫您抄寫的書法還可以吧！」

曹文殊挑眉一笑，抽出交叉在身後的雙手，指尖在祐定的頭額上一戳，「念妳平日幫我捉刀書法，我給妳個面子。」

祐定利用聽差的機會，隨孩子們上課，幫太子磨墨時也描描畫畫，竟然寫的有模有樣，小殊貪玩，常求著太子模仿她的筆跡抄書，忙不過來就請祐定幫忙寫作業。

在太子宅陪讀，一晃就是九年，古靈精怪的紅辣子已蛻變成十六七歲的姑娘，幼時豐潤的臉蛋已然展開了精緻立體的五官，皮膚白皙，長方大眼顧盼有神，鵝蛋素顏，兩頰暈紅，眉目之間隱然透著一股英氣，自信獨立帶點小霸氣，一顰一笑之間，神色自若有餘。

太子書房門額「崑崙書堂」，巍峨崑崙是中原文化精神的源頭，諸多美好事物的來源地，山的主體就在于闐，因之以崑崙命名。案頭上香爐灰燼尚在，昨夜焚香秉燭夜讀，肯定是累了。小殊躡手躡腳往椅榻貼近，輕喚「尉遲輸羅！起床啦！」未有反應。

她輕步走回書桌，取水澆了案頭的的菖蒲，這是去年她親自栽種的綠植，性喜陰濕，不見陽光，反而生長的更加英翠。

牆上太子親筆「色即是空」的書法筆力勁拔，他十歲時即在佛寺抄寫經文，還寫了「明心見性」送給三界寺，蒙師說治理國家不靠藝術天賦，以唐玄宗為鑑，多才多藝整日吟詩作樂反誤國事，對蒼生無益。先生自此停了太子的書法課，讓他加強騎射，儲備將來統御軍隊的能力。

小殊將書燈、詩筒和葵箋排列整齊。太子有潔癖，不喜他人碰私物，除了祐定，全太子宅裡只有小殊有這個特權和膽量。小殊雙手襯著下巴，眼盯著屋頂，數著梁柱，見紙上功課，是昨天課堂上新授的〈七發〉：「故曰：縱耳目之欲，恣肢體之安者，傷血脈之和。且夫出與入輦，命曰蹶痿之機；洞房清宮，命曰寒熱之媒；皓齒娥眉，命曰伐性之斧。」

先生解釋道，「山珍海味，穿金戴銀，沉浸在安逸的生活裡，就會損害血脈的和暢；出入乘坐車子，就是痲痺癱瘓的兆頭，常住在幽深的豪宅，清涼的宮室，就是傷寒中暑的媒介，貪戀女色，沉溺情慾，就是摧殘身心的利斧。」

小殊不以為然，「不能吃好穿好，那人生有什麼意思呢？」

先生緩色耐心道，「人人都可以追求享樂，但太子不行，他生來有社稷責任，所以古人枚乘才寫了這諫言給為太子者。」

默記經書，太子若背的如銀瓶泄水，便得先生讚揚；如果讀的結結巴巴或讀錯字，更不吝嚴師當面斥責。有時坐久累了，身形歪扭，先生便在課堂上朗聲「為人君者，不可敬哉？」一直到他自覺坐正為止，而對其他的伴讀不當坐姿卻經常視而不見。

蒙師雖嚴，太子卻出於敬愛和感恩，常送小禮物，一瓶家釀的葡萄酒，幾支花園裡的菖蒲，小殊親手做的折扇，他親自在上面題字署名「殊羅」，意為文殊和輪羅合作；或者親自捏炸饊子加蜜汁，雖無經濟價值，心意總是感動三位蒙師。年紀大些，就送些實際的禮物，不時往寺院送去胡餅一石、燈油、香料等等。在這求知若渴的年紀，除了親如父子的提雲，小殊便是書亭唯一的亮色。

「誰叫你是要當國王的人呢？」小殊心生同情，自言自語道，但心裡卻又默默地羨慕著身負天下大任的太子。

昨日下課後陪著先生在若水草亭煮茶論學，「人在天地之間就是要有擔當。」

小殊已過了無憂無慮的年紀，開始思考自己的人生，「我就是為天地而生的，讓我待在家裡做女紅學跳舞，我可是不甘心的。」

「可是女孩不能參軍，妳當如何？」

「哼，我就不信不能創建個女兵團，從小訓練騎射舞劍。」小殊音色清嘹，明眸閃亮。

榻上的太子唔的翻了個身。

小殊放下毛筆，就近取架上的鹿尾毛製成的麈，躡手躡腳的走到座榻邊，舉起麈毛，像拂塵似的在太子身上撩弄，沒有動靜，再將麈毛在太子眉間來回撩撫，見太子皺眉，她左手捂嘴忍笑，右手繼續舞弄著麈棍。

出其不意地，太子揪住一束麈毛，往自己身上方向拉扯，小殊失去重心，踉蹌前傾，手撐在榻邊，楞了一下，尷尬呵笑，「喲，耍許！」

「打擾本貓午睡！」太子冷哼一聲，眼睛捨不得張開，他鬆手麈毛，狠狠道，「等下收拾妳！」

「懶貓，下午要到武練場上課，眼看著就要遲到了。」

小殊從袖裡掏出兩顆核桃，在太子額頭上滾動。「吶，我給你出的妙計，照著我之前的示範，包有效，不必太感激我啊！」

「嗯，」太子含糊不清喃喃自語，「再一下下就好，我昨晚通宵。」

「那我也要躺一下，養精蓄銳……」小殊雙手將太子的身體往榻裡推，「讓一下！」太子翻身背向她繼續睡，小殊挪身上榻，平躺閉目不過少頃，便側身將左腳掛在太子身上，喵！喵！的學貓叫蹭太子的背，太子手摀住耳朵，「妳這猴子煩不煩？」

小殊拿麈棍敲太子，太子伸出長臂拍打回去，兩人嘻嘻哈哈一敲一打鬧了一陣，直到太子睡意全無。

祐定，在旁伺候太子更衣，不時偷瞄兩人親密無間的嬉笑怒罵，眉眼之間藏不住絲絲妒意。她出生那年，阿爹生了一場大病，家人說她命硬沖爹，把她送進佛寺沖喜，隔年阿爹痊癒，大家說她有佛緣，索性將她奉獻給菩薩做女兒，她阿爹仕途竟然風生水起。

皇后到寺裡禮佛，看上了乖巧靈活的祐定，選她入宮。她年長太子四歲，九歲起就被皇后帶到敦煌，兢兢業業地細心伺候太子起居，自然也是皇后耳日，隨時報告太子身邊各種情況，兩人關係異常密切，但主僕之分，隔著一層難以跨越之隔膜。她伴著姐弟倆從孩提時一起長大，如姐弟，似兄弟，又如靈魂知己一般，心中滿滿的羨慕之情。

＊

武練校場，晴空萬里，空氣中飄來陣陣的馬糞味，是歸義軍平日操練演習的地方。從遠方望去，紅海翻騰，百名身穿紅衣紅褲，頭戴紅巾的士兵，手持長柄大刀在校操練百刀操，橫豎各十人的方陣，動作起來，如一片烈火燃燒，長刀在他們的手中，繞著全身上下左右飛旋舞動，陽光下閃爍光影，如百條蛟龍出海，領操人在前手持令字旗在指揮整齊劃一的動作，隨著每一個動作，一片「殺！」聲貫徹雲霄，魂魄飛揚。

太子的侍衛普方騎馬為駕座開道，讓閒雜人等都迴避，先下車的是堂弟曹延祿，曹元忠的長子，生的相貌堂堂，面如冠玉，之後是英氣蓬勃的曹文殊。陰子炎策馬上前，他長身玉立，劍眉入鬢，曹陰兩家為世交，關係非比尋常，陰子炎和太子同歲，從私塾開始便同窗讀書習武，交情甚深。

三人就位後好半晌，才見一雙鹿皮胡靴緩緩落地，慢悠悠的步調帶著節奏，手拿著兩顆核桃在手裡把玩，明明是青春少年，有著和他年齡不符的性格，穩重成熟，一絲不苟。他身體裡住著一個純真的少年和一個從容的智者，尚有一個經歷世事，卻不見滄桑的老靈魂。從背後看去，頭戴青紗抓角頭幞，腦後兩個于闐白玉圈連珠，比起小殊和伴當的頭幞，任何人見了這有棱有角的形狀，便知貴族或皇上的標識。

太子、郡主、延祿、子炎四人一字排開，左右各有兩位教頭，恭候總教頭。應武從營帳內闊步迎面走來，虎虎生威，四人縮腹提臀，夾緊姿勢，面向總教頭抱拳作揖。應押衛二十出頭，如鷹般盯著眼前的孩子們，不多說一句，聲如洪鐘令道，「上馬！」

輪羅太子敏捷轉身自帶帥氣颯爽，走向他身後的軍馬，一身油亮棗紅馬毛，軀體碩壯，雙朵豎立，隨時警惕著周圍動靜。他身型修長，頭頂已超過馬身，縱躍上馬，坐穩馬背，神情閃爍光亮。

太子五官漸漸成型，嬰兒肥褪去，嘴唇下面兩個凸起越來越明顯，家人以為是火氣大而生的痘痘，這兩年才看出這就是西人才有的唇酒窩。他膚色白皙，長著一雙清澈明亮仍單純的眼睛，身上散發出的氣質多元又複雜，儒雅倜儻中帶著一股英挺俊拔氣質。

「看誰能趕上我？輸的是狗崽子。」太子嘴角上揚，眼中稚氣未脫，那揮袖回眸瞬間，令少男少女為之傾倒。

經過一番馬場上的各種切磋炫技，學生們暖身後汗流浹背，競賽的氣氛高漲。應押尉騎馬入場，集結眾人，不苟言笑低沉聲音，「戰場上，馬是甲兵之本，國之大用，安寧則以尊卑之序，有變則以濟遠近之行，而兵所以恃以取勝也。」

四人收起嬉笑心情，專心聆聽總教頭授課，對馬的駕馭能力，是戰爭勝負關鍵之一。

「高超的騎術在於御馬術，人與馬的合作，人與自然的和諧互動。一個領導者的騎術，更在於精，能大大影響整個軍隊的士氣。」總教頭犀利的眼光看著學生。

太子腦海閃過當年從于闐到敦煌路上所見識過的黑馬少年的騎術，他立刻把注意力拉回總教頭的課訓：唐代的軍隊馬術訓練非常嚴格，有一種「透劍門伎」，表演者縱馬從利刃林立的門中疾馳而過，且不傷毫髮。

眾人驚嘆聲不絕於耳。「總教頭，這門奇活什麼時候讓我們練習練習？」曹文殊首先吭聲，延祿和子炎低頭竊笑。

「郡主，這真槍實刀，可不是鬧著玩的，等你們其中任何一個人贏了馬術賽，我們再議。」押尉無戲言，臉上的肌肉表情瞬間柔和許多。

射箭場，無人聲，只有咻咻的箭飛聲，和趴的到靶聲。

入場前，四個學員朝空中同時大聲複誦自幼即熟悉的口訣：

挽弓當挽強，用箭當用長

射人先射馬，擒賊先擒王

應押尉在旁糾正小殊的姿勢，「沉肩掖肘、靜待時機，方可箭無虛發。」

小殊拿起了長度及腰的弓，掂了掂，咬緊牙使力拉開，雙眉緊鎖，兩手微微顫抖，重複了幾次，膀子習慣這重量，從箭筒裡拿來一隻箭，按到了弦上。「拉滿，放手！」她對自己下指令，第一支箭咻地從弦上飛走，她的心彷彿也在箭上，一起飛向不知方向，砰！箭落在靶子邊上，她揉揉鼻子，聳聳肩，取箭繼續。

太子整衣束冠，站在起射線上，左肩對目標靶位，左手持弓，兩腳開立與肩同寬，身體重量均勻落在雙腳上，身體微向前傾，身體站穩後，把箭搭在箭台上，箭尾槽扣在弓弦箭扣上，右手以食指、中指及無名指扣弦，食指置於箭尾上方，中指及無名指置於箭尾下方，調息，微閉雙眼，全副心神凝注在靶心，弓與手指之間，咻地一聲飛出，正中靶心。

延祿，子炎連連拍手，嘖嘖稱道，「高啊！太子的姿勢簡直就是教材本兒的示範，剛才射出之前，好像閉目，這是……？」

「我在以腹式呼吸調息，助我專注。」太子並未因讚美而忘形。

四人輕鬆的談笑，聊著各種蹴鞠，滑沙運動的妙技。白晝的熱浪開始停擺，白天和夜晚交接時刻，紫色雲彩低掛天空，氣溫明顯下降，隨著奔跑的速度，太子頭幞後的兩條玉帶，隨著風向後飄，小殊和太子並驥奔騎。

「駕！」太子突然勒馬，像是想起來什麼重要的事，獨自停在草場中央，獨自沉思。

「教頭說的『透劍門伎』，不是傳說，我知有此能耐之人！」太子神色平靜，自信滿滿道。

「誰啊？」小殊睜大眼睛，好奇道，「有這麼厲害的人？」

「是我多年前在沙漠裡認識的黑馬騎士。」

「哦，我記得了，你提過的土谷渾哥哥？」

「嗯，君兒哥哥，我的第一匹馬就是他送我的。」他默然側首將目光投向即將落入地平線的夕陽，彼此音訊全無，心裡想著不切實際的念想：還有相聚的一天嗎？

---

1 押衛，五代時期敦煌歸義軍的官階，如「左馬步都押衛」。

第四章　貼花十七八

大家都叫她阿瓏，沒有姓氏。

幾乎無人知曉她的來歷，城裡的人都知道「飛天閣的阿瓏」。五歲起，家族長輩苦口叮囑，忘記本名，自此，人人喚她阿瓏。

馬車停在太子宅到門前，阿瓏邁著婀娜多姿的步伐，走進「毗沙閣」的偏廳，端莊安靜地立在門口。珉瑜看到阿瓏的麗服盛裝，和隨行侍女齊全隆重的行頭，臉上閃過一絲驚訝，隨之又露出滿意之色，向阿瓏點頭微露笑意，人的衣冠就是禮數。

皇后盈盈走來，眉梢眼角已有歲月痕跡，但氣質雍容，她的目光輕掃過阿瓏，約莫二十三、四歲，眉目如畫，冰肌玉膚，風姿盡展，全身上下的裝扮就是飛天閣招牌。

阿瓏優雅的展示身上的這套大朵牡丹翠綠烟沙碧霞羅，逶迤拖地粉色水仙散花綠葉裙，一一介紹特色細節後，將一疊設計稿平鋪在桌上，和對應的頭飾，髮髻分別配對。

曹文姝帶著一串笑聲從屋外小跑進來，屈膝行禮，「姑姑，我下課了，您找我有事？」眼光落在這一身華麗打扮，儀態不俗的女子身上，她極少對女子的妝容感到興趣，卻被她儀靜體嫻的姿態，不傲不卑的氣質吸引。

「阿瓏，見過文殊郡主，今天請閣主過來，多半是為了她。」皇后拉著小殊的手。

小殊額頭見汗，左頰上一條汗水流量下來，直流到頸子中，她伸左手衣袖擦了擦，臉上紅暈如屋簷下掛著的一串串紅辣椒，侍女扺一把清涼的手巾伺候曹小殊擦汗。

「俊秀美少年，天生麗質，細肌嫩膚，換上女裝，微施粉澤，定是顏如玉，氣如蘭。」阿瓏的輕聲，讓人聽了舒服，人在江湖內，卻無江湖氣，倒有一分俠女的氣質。

「成天和男孩子一起，習武騎馬，再不調教一下，以後怎麼嫁人哪？我這做姑姑的可擔待不起。」皇后語氣滿滿的寵愛。

「姑姑，穿金戴銀，梳高髻我可做不來，也不想嫁人！」小殊撇嘴撒嬌道。

「我聽到了，誰要嫁人啦？」屋外傳來低啞溫潤帶著笑意的聲音，太子筆挺修長的身型隨而進屋，「母后，我下課了！」向皇后行禮，不急不緩道，「小殊一下課，便急匆匆的跑來，我跟著來看看是什麼新鮮事兒，居然不帶上我！」

「我為小殊請來了城裡最富盛名的美妝老師，幫你表姐打理打理。」

太子對屈膝行禮的阿瓏頷首，他高挑若竹的身材，身著冰藍上好絲綢，繡著雅緻大雁花紋滾邊雪白，巧妙的烘托出一翩翩少年，貴氣逼人，閱人無數的阿瓏也不禁為之驚艷。

小殊撇嘴笑瞅著太子，「你又來湊什麼熱鬧？談的都是女孩兒的事。」

「女孩兒？妳哪一點兒像女孩兒？不過，我已經說過，妳的終身大事本貓王負責。」太子拍拍胸脯笑道。

小殊急的跺腳，要伸手打太子，皇后又笑又責，「太子，不可如此放肆！你們都幾歲了？玩笑要有分寸，讓閣主見笑了。」

「奴才見姐弟打鬧，像龍鳳胎似的，一個生的俊，一個長的俏，心裡羨慕著呢！皇后娘娘慈德兼備，是太子和郡主的福分。」阿瓏眼中含笑，說的真心話。半晌把話題帶回「花鈿」，貼在眉間和臉上的小裝飾，是貴婦們即盡所能奢華的裝飾。

「傳說中一個公主，在花園的廊下仰臥睡午覺，殿前的梅樹被風一吹，一朵梅花不偏不倚的落在她的額頭上，額中被染成五個花瓣，拂之不去，看起來更嬌媚動人，人人看了都驚艷不已，宮女們紛紛仿效，所以又稱梅花妝。」阿瓏繪影形聲的描述這想像力豐富，別出心裁的花飾品，吸引了在旁漫不經心的小殊。

皇后瞥見小殊豎起了耳朵，眼睛一亮，準是有了新點子，便向珉瑜遞了個淺淺的眼神，珉瑜不露聲色的移近小殊身邊，目示阿瓏，「這花細造型可以依人設計嗎？」

「可以，我們事先設計造型，用不同材質貼上就是。」阿瓏笑回，「一般用金箔，銀等製成花型，除了最流行的梅花，還可以做小鳥、小魚、小鴨，十分美妙的。哪，妳看，皇后額頭間是金銀相間的梅花。」

「可不是，看上去高貴雅緻。」珉瑜把銅鏡遞給皇后，詢問的眼光投向小殊。

「姑姑，您這樣子是有點神祕，又有點脫俗，好看！」小殊笑瞇瞇道。

皇后心對著銅鏡左顧右盼，輕笑頷首。

「阿瓏，可以貼小貓兒嗎？」珉瑜向阿瓏傳去的眼色，立刻接住了。

「當然啦！」她眼睛看著珉瑜，餘光輕輕瞟向小殊的反應，投其所好，見小殊目光閃動。

珉瑜不漏痕跡的推波助瀾，小殊臉露為難，心裡想著把貓兒當裝飾貼在臉上，該是多新奇的事兒，半推半就地答應了。

*

飛天閣，創造「美」的作坊，和隔壁店鋪裡擺設的五花八門，鮮麗豔俗的布料相比，飛天閣顯得素雅樸實，美妝櫃檯後的牆上是黑木架，幾何圖形的交叉排列，四個區分別擺設了妝粉，黛粉，胭脂，和唇脂，裝在精緻的琺瑯盒或者純淨的白瓷盒。

竹簾半挑著，阿瓏輕盈的身段從簾後走出，青裙曳地，烏黑若雲的秀髮挽成如意髻，僅插了一蓮花白玉髮簪，顯得清新幹練。她的笑容溫暖真誠，親切卻不世故。

小殊來到店裡，一反平日活潑爽朗，安靜不帶風的進了鋪子，參觀了作坊絲坊，卻只淡淡的點了頭，輪試七八個貓的板樣，最終選了一款翹起尾巴的貓型定樣。

一輛華麗的馬車停在飛天閣門口。身著白色騎裝的太子翩然地落地進閣。阿瓏聞聲立即出來迎接，笑意盈盈，略帶歉意道，「郡主身體微恙，正著後面歇著呢！」

太子快步隨著阿瓏到內室，見小殊側臥卷身，頭髮鬆亂，臉色暗沉蒼白。

「我沒事，肚子疼，今天不能和你們去打獵了。」小殊用手撐著身子。

太子傾身扶她躺下，「別動，我幫妳把把脈。」阿瓏在旁細細觀察兩人的互動，對這文武兼備的美男子好感倍增。

太子在佛寺裡修行時，和僧人們學了一些醫術，一般症狀也能診出個十之八九。他記得小殊第一次月事時，痛的地上打滾。

「太子，我已經讓人用乳香加沒藥煎湯，等下給郡主服下。」阿瓏輕聲道。

「嗯，很好，也可以敷在肚子上止痛活血。」

侍女端來兩盒乳香，一盒是淡黃色，一盒是淡綠色，透明有光澤，晶瑩剔透。

太子拿起一塊湊近鼻子，「這黃色的果香味很濃，像柑橘，樹枝；這綠色的接近松香，有薄荷味，更適合燃燒。我幼時摔傷過，宮裡的大夫就是用乳香止痛活血的，就是這個味道。」

「太子，于闐的乳香可是一條財路！」阿瓏說到財路時，故作神祕的放輕了聲調。

「原本想把獵物帶回來給妳嚐鮮的，妳這麼不識好歹，我就全吃光，一個不留！」太子輕哼，眼裡全是關切。

小殊順口一個「滾」字停在嘴邊，見阿瓏在旁，便收斂地吞了回去，小殊和太子用眼神互嗆互損了一番才罷休。

「坊主貼心，像姐姐一樣，」小殊平躺著，手扶著熱水袋，懶洋洋問道。「我能叫妳姐姐嗎？」

過了幾天，神清氣爽的郡主來到飛天閣找阿瓏。

曹文殊在內廳朝著大廳櫃檯旁看去，一身材高挑女子，微施粉澤，身型單薄，膚如凝脂，似乎能擰出水來，一舉一動都似在舞蹈。如果說女子之間也存在著磁鐵般的吸引，小殊的腳步不由得的走向這名女子，「曹府沒有我不認識的，怎沒見過這位姑娘？」

女子對這素未謀面，大方英氣的小娘子，報以淡淡一笑。

「月奴姑娘，妳還沒見過郡主，曹大王的侄女小殊。」阿瓏熟練大方的介紹，「郡主，這是翟大娘子新收的舞伎李月奴。」

月奴側身行禮，「小女子有眼無珠，向郡主問好。」

人生機遇是命運還是偶然？有人天生就是公主命，有人天生侍婢命，兩人容顏不分上下，身材相近，而一個是主，一個是婢，這就是命嗎？

「不必放在心上，這幾年我住在太子宅，我老家一年就回去幾次，不認得我是自然。」小殊大方天真道。

月奴臉上的笑透著一絲的高冷，是舞者在台上的自信，是才女對俗世的清淡，眸子在日光下透著淡紫的光環，閃爍著方才複雜的思緒，沉默了一瞬。

翟大娘子忙著操辦功德窟的開光典禮，需要辦一場法會，和一場歌舞會。月奴是府裡的領舞者，服飾在飛天閣訂製，取了舞衣便告辭。

阿瓏和郡主來到大街，漫悠悠的逛著大食香鋪、綢緞莊、銀莊、歌舞坊，小殊笑道，「以前和太子出來逛街，都是去工作坊，看刀劍弓弩，不然就是去畫舫欣賞書法，畫畫，可是和阿瓏姐出來，好像到了另一個城市，看的全不一樣。」

「做女孩兒是不是比較自然？」阿瓏笑道，如同姐姐般的親。

「這很難說，我是家裡的獨女，一生下來，阿娘恨不得我是男孩兒，就把我當男孩兒養，養著養著，就成這樣了，後來太子來敦煌男孩兒打扮更方便，伴談我們就是哥兒們。」

她們來到攏月樓，走進後花園，沿著石徑，小橋庭榭，來到一黑木搭的方形亭子，四角掛著白色帳幕，步上兩三階梯，亭寬座敞，中間竹蓆矮桌，涓涓流水，自成天地。

「這兒的水是從三危山的泉水取來的，又活又甘且輕。」阿瓏娓娓道來，聞之耳悅心悅，「今天喝的是阿薩姆來的紅茶，屬於烈茶。」

清茶香果間，得知兩人身世相似，父母雙亡，寄人籬下長大，彼此距離瞬間拉近，靠自己骨子的堅強生存，不免惺惺相惜，話題也自然落在當日相見的董姑娘。

「她是讓人過目不忘的女子，郡主，妳天生麗質，知性恬淡，高雅大氣，就是翩翩貴公子，後天再補上一丁點的調試，女中丈夫就是絕代佳人了！」

「嘖嘖，別給我灌迷湯了！」郡主唇角微揚，「不過，阿瓏姐，這李月奴是怎麼入了曹府的？我一點兒都沒聽說。」

阿瓏凝思瞬間，幫小殊倒茶，望著杯中的茶水，輕嘆了一口氣，「她也是是個命運多舛的女子。」中原動盪不安，民不聊生，一年前，月奴和家人從汴京逃難，輾轉來到敦煌。

李月奴的外公外婆很早就從龜茲來到長安，龜茲人自古以來即以精於樂舞而聞名西域，月奴的阿娘十歲便被選入宮中，在管理樂舞的太常寺教坊接受最嚴格的訓練，十四歲成為宮庭樂舞伎，在大明宮中宴會和祭祀祝舞時表演。唐末滅亡，農民起義，大明宮被夷為平地，長安廢墟一片，昭宗被迫遷都洛陽，宮中的數百名樂舞伎樂師解散出逃，流落民間。

「城中歌舞坊相爭競邀她阿娘入歌舞坊，可是……」阿瓏抿了一口茶，繼續道，「在民間做舞伎，和宮中不同，地位低下，被以左宴之物待之，隨時有可能喪身權貴。」

董娘在出逃中，遇到了同樣來自宮中的高昌樂師董文卿，他有「官賤民」最高等級的「音聲」身分，可以成婚，兩人相依為命，在汴京開了一個私人教坊授音舞，時而到官府宴會演出，但堅決不做歌舞坊的生意。

「畢竟，他們是大明宮教坊出身，全大唐最優秀頂級的歌舞藝術，天子面前獻藝的驕傲，絕對不可淪落到民間歌舞坊。」

那是一個無法用言語形容的巔峰時代，小殊只有從年長者的口中得知大唐曾經的輝煌，她聚精會神的聆聽一個和前朝大唐有著千絲萬縷關係的故事。在偏安一隅的敦煌，很難想像他們經歷了什麼，戰火兵患、流寇飢荒，從汴京啟程，他們走了近兩千公里的行程，即使一刻不停地行走，也需要三個月的時間。

月奴阿爹啟程沒多久就染病死了，草蓆裹屍無以下葬，母女倆一路艱辛的隨著難民潮橫跨河西走廊，勉強一路賣藝為生，董娘撐到了敦煌沒多久就病逝。

「月奴連買口棺材的錢都沒有，舉目無親，接受了歌舞坊借貸的銀子，買了一口薄棺辦後事，歌舞坊的人看上了月奴的姿色和超凡的身段，糾纏逼她進歌舞坊。」

「豈有此理，敦煌是有王法的地方啊！」小殊瞪眼，一派天真。

「郡主，有人建議她到寺廟裡做樂音兒可如此俏麗姑娘怎願在古寺青燈終老？她在我作坊對角街頭跳舞賣藝，翟大娘子路過，見歌舞坊的人騷擾月奴，便出手相救。妳想想看，節度使夫人都出面了，歌舞坊的人能不賣這個面子嗎？」

小殊臉上緊繃的表情瞬間放鬆，「大娘子一直想在府邸養個樂坊，做佛事、宴會、過節時需要司樂訓練樂伎，這就是緣分吧！」

第五章　國王與皇后

張燈結彩，鞭炮震天，鼓聲隆隆，于闐太子宅迎來至高榮耀，最值得慶賀的日子。

天福三年，于闐王李聖天受後晉皇帝石敬瑭冊封為大寶于闐國王。

李聖天派遣都督劉再興率使團經敦煌返汴京答謝，劉再興手捧于闐國王的畫像，身後八名紫衣高僧，十名武僧，護衛兩列，侍女捧著鮮花和葡萄酒在前為皇后開道，她頭戴鳳冠，著朱紅色大袖華服，姿態雍容地率太子跪迎。

畫像中的國王，皮膚白皙，比去年稍豐腴了些，神色甚好。皇后容色冷靜，卻有說不清的情緒在胸中翻騰，太子滿眼恭肅之意。皇室家族藉著使團傳遞書信畫像來維繫感情，久而久之，這親情成了一種虛無縹緲的責任，活在彼此的想像中。

太子對父王記憶最深的便是他去佛寺誦經禮佛，必攜他同行。三歲時就能跏趺坐一時辰，父王將他端起，放在壯實的懷中安靜自律地聽高僧說法。

劉都督呈上了于闐對中原王朝進貢的明細：白玉千斤、玉印、紅鹽、降魔杵、白馬等珍品，皇后將貢冊交給女官珉瑜登記入庫。于闐與中原王朝使團、商隊、僧團往來密切，進貢回賜，都是大宗的珍品稀寶。中原王朝對藩屬朝貢 向是「厚往薄來」，形成了利潤豐厚的朝貢貿易，無形的推動了絲綢之路的繁榮和流通。

回鶻部落自西北崛起，多年拉鋸，歸義軍退守到瓜沙兩州，靠著與于闐的聯姻穩住這彈丸之地，弟弟精明善計，姐姐老成持重，磨合共識，互利共往，微一頷首，一個細細的眼神，一個不尋常的口氣，默契搭檔，心照不宣，聯手維護了敦煌與四鄰的關係，更重要的，護了曹家的利益。

曹家的女婿得到晉封，自是門楣生輝。歸義軍派駐太子宅的牙兵親信護衛，增加了十人，宅子裡的僕役也多了三個名額，不就是她和太子在敦煌的地位跟著水漲船高？

皇后離開于闐時，剛滿兩歲的從蓮公主留在宮中，見劉都督呈上公主的畫像，眼中潮潤，「長這麼大了。」她意味深長的問道，「她在宮中可好？」

劉都督明白皇后指的是後宮妃子們是否善待公主，「皇后請放心，從蓮公主是國王眼裡的明珠，何況，有皇后在敦煌，宮中上下都寵著呢。」

于闐皇后坐鎮敦煌，連國王都敬她三分，有誰敢欺負曹皇后的親女兒？曹皇后嘴角一絲苦笑，為了太子在敦煌立足，對不在身邊的女兒操足了心，說穿了，只要她繼續鞏固和娘家的關係，她孩子的人身前途就有保障。「曹皇后」這三個字，就是個白靈護身符。

一番宮中近況閒聊之後，劉都督起身端正站姿，對著國王畫像道，「國王口諭，其一，為感恩冊封，當造窟感恩供養；其二，按于闐國皇禮，太子束髮之年得入佛寺修行半載，供養佛，供養身，供養一切眾生；其三，太子當出使中原，促進雙方交流溝通；其四，，請皇后務必珍重玉體。」劉再興上呈國王的親筆信給皇后。

「毗沙閣」不如于闐寢宮的華麗，卻精緻優雅。走進屋子，正對一張桌子，擺著素絹端硯，筆筒裡插著幾隻毛筆。左邊用屏風隔開了做為熏香浴的空間，四面排滿了瓷盆栽種的嬌豔的茉莉、珍珠梅。屋的右邊是寢室，挑起瓔珞串成的珠簾，檀香木架子床上掛著淡紫紗帳，樸素典雅。

玳瑁彩貝鑲嵌的梳妝台上擺著菱花銅鏡和大紅雕漆梅花的首飾盒，牆上右邊是文殊菩薩像，乘於一青獅之上，青獅止步回頭，張口吐舌，雙眼圓睜，與手牽韁繩的于闐王對視。左邊是國王李聖天的畫像。這兩幅畫將整間屋子的格調提升了幾個檔次，簡約中的貴族氣息，也顯現了這主人的品味和身分。

燭燈下反覆細讀國王的親筆函，皇后的目光從牆上的畫像，緩緩移到鏡中的自己，眼中無奈，難以掩飾的倦容。她身負重任，勢力圈裡運籌帷幄，僕從如雲，但每當夜深人靜時，獨坐鏡台前顧影自憐，撥弄自己的情緒。比起在于闐，掌理後宮的勾心鬥角，爭權奪利，她如今獨當一面，處尊居顯，是否又過的更省心些？

三十奔四，容妝越顯清淡，服飾越發簡素，除了典禮和宴會必穿的傳統土紅色裝，平日在宅裡淡妝素衣。自己也曾「輕勻兩臉花，淡掃雙眉柳」的為悅己者容，如今身邊沒有夫君，她又能為誰裝扮？

提筆在錦箋上寫信給夫君，思念之情卻無處可解，夫妻之情，君臣之義，家事糾纏國事，怎能說的明白？

*

莫高窟距離敦煌不遠，卻遠離塵囂，無數虔誠的心踏上這條路途，在這裡停留，朝聖這荒漠中的精神世界，六百年來洞窟營造從未間斷。

日出日落，斧鑿聲聲，這裡是敦煌人寄託希望的地方。

追求財富，穿西走東，絲路上九死一生的商隊，祈福還願的地方。

職貢不絕，僧團宏法，嚮往心靈寧靜的極樂世界。

太子攙扶著皇后，小心翼翼一步步登上用木板搭成的臺階，成百洞窟高低錯落，疏密不均，砂岩瀝瀝，曹家窟在千佛洞的西側底層。

自皇后父親曹議金接掌敦煌起，貿盛民富，開始大規模的洞窟開鑿及重修，是莫高窟六百年來，唐朝巔峰發展之後，最後的一個黃金時代。

手握火炬的武僧和方都料[1]提雲大師等一眾僧侶早已在佛窟口等候。寬敞的入口，長甬道，不難看出這是懸壁上數一數二的大窟。大王窟的窟主為曹議金，供養人[2]形象包括了家眷、部屬和僧官，全窟有二百多身，壁畫琳瑯非凡。

方形主室，彷若一座殿堂，中央是尊大型彌勒佛像，佛壇後又背屏直達窟頂，覆斗型頂上方的鑲金的千佛像，流光閃爍，宛如一方佛國穹蒼，如夢如幻，絢麗奪目。

婢女手捧著鮮花水果，陸續進入佛窟，恭敬謹慎的放置在中心的佛壇上，僧人焚香燃燈，提雲大師在佛壇前誦經，眾人一一禮佛拜懺。

甬道兩旁和牆壁下方的百餘身供養人畫像，凸顯了窟主的財富和政權，自是不在話下。此時曹大王心中已開始計畫興建一個屬於自己，比這個更豪華的家窟，能夠在主殿觀像禮佛，亦可進行法會祈願，還願並抄經的活動。

方都料帶領曹大王及皇后至導引至東壁門南側下部，向曹元忠輕聲報告，「我們重新衡量內壁，將曹大王三位夫人的供養像，移到北側，南側的這一塊突出的位置就留給于闐國王。」

曹皇后瞬間開竅：阿爹多年前聯姻回鶻天公主，但兩國的關系惡化多時，往來中斷，便把回鶻親家畫像塗消，繪上新晉封的于闐國王女婿的畫像。新繪上的于闐國王供養畫像比例是真人的一倍半，高約三米。國王身前的題榜為，楷書墨字：「大朝大寶于闐國大聖大明天子」幾個大字，下面是較小的原字「即是窟主」，明眼人都看出極盡拉攏于闐國之意。

曹皇后見自己的畫像和真人同比例，頭戴鳳冠頂戴碧玉珠，身穿紫褐色大修裙襦，肩披輕紗，足踩氈壇，手捧熏爐，心中泛起隱乎飄飄然。

「大人，這身畫像是全莫高窟裡最大，級別最高的供養人像。」方都料極其迎合，用極低，卻又偏偏讓旁人能聽到的聲音，奉承地對曹元忠道，「您看國王這形象挺拔俊逸，英氣逼人，目若朗星，在下學疏才淺，怕是畫不出天生帝王尊貴之相。」

曹皇后未正眼看方都料，九五至尊的國王，怕是還輪不到小小畫匠評頭論足。

曹元忠撇過頭看了方都料一眼，都料自討沒趣地退下。

國王像前三人平行而立，皇后凝視夫君，提雲靜觀髮小，太子禮敬父王，各有各的心思情感。壁上國王，近在咫尺，卻又如此遙遠。

曹文殊仰頭環視窟頂精美佛像，嘖嘖稱奇，聽二叔說造窟歷經了十五年才完成，正暗暗驚呼，瞥見太子在國王畫像前，神情有異。是思念父王了嗎？

提雲大師騎著高壯挺拔的馬回寺院，太子和小殊左右在側，沿著河畔並轡而行，馬蹄下的胡楊落葉，發出清脆的沙沙聲，金黃色的僧袍和白馬在透著淡黃色金光胡楊林中，樹下撲簌簌的金黃葉雨，一隻大雁從空中劃過，除此之外，再也沒有其他的囂聲。

太子已經過了和伴當侍衛胡鬧愛玩的年紀，更醉心於佛法和讀書上，個性也趨向內斂謹慎，深沉穩重，說話一針見血，入木三分，而在鏗鏘玫瑰般的小殊眼裡，太子顯得優柔寡斷，常讓人捉急。

她小聲嘟囔著，「明明心裡有事，又不說，怎麼像個老奶奶一樣彆扭！」

「先生，」太子終於打破了沉默，開口後又繼續醞釀著心中的想法。

「先生，」小殊忍不住道，「今天參拜的佛窟，我看不明白，畫了這麼多供養人，佛窟裡供養人的形象怎麼比佛像還大？」

曹家人對于闐國王的重視，是見可喜可賀之事，但也成了太子的困惑。

「我就弄不懂，把國王畫的像巨人似的，哪有人長這麼高？」小殊嘟嘴道。

「窟裡的每一尊佛像，每一幅壁畫，背後都有它的意義，每個洞窟都是一個佛國世界，每一個洞窟的背景，恰恰是佛在窟主心中的地位和微妙的變化，也是自我心靈的影射。」

太子和小殊對視，各自理解師父話裡深意。

「國王畫像題榜後的『即是窟主』四個字，在爺爺的功德窟裡，為什麼塗改加上，明明于闐國王不是出資人，好像有點自欺欺人嘛！」最後一句細聲嘟囔著。

小殊是真正看透他內心的人，唯一把他當作「人」相待的人，敢挑釁譏諷他，又能傾聽他訴苦，給他鼓勵，又無畏敢言，說出他內心難癒之處。

太子瞟了小殊一眼，有點後悔小殊把他心裡的困惑，有聲有色的放大。

「不同時期的佛窟，也會因為窟主背景，甚至時局的背景而有不同的意義。」提雲感受到太子心結。

「佛窟、家窟，都是佛的世界，人的寄託，功德大小，有形無形，都是一念之間，你要的答案其實已經在你心裡。」提雲淺笑，風清雲淡。

---

1 都料：主持洞窟塑像和壁畫的總負責人的專稱。

2 供養人：開窟造像需要大量的財源，出資人稱為「供養人」。

第六章　女人社的夢

輸羅太子帶著于闐來的「博士團」[1]到敦煌城外兩百里路的瓜州勘察，峽谷兩岸的東西峭壁上，河岸兩旁榆樹成林，當地人稱之「榆林窟」。

太子發願為父皇造一個專屬的功德窟，負手環視四周，山光水色盡入眼底，對這西崖龍首的位置心有所屬。都料拿出桑皮紙，勾畫出在崖面上的位置和樣式，計算起這開鑿的時間。

「視洞窟大小，門面，深度而定，起碼要一兩年才能成型。一般在莫高窟的佛窟，十年、十五年是正常，曹大王的家窟，就做了二十年才完成的。」

*

珉瑜和祐定忙前忙後地指揮府宅上下，清理西苑的廂房，兩位小皇子從連和琮原跟著使團來敦煌。李聖天娶了高昌回鶻公主為妃，生下二太子從連。三太子琮原是于闐貴妃所生的兒子。從連眉清目秀，談吐大方；琮原面龐圓潤，語音清越，活力十足。

輸羅太子見弟弟們小心翼翼，畢恭畢敬的模樣，擺派頭過過大哥癮，「你們來到新地方，敦煌是個大都會，很多新奇好玩的，不懂的就問我，還有，利用機會好好把漢語學好，懂嗎？」

小兄弟分別向心儀已久的太子大哥施禮，小臉興奮的微熱泛紅。

小殊笑道，「在敦煌有我罩著，沒人敢欺負你們，在我地盤上的吃喝玩樂，我全包辦了！」小太子們為府裡帶來熱鬧氣氛，皇后更加懷念在于闐的女兒從蓮，把這份母愛傾洩於小殊身上，也成了她傾訴的對象，在她心裡，小殊可比自己親生女兒。

*

二月初八，光明寺，般若殿。城郊靜辟的小寺院，一反常態的絡繹不絕。

法殿鳴鐘擊鼓，剃度皈依儀式，莊嚴肅穆，檀香裊裊，安寧祥和，提雲大師端坐在殿中戒壇上，剛滿十四歲的輪羅太子和三位年紀相仿的行童並排跪坐，四位僧人手捧僧鞋、僧衣、僧帽、袈裟、拜具，站在受戒的孩子身後。太子摘下頭幘，行童將頭髮分作九路綰好。受戒孩子獻上表禮、戒金、信香，逐一向提雲行皈依禮。

「受戒，是為了不貪戀外貌，不執著外在的東西，一千三百多年前，釋迦太子離開王宮的時候，為了保持清淨的心，把自己的頭剃了，之後的僧人也照著這麼做。」

提雲以戒刀親自剃去頭髮和眉毛，剃去的頭髮放在一盤中，整齊平放。

「剔淨鬚髮，也是要從內心開始，去除貪嗔癡慢疑之毒。」

輪羅太子接過僧袍上前，提雲清亮聲緩，「你即將入寺出家，要把過去的一切放下，要暫時跟自己的過去做一個告別，向父母懺悔曾經以身口意犯過的錯，感恩父母的養育之恩。」

特使劉再興起身至戒壇，雙手捧著國王尉遲僧烏波的詔書，用于闐語恭讀：自古以來，有個迦濕彌邏國的阿羅漢到于闐國，容貌不俗，受于闐王召見，阿羅漢是如來的弟子，如來法力無邊，遵守佛法可以逃離苦難，于闐王心生嚮往。如來令于闐國王修建「大伽藍」，親自見證了佛，從此，舉國皈依佛教。

「于闐國千年以來歷任國王擔負捍衛佛法，傳遞佛法的天職。入寺修行，不但是為了佛法，為了國家，也是個人修行的功德。」太子雙手從劉都督手中接過詔書，見字如面，舉至過頭。

太子將自己剃度的頭髮交給母親，頂禮後道，「母后，以前孩兒不懂事，做了很多錯事，讓母后操心煩心，請母后原諒孩兒，感謝母后和父王養育之恩，請祝福孩兒。」

「做一個有道德有智慧的人，安心修行，勿惦記我們，府中之事有劉都督和二舅照管，你有幸與提雲大師修行，見師如見父，好好珍惜。」皇后溫言道。

提雲為太子披掛袈裟，裸露右肩，披掛左肩，「從今天起，你的法號是『精明般若』，精進修行，明心見性，早日見證自己的本心。祝福你健康長壽，莊嚴美麗，祝願于闐國國運昌隆。」

提雲如序剃度，儀式完成，再度鳴鐘，佛音繚繞。家人聚集一起做最後的道別。

皇后上下打量著兒子，剃度了頭髮和眉毛，乾淨而青春，和幾年前比起來，他的下頷線明顯鋒利了不少，精緻的小男孩慢慢成熟了。

祐定見了頭髮和眉毛剃度乾淨的太子，忍不住眼淚婆娑。曹文殊輕推她一把，「太子是修行做功德，哭什麼？」

「我是捨不得太子，他入寺了，誰伺候他呢？」祐定邊抹眼淚，邊絮叨著。

「這是我的功課，要放下一切，我的心才能清淨，祐定姐姐，妳和小殊要多伺候母后，今後……」

太子眸色清澈透亮，心中仍多慮。

「今後，」提雲大師及時打斷了太子的交代，接道：「一切都已做了最好安排，該放下時就放下。」他目光柔和的看著精明。

「師父，這六個月修行期間，我們可以探望太子嗎？」小殊輕聲問。

提雲淡笑道，「修行不是坐監，有何不可？不過，修行也不是休閒，需要清淨方能專注。」

*

往莫高窟的道路兩旁，成片的胡楊樹葉在秋陽裡婆娑起舞，在秋風裡翻滾著鮮亮的色彩，車輪所經之處，落葉沙沙作響。

洞窟鱗次櫛比，鑿聲噹噹，迴盪山谷，萬頭攢動的工匠在狹窄的走道上來回無間，涂都料帶著有紅棕美髯的于闐博士石天鶴一前一後的巡訪，「在敦煌，如果想判斷一個家族地位，就來莫高窟看看他家的洞窟修建的如何。把供養人畫像加入壁畫，有人說是普羅大眾向菩薩靠近，也有人說佛回到人間，您怎麼看？」

「心在哪裡，佛就在那裡。」于闐在佛教藝術獨具風格，尉遲乙僧一門三代在唐朝繪畫成就名盛一時，石博士在于闐是首屈一指的畫師，受國王委任到敦煌參加營建功德窟的工程，他見窟中的佛像，就地跪拜頂禮，再一次領受了神佛的洗禮。

洞窟外傳來擊鼓聲，都料和博士隨著樂聲走向開窟儀式。

一群衣裝隆重的女人，在一個不起眼的小石窟外聚集，香案上擺放著鮮花素果，色彩繽紛的衣裳頭飾，在黃灰的崖壁間，成了一道亮麗的彩帶，日以繼夜不停勞苦的工匠們，聽說是女人社的聚會，紛紛出窟看熱鬧看美女，在單調的勞動裡添加一絲慰藉。

千娘和玉娘穿上她們最華麗的衣裳，把佛窟裡供奉的釋迦摩尼佛壇擺設好，打掃的乾淨無塵，點香案，奉花果，在佛壇前三跪九叩，默念祈願。

這對母女傾一輩子積蓄，開鑿這個小窟，財力有限卻期望無限，對著佛像和牆上的題記「釋迦摩尼佛六軀願捨賤從良及女善和一心供養默默懺悔」頂禮。身為藝伎，此生想從良嫁人，子孫滿堂的願望已沒有機會實現，只能將來世的願想寄託在這個佛窟裡。看似虛幻，卻是唯一的盼望！

受了四鄰遊牧民族的影響，敦煌的女人個性獨立自主，她們組織了女人社，平日互相幫忙，共做佛事，繳納費用或貢品，但求將來往生後有人為之操辦個體面的葬禮。

社長阿瓏和副社長米娘同時號召二十多個姐妹出力護持這件大善事，對這母女能有屬於自己的佛窟，感到羨慕不已。阿瓏人面廣善交際，碰上喜作佛事結善緣的翟大娘子，應允月奴為開窟跳舞供佛。

供佛舞者步步生姿的來到香案前。她眉間畫五出梅花，頭戴山字形花冠，她傾身低頭，垂目凝視，梵音響起，舒展雙臂，揮動巾帶而舞，飄逸靈動，不見奢華卻顯逸靜。

石博士站在崖台上，眼中藏不住的傾慕，他不敢再走近一步，如痴如醉的看著妙曼的舞姿，幾乎忘卻了呼吸。

箜篌、笙、海螺齊鳴，舞者舉步急行，音樂高潮迭起，她斜張雙臂，執巾扭胯而舞，右胯推左胯出，雙手合十高舉頭頂，向佛頂禮。在她的靈動仙逸中，蘊藏一種睥睨俗世的傷感，是她經歷的艱難與坎坷，沉積了太多的閱歷與滄桑，蛻變成一種孤傲，面對圍觀的人山人海，如雷的喝彩與歡呼，她的眼睛仍然冷靜和深幽，甚至瞬間閃過對眾生的憐憫。

阿瓏感覺到來自都料炙熱的眼光，她禮貌頷首，她與都料多次偶遇，她眉間唇畔間的氣韻，風姿卓越和曼妙風情，令人傾心。而他只敢遠遠的用崇拜的目光仰視她，身為都料，沒地位沒錢財，還要奉養老母，有什麼能力給她幸福的承諾？他只能將這份心意寄託在下一次的偶遇，多看她一眼，給他繼續下去的力量。

敦煌城裡，對阿瓏的仰慕者，不在少數，但追求者卻寥寥無幾。她身世背景是個謎，遊走在高官權貴間，讓一般人覺得高不可攀。她白手起家，獨立自主，絕不屈就做妾。和女人社裡的幾個姐妹住在一起，虛度青春，夜深人靜時，獨嘗寂寞的心，又有幾人知？

樂舞結束，阿瓏轉身，都料和博士的身影已消失，心中升起從未有的淡淡惆悵，彷彿被風吹過的湖面，掀起微微的波紋，轉眼之間又恢復了平如鏡的水面，而湖底湧動，卻怎麼也擋不住。

＊

阿瓏的身世甚少人知，一個落沒貴族的祕密，在她身上被塵封絕底。

五歲那年，外婆祕密將她送回義州的辛姓娘家，囑托娘家人照顧，千叮萬囑：家中變故，要忘記真名張玲瓏，以阿瓏之名在馬場裡和僕役們一起生活。

風頭漸微，辛家的大娘子把阿瓏接到內院幹活。院裡大小眼的丫頭們把最低下的粗活都推給這馬槽裡來的阿瓏，她個性堅強，脊梁骨子硬，在求生欲驅使下，幹盡各種粗活，洗衣服，刷尿盆，掃茅房，儘管心裡有再多的不服，也咬緊牙關，忍氣吞聲，等著出人頭地的一天。

辛大娘子常藉機把阿瓏叫到犀裡教她梳理頭髮，一點一滴地學了不少手藝，把素顏的小娘子們打扮的美若天仙，院裡的人都說她手巧心巧，「阿瓏，妳將來若是開一家美妝服飾鋪子，城裡的貴婦們一定趨之若鶩。」

十七歲那年，阿瓏進敦煌城找外公外婆，心中還是忐忑不安，這些年在隱姓埋名的陰影下為生存而活，第一次在陽光下行走，她提醒自己，要抬頭挺胸，大方得體。

兩老見阿瓏，淚眼婆娑，外婆激動的喊著阿瓏、阿瓏，她的小名，轉過頭向老淚縱橫的外公道，「老爺，你說她和她娘，是不是一個模樣？你說……」說到孩子的娘，便忍不住抽噎哽咽。

十幾年來不敢碰觸的人事，壓抑的記憶，全在看到阿瓏這一霎那爆發出來了。

外婆身邊的侍女，輕輕的拍打老太太的背，奉上一口茶水，老太太回過神來，悲戚戚道，「苦命的孩子，妳家裡就只剩下妳一個人了。」

「在座的幾位，妳大舅舅，大舅媽，二姨娘，那天都在場……」

眾人低頭不語。

阿瓏被這比她想像中更悲傷的氣氛嚇到了，到底她家裡發生什麼事？

「丫頭，妳命大啊！」外婆右手輕撫阿瓏的肩頭，輕嘆口氣，「那年我身體不好，妳阿娘將妳送來我這兒陪我，因為妳啊，是妳爹娘老來得的寶，妳最小的哥哥都長妳十歲，全家都疼妳這開心果。」

阿瓏的大舅聲色凝重，「張家曾經是敦煌第一家族，妳爺爺和張議潮兄弟倆把吐蕃趕走，立了大功，敦煌老百姓才有好日子過。」

「妳阿爹坐上了節度使位置，理官恤民，獎耕勵戰，歸義軍的勢力達到了頂峰，四邊游牧民族都不敢造次。壞就壞在張家人多不齊心，為了權力，兄弟鬩牆，另一支有十四子女，看著眼紅，聯合起來對付妳爹。」

張家兩個女婿李明振和索勳起頭，趁阿瓏家辦喜事時，領百人儀仗隊，帶著成山成塔的彩禮來祝賀，馬隊艷麗雄偉，武士頭幗紅巾，身披甲冑，一聲令下，賀禮隊頓時亮出刀光劍影……[2]

屋裡一片死寂無聲，空氣彷彿凝著冰霜，令人不寒而慄，十幾年前不堪回首的殺戮，心中留下的創痕仍歷歷在目，個個垮著臉，滿面黯淡。外婆雙唇顫抖想說什麼，卻又說不出一句話，看著酷似女兒的阿瓏，淚如泉湧。

「劉嬤嬤，服侍阿娘回屋裡躺下吧！再煎 付安神的藥，讓阿娘休息一下。」舅媽輕聲交代。

「張家在位時，我們敢怒不敢言，只能當作沒有發生過一樣……」大舅舅雙唇微顫，提起往事，仍膽戰心驚。

「妳堂叔坐上了節度使寶位，短命啊，不到一年就病死了，他的妹夫索勳篡了張家的位，過兩年張家又將索家滅門，都遭了報應。」

「冤冤相報何時了，難道……還要阿瓏報仇不成？」小舅瞪眼道。

大舅默默凝視阿瓏半晌，「妳家就只有妳一個人了，我們隱忍多年，只是這件事妳必須知道。」

賀禮隊伍封了前後門，內外追殺直系親屬，在場的賓客蹲臥在地，瑟瑟發抖，嚇的龜縮角落，哭聲驚嚇聲求饒之聲此起彼落。頃刻之間，廳堂內外倒下幾十具屍體，血流成河，阿瓏的父母、六個哥哥、嫂嫂、三個姐姐、女婿和各家孫子，一共四十三口，被滿門殺絕，一個未留。

阿瓏眼前一陣昏花，頭腦嗡嗡作響，身旁丫鬟靜靜握住她冰冷的手，吐不出一字，臉色發白，胸口急劇的起伏一下，胃裡一陣翻攪，手摀著嘴，衝到院裡喀喀地解除搜腸刮肚的痛。

1 專業裡本領最強的石匠、泥匠、木匠、塑匠和畫匠，行業裡稱之「博士」。

2 源自《敦煌演義》。

第七章　馬上驚魂記

回到家了，抬頭即見風沙吹舞的鳴沙山，對於慕容懷恩而言，離鄉二十年，記憶中的家鄉，變了許多。

敦煌城裡，盡情的買賣，來自西域以外的奢侈品，優美的音樂和撩人的舞蹈，胡姬當家的酒肆，精美的絲綢，琳瑯滿目，眼花繚亂。市場上有專門的旅遊業者，禮儀學校，翻譯學校，還可以請到職業嚮導和駝隊。這個既熟悉又陌生的大都會，對他的吸引力，不如一碗地地道道的漿水麵和千層餅。

小飯館門前一缸漿水，是用韭菜和芹菜發酵做成的，酸酸涼涼，一大勺灌入用涼水沖過的白麵條，是夏天最解渴解飢的美味。

慕容懷恩牽著一匹赤色馬至飯館門口，一身游牧民族裝扮，一身牛羊臭味，店家眼神瞬間機警起來，這幾年吐谷渾到城裡搶劫的事件，逐漸減少，但對牧人進城，還是多有戒備。懷恩在飯館門前的小木桌坐下，摘掉帽子上用來避風沙的羅冪，長髮過耳，一臉的鬍渣，不多話，從兜里拿出一貫錢，亮在桌上。

店家對小二使了眼色，小二扭緊鼻子，嫌棄他身上的牛羊味，端茶上桌伺候，點了一碗漿水麵。懷恩賞了一串銀錢給小二，「先把我的馬餵飽！」頭朝飯館外的一匹馬示意，草原口音，「餵好料，草料不夠，要加雜糧。」小二領了賞便往外走。

敦煌人用胡楊樹的天然鹼來發酵麵粉，用各種天然的植物萃取出顏色飽和的色料，均勻的塗在薄薄的麵皮上，層層疊疊蒸好，在滿眼都是黃土和黃沙的世界裡，敦煌人對將他們敞歡的心投射在這色彩繽紛的千層餅裡。

慕容懷恩對千層餅的回憶，是幼時過節送往迎來的千層餅堆積如山，五顏六色的歡愉慶典。他一口氣吃了一斤的千層餅，伙計端來一大碗水盆羊肉，「客官，您慢點兒，別撐著了。」胃雖是撐飽，聞起這四季清晨喝的肉湯，忍不住端起比他頭還寬的盆碗，咕嚕咕嚕的灌下味汁鮮美的羊肉湯，抹抹嘴，舒暢無比。

「我回來了！索進君回來了！」慕容懷恩在心中高喊，然而，沒有人知道，沒有人記得，甚至，曾經在敦煌呼風喚雨專家的勢力，隨著改朝換代，在時光的軌跡裡，已銷聲匿跡。

栓在街邊的馬，引來不少路人駐足圍觀。背壯臀肥，馬身火紅帶深褐，胸腰粗實雄壯，從頭頸四肢來看，卻清秀如同乘駒，是結合力速兼備的罕見良種。

「這該是馬中極品吧，從來沒看過這麼高壯的馬，」說話人的頭只到馬身一半。

「聽說河東附近水豐草綠，他們吐谷渾人特別會養馬。」圍觀的路人越來越多。

天福元年，燕雲十六州被割給契丹，雁門關以北的吐谷渾人不堪被奴役，千餘帳族人紛紛南遷，大部分人進入四州山區。慕容桑度帶領百帳族人，一路隨著豐美的水草，來到祁連山下的青海湖邊，繁殖馬牛羊。

十年生養，吐谷渾族人在一路遷徙的衰減後，竟然有所增長。慕榮桑度三個兒子慕容金全、但尼、復渾，成年後便遠離父母，另立門戶。草原上「幼子守灶」的傳統，是由年紀小精力旺的幼兒繼承家業，照顧父母，延續血脈。

懷恩的阿娘常念著，「我們老了，沒力氣奔波啦！你的哥哥們都分家了，我們就盼著你早日娶妻生子，這個家就靠你守護了。」

懷恩對父母的財產和牲畜卻沒有太大的興趣，他心裡另有理想。

土谷渾大汗的位置尚未決定，老二驍勇卻浮躁，老三勤勞而無謀。最為慕容桑度看重的是老大金全的驍勇豪放、果決霸氣，老么懷恩的有勇有謀、冷靜多智。

慕容桑度有意栽培懷恩為統領，懷恩卻感到惶恐不安。三位哥哥從小帶著他騎馬打獵，都是他心目中的英雄，是最有擔當的統領。敦煌家族為了奪位而骨肉相殘，在他心中留下難以痊癒的創傷，他無法想像自己和哥哥爭奪可汗的位置。

分道揚鑣的時候終於來到。

「阿爹，阿娘，懷恩永遠不忘養育之恩。」懷恩對父母行跪拜禮。阿娘終年在日晒和歲月侵蝕了她黝黑泛紅的皮膚。這一天終於來到，心中滿滿的不捨，阿娘扶起雙膝在地的懷恩，整整高出她一個頭，她緊擁著懷恩，「我們等著你回來，懷恩，這輩子我們母子情分還沒有圓滿，我要看著你兒孫像草原上的馬兒一樣眾多。」

阿娘用滿是粗繭的手指輕輕抹去懷恩睫毛上的霧水，擦乾了兒子的淚珠，卻情不自禁的落淚。

「我們慕容家族是吐谷渾王族的後裔，一百年前脫離吐蕃族後，也像今日一樣，為了生存，各自紛飛。你是索家唯一的血脈，也是我慕容桑度的兒子，你要開枝散葉，延綿不斷。」慕容桑度右手緊握懷恩的肩頭，眼光定定鎖在懷恩臉上。

懷恩緊咬下唇，微微低頭。哥哥們寬厚的手掌一一送來，兄弟們各自忍著哽咽抽搐，將懷恩團團圍住，炙熱的手掌緊緊擁在他的肩上，背上，頭上。

慕容桑度堅持送懷恩走出草原，「記得阿爹教你的，敦煌和草原不同，城裡人狡猾奸詐，要隨時警惕防備，永遠不要把心裡想的事，讓別人知道。」

阿爹向他的幼子揮別，「你一定要努力的活著！」

帶著十四自己養大的馬，一股情緒在胸中翻騰，懷恩咬緊雙頰，扣緊那股漸漸湧上的離愁，頭也不回的，踏上返家的路。

*

懷恩騎馬來到客棧附近，找來鎳工，束髮整冠，修面剃鬚，踏踏實實的洗了一頓澡，頓時清爽精神。傳聞有千里馬進城的消息不脛而走，不費多日就和軍馬場的人聯絡上，懷恩的十匹精良好馬，立刻引薦給負責軍馬場的都騎校尉肖戰。肖校尉見了這些雄健彪悍的馬，愛不釋手，有意收購做為種馬。

「這是我親自養大的馬，也是要用來做種馬，希望將來自己有個馬場。」慕容懷恩的漢語有明顯的外族口音，不是十分流暢。肖校尉職業軍人的眼光判斷，慕容懷恩是塊好料，淡定寡言，目光炯炯，身材結實，全身上下幾乎沒有一毫贅肉。

「你初來乍到，需要安全的地方飼養這十匹馬，我這裡有地方，有人力，你暫時在我馬場安頓下來，我們供你吃住，不收取飼養費用，相對的，我們可以討論長期合作培育軍馬的事，你覺得如何？」

慕容懷恩陷入沉思，不發一語。絕世好馬難求難遇，肖校尉渴望的眼神逼近養馬人。

「倒是有個條件。」懷恩慢慢吐出這六個字。

「什麼條件，我們都好談。」

「就是，我們在草原上自在慣了，頭髮束著挺彆扭的。」懷恩略帶靦腆道。

「好說，好說！你不在軍職，不受制度規範，呵呵……」肖校尉如獲至寶般鬆了口氣。

＊

夏天到了，葡萄開始抽芽，秋天收成便有了盼頭，處處生機勃勃，意氣盎然。曹文殊起了個早，向皇后問安後，便帶著兩個表弟，往馬場練習騎術。

小殊的馬兒遠山在練習時受傷，負責管理馬場的柴牧卿陪同去馬廄探望，小殊嘟著嘴，和遠山對視，輕撫牠的耳朵，揉揉摳摳，遠山瞬間兩眼迷離。一般馬不喜歡被人觸碰耳朵，會高高的扭起頭，眼睛下翻，一臉驚恐，馬夫在幫遠山擦洗時意外發現馬兒喜歡耳朵輕撫。

小殊蹲坐在地，輕輕順著遠山脖子的毛，嘴湊在牠耳邊說悄悄話。遠山聽懂似的，將頭靠近啃小殊的手，馬兒咬人，啃癢癢是表達喜歡人。人馬一番磨蹭之後，小殊跨出馬廄，她忍不住想和太子們切磋馬術，她一眼瞧見從青海來的馬。

「乖乖！這麼俊的馬兒！」如果說一朵艷麗的花兒能吸引蜜蜂來採蜜，這匹馬能讓人一眼便驚艷千年，小殊毫無抗拒的被吸引過去。

「報告郡主，這是剛從青海引過來的千里馬。」馬夫喜滋滋道，「聽說是要培育的種馬。」

小殊歪著頭看著馬背幾乎高過她頭的馬，「難道這是傳說中的汗血寶馬？」

張騫出使西域時，在大宛國見過一種良馬，耐力速度驚人，不但能行千里，更會從肩膀附近位置流出像血一樣的汗液，寶馬泣血染夕陽，故稱之汗血寶馬。

「這馬真的是流出像血一樣的汗嗎？」小殊好奇到極點。

「郡主，老實說，這些馬進來，當成寶一樣的伺候，除了肖校尉，還沒人敢騎這些馬。」小顧放低聲音，彷彿這傳說中的馬種不可侵犯的神祕。

「不對啊，老師說過，汗血寶馬在幾百年前，早就絕跡於中原，應該不是汗血寶馬。」

一場戰爭的勝敗，取決戰馬的優劣。戰馬多半被閹割，優秀戰馬失去繁殖後代的能力，為了爭奪汗血寶馬，引發了無數戰爭。

眼前的這匹馬體型飽滿優美，頭細頸高，四肢修長，皮薄毛細，幾乎是完美的身形曲線，然而又馬背雄壯，適合做戰馬，能載武器能長跑。

「這麼美的馬！」馬身光滑無比，像搽了油似的，脖子上的毛一綹一綹垂掛下來，小殊順著油亮的毛輕撫，將手背放在馬鼻子前，讓牠聞聞，和馬打招呼。

「我想騎試試看。」黑馬不領情，脖子左右搖動，朝上扭動，眼神不是很友善。

「郡主，我看還是等一會兒吧。」馬夫唯諾勸導。

從連和琮原太子在馬場上玩耍之聲不絕於耳，「姐姐，我們等妳一起遛馬呢！」

小殊按奈不住和弟弟馬上競技之心，「你們等等我，我一會兒就來啦。」

「這……郡主，郡主……」馬夫勸阻無效，只好蹲跪在地成踏階梯。

「沒事的，馬就是要騎的，等我騎上去就好了。」小殊一隻腳放入馬蹬時，腳尖不小心戳了馬腹，馬向後倒退一大步。

馬背對小殊而言，實在是過高，她再試一次，另一隻腳掃過馬臀時，踢到臀部。馬受到驚嚇，長嘶一聲，舉起前蹄，想把小殊摔下。小殊被這突發嚇到了，過度勒緊韁繩，赤馬被勒的痛，咻的往前衝，小殊還沒坐穩，驚惶失聲，更引起赤馬的不安。

營帳裡肖校尉，和馬夫長及慕容懷恩正在研究青海驄的飼料，「草料加黃豆、胡蘿蔔、牛奶、肉乾、粉碎成顆粒參在料裡餵馬。」懷恩列出飼料，養戰馬如養兵千日、用於一朝同理。

「大人，大人，千里馬發狂了，」馬夫跑的上氣不接下氣，惶惶張張衝進營帳，結巴道，「郡主……郡主在馬上……馬發飆了。」

懷恩敏捷地衝出帳口，見和赤馬糾纏的小殊，口中奔出一句，「這馬只認我一個人，蠢貨！」便吹了聲口哨，一匹火紅的駿馬抬起頭往懷恩踏步而來。

懷恩長腿快跑，十數步後加速躍上馬，這閃電般上馬的速度，讓肖教尉和所有馬場上的人看得目瞪口呆。

馬接上了懷恩，使出了四肢修長的優勢，四只蹄子像是不沾地似的，長鬃飛揚，風馳電馳的趕上發狂的馬。赤馬長長的鬃毛披散著，如風如雷，小殊的束髮也被馬震的鬆散開，擋住她的視線，臉色僵硬發白，眼神惶恐的無法言語。

「放鬆韁繩！」懷恩對赤馬上的小殊大聲喊，小殊緊張驚恐地使勁的持韁控制，她越拉緊，越想控制馬，赤馬越抵抗地狂奔，想把她甩下。

懷恩的馬和赤馬並驤，連續喊了幾聲「放鬆韁繩！」

赤馬上的人身體因驚嚇過度而僵硬，不能反應放鬆韁繩，只聽得她無助、本能地驚呼，「救我，救我。」

懷恩收腿上馬，採半蹲姿勢，算準速度和距離，兩馬之間兩三寸距離時，提臂使腰，縱躍到小殊的馬鞍，整個人身體和雙臂將小殊圈住，使力地從小殊手中奪走韁繩，放鬆韁繩，在她耳邊鎮靜道，「放鬆，跟著我。」他身體重量疊加在小殊背上，兩人向前傾，順著馬的動作調整。

馬到了懷恩手裡，神奇般地，人馬找到了旋律，速度掌控在懷恩的手裡，小殊終於吐了一口氣，閉上眼睛，放鬆身體，腦海放空，無意識地隨著身後的人身傾後仰，在海一樣寬闊的草原上翺翔，大地在動搖，時空在消失。

懷恩將小殊帶回馬場，全部的人才從剛才縱馬救人的一幕緩過神來。

懷恩咻地一聲，還沒看清動作，已雙腳落地，他繞馬身走了一圈，確認馬身無恙，半响無語。

懷恩站在馬前，頭部與馬頭同高，用土谷渾語輕聲細語，雖然旁人聽不懂，他語氣就像是哄小孩子一樣溫柔含笑，寬厚的手不斷輕撫馬頸，馬兒不時的輕輕擺頭，馬嘴貼著他的肩頭撒嬌似的。

歡信拉著小殊的手驚呼，「妳的手，都磨成什麼樣了。」小殊的手掌手指青紅相間，皮裂掌破。她拿出手絹為小殊包紮上，幫郡主梳理頭髮。

懷恩安撫赤馬後，繞到小殊面前大聲怒斥，「你！」要是在草原上，他早就撲上揍一頓，但眼前這傢伙身材瘦小，披頭散髮神情驚恐的模樣，所有目光都聚集在他身上，他冷面側目厲聲道，「以後不準碰我的馬，你沒被他摔死，是你命大！」

小殊神情驚怔，想起大伯曹元德在軍中墜馬而亡，頭冒冷汗，啞口無言。

「喂，你是誰呀，和我們郡主說話有沒有分寸？」歡信鼓起腮幫子斥責。

「不得無禮。」小殊驚魂甫定，磕磕巴巴地訓斥侍女。
「不就是個馬夫，敢！」歡信杖勢欺下，分毫不讓。
肖教尉板著臉，嚴肅不語，小殊哭喪著臉，心虛囁嚅吐了這幾個字，「教頭，學生闖禍了。」
肖校尉盯著小殊，雖然語音平緩，語調卻極其嚴厲，「軍中規律人人都得遵守，豈可任性冒險？這匹赤馬，連我也沒敢騎，這次人馬平安，都得托……」校尉稍停片刻，仔細想想該如何稱呼慕容懷恩。
經過這短短的馬上功夫，慕容懷恩在馬場的地位瞬間起碼連升三級以上。肖校尉看到他縱躍的功夫，馬上聯想到在戰場上，短兵相接時可以用到的戰術。「馬夫」實在不適合他這高超的馬術和養馬的經驗。
肖校尉形色奕奕對慕容懷恩說，「今日救了郡主，大功一件。展現超凡的馬術，對歸義軍會有極大助益，我會向管理牧群的少卿，保舉你為馬倌。」
懷恩眼神依舊淡定，既無謙詞也不得意，微微躬身作揖致謝。
肖校尉淡然道，「郡主，今天救駕的這位是馬場新來的馬倌，慕容馬倌。」
郡主？慕容懷恩眼神掃過這乳臭未乾的小子，讓他的馬受到驚嚇的痞子，竟然是個女孩，還是個皇上姑娘。
小殊這才定神，正眼看到救命恩人，年紀二十五、六，深棕色長髮及肩，臉的輪廓棱角鮮明，皮膚有些痘印的痕跡，不過並不影響他的英挺霸氣。眉毛和眼睛的距離較窄，屬於有個性的男人，稍稍發起狠來就有一種難以抗拒的威嚴，與生俱來的冷峻，寡淡氣質中透著一分神祕氣息。

小殊羞澀垂目，心中滿滿感謝之意卻說不出口。

「慕容馬倌，都說不打不相識，」校尉想盡辦法打圓場，「今日你解救的這位，是敦煌郡主曹文殊。」

懷恩微微低首，勉為其難的屈身行禮，「見過郡主，有冒犯之處，請多包涵。」

*

沙漠早晚溫差大，入夜清涼，青玉軒留著一盞油燈，輾轉難眠。小殊起身點上了安神的檀香，全身酸痛，拉拉筋舒緩一下，窗戶半掩，打個哈欠，回到床上。

是手受傷引起的煩躁嗎？不，皮肉之痛，過兩天就好了。

她閉上眼睛，身體平躺，雙手交疊在腹部，嘗試用腹式呼吸法，靜心入眠。夜，靜的嚇人，她能聽到燈芯燒斷的聲音，閉目呼吸，聽到自己心口麻麻酥酥，亂跳亂蹦的澎澎聲，沒有節奏的撞擊著胸腔。

越想入睡越睡不著，越想屏蔽心跳聲，越像回音般的充斥整個房間。她絕望的張開眼，定定的看著床頂的雕花，微風透過薄紗床簾送來，閉上眼，那厚實穩健的身體像一座山，從身後包圍上來，那種安全的感覺，他的頭蹭著她的側臉，篤定冷靜的指示她放鬆、放鬆，手中緊握的韁繩被他掌握住的霎那，她知道自己安全了。

喜歡一個人是什麼感覺？

心突突跳撞擊胸口，充斥著耳膜，她害臊的將絲被蓋過自己的頭，藏在被子裡，感覺自己燃燒的雙頰，青春萌動的心跳。

她蒙在被子裡放聲大喊：曹文殊，妳瘋了！

在馬上的一幕幕在腦海裡重現，當他貼近她的雙頰時，她感受到完全不同於脂粉的氣味，從來沒有感覺過的味道。平日和太子和伴當在一起，他們身上是濃濃的金貴之氣，隨身佩戴的香袋，混合花椒、丁香、肉桂，用來提神調節情緒，和他身上的剛陽之氣全然不同。

她一閉起雙眼，身後的那座大山便轟然乍現，繼而來之的是在他臂彎裡的安全感，風馳電掣的速度在她感覺中是靜止的片斷，她努力的回憶自己是如何回到馬場，他說了什麼？自己如何跟著他放鬆身體，順從黑馬的節奏？

小殊陶醉地有些喘不過氣，也許只是短短的行程，在她的記憶裡，像是一條走不完的路，一次次像跑馬燈出現在腦海裡。

他斥吼之聲，將她從半眠半醒中嚇醒，竟然冒著冷汗。天啊！小殊再度將自己埋在被窩裡，恨自己第一次見面就留下麻煩精的印象。他，腦海浮出他長髮飄逸在馬上縱躍的英姿，曹文殊露出頭來，對著床頂傻笑，心想：要是輸羅在，就有人幫我出主意啦！

第八章　沒落的貴族

對慕容懷恩而言，羊馬的味道就是家的味道。

他和馬夫們同吃同睡，配著醬菜喝著熱粥，心裡惦記著念著草原的爹娘，糧食是否足夠過冬？天藍水美、草地肥羊令人留戀，可難道為了糧食和生存，他一輩子就注定在草原上爭奪搏鬥的生活？

決定離開草原，因為這條命是撿回來的，他不能辜負老天賜他的禮物。

馬場的人都當他是無牽無掛四處為家的浪子。夜色茫茫，他獨自坐在欄柵上，黑馬陪著他，仰望星河，惦記著阿爹阿娘哥哥們，因為除此以外，他不知道還能想念誰。曾經寄情於他的姑娘，偶爾會滲透入腦海，但他始終未定情，因他知道自己會離開草原。

他在城裡暗地打聽到老家所在，附近徘徊數日，往昔的索府，如今是來自撒馬爾罕的粟特富商所居住。懷恩坐在小酒館外獨酌，想像著下一個街頭轉角處，或巷口樓門能遇見童年記憶中的阿娘。

世間所有的相遇，皆有因由，若無相欠，怎會相見。

一輛馬車驟然停在路當中，車前個橫躺著被撞倒在地的男子，妻子嗚呼喊救。

阿瓏掀開布簾，見一高大碩壯男子走入視線，剛陽孤傲之氣撲面而來，他穿過人群到傷者身邊，檢視一番後道，「沒有斷裂，膝蓋脫臼，我幫你推回去，大爺你咬緊牙，忍一下……」男子手腳麻利咔的一聲歸位，老頭兒漲紅扭曲的臉回復正常，按摩舒理一下，便扶持起身。

「大爺，我讓馬車送您回去吧！」阿瓏走近圍觀人群，「是我們的疏忽，辛虧這位大俠及時相救，一會兒我讓人送藥過去，」阿瓏歉然笑道，「該補償的我們也會補償，您先回去休養吧。」

一番合情得體的話，路人紛紛勸老夫妻倆和解上馬車。

車後的駱駝牛車前進不得，阻塞交通，阿瓏向路人道，「各位鄉親，打擾到大家了，向大家陪個不是，我是飛天閣閣主，這件事我會負責到底的。」

圍觀人群散去，阿瓏站在男子身旁，輕笑道，「感謝大夫相助，改日定會登門道謝的。」

「我……不是大夫。」男子淡淡回道，「草原上，隨時都會發生傷筋動骨的事，羊馬受傷都得靠自己想辦法的，」質樸爽快間透露出草原男兒的豪爽粗曠，咫尺之間雄性氣息撲面而來。

眼神相看的霎那，有了靈魂的交集。

平日看著青春無害，但在心儀男人面前，阿瓏那婉柔嫵媚、多聰多慧的風情，整個姿容，整個體態，整個韻味，都流露出難以言喻的風情萬種。她扭過頭，眸中略過一抹細微羞赧。

草原男人目光掃過這笑得矜持又漂亮的女子，然後就垂目盯著地面。

雪兒看看阿瓏，再偏頭看看男子，看出了二分意思，「坊主，我們約了客人，這會兒走回作坊，恐怕要遲到了。」

「哦，那就請大俠留個大名吧。」阿瓏從恍惚中醒來。

「在下複姓慕容。」男子眼中原有的幾分戒意，漸漸消失，此時只有笑意，一個男人看女人的笑意。

他為大爺整骨時，那張似刀砍斧劈而成的消瘦面頰，棱角分明，略帶侵略性的臉，全神貫注，他的認真和投入，散發出值得信賴的魅力，他帥得有氣勢，甚至壓倒了五官本身的帥氣，一種凜然不可親的氣質，咫尺之間卻又令人暈眩，欲罷不能。

「還是稱您慕容大夫吧。」阿瓏微微偏頭，面頰微溫，目光駛向雪兒。

雪兒靈機接話，「慕容大夫，咱們的作坊飛天閣就在城東，日後請慕容大夫過來喝杯茶。」

兩人別後，慕容懷恩在原地目送阿瓏媚態如風的背影，漸漸走遠，才轉身離去。

一輛馬車疾駛而過，馬蹄嗒嗒敲擊地面，濺起陣陣灰塵，坐在裡面的曹小姝正趕赴約會。待街上灰塵散去，四下無人，慕容懷恩右手覆在心口上，感受突突的跳動。

＊

阿瓏眼光獨到，手藝妙不可言，最近把隔壁的布料行也頂下，門面擴充。八面玲瓏的名聲早在皇上貴婦圈裡傳開，從瓜州，義州，西域慕名而來的富商，紛沓而至。

小姝細聲細語地說明打理新裝的來意，還讓歡信跟著姐姐做學徒學化妝。

「坊主姐姐，我們郡主要換一個……」歡信沉吟思量，「楚楚動人的造型。」

阿瓏沉吟片刻，笑著打量突然羞赧的小殊，讓侍女從內室端出一盤鳳仙花搗碎的紅色染料。金鳳花開色更鮮，佳人染得指頭丹。姐妹們聚集在一起，用染料將十個指甲染個通紅，一邊反覆地塗，一邊聊著不痛不癢的事，阿瓏在小殊耳邊悄悄說道，「郡主有心上人了？」

小殊嘟嘴撒嬌道，「阿瓏姐，妳得幫幫我！」緊實粉嫩的臉蛋一抹緋紅。

＊

再見到懷恩時，小殊心裡卻有些失望，和她朝思夢想的他，不是完全一樣，穿的衣服不同，眼神也不一樣，語氣也變了。和懷恩認識的時間很短，思念他的時間卻很長，長的像是印烙在心裡一樣的熟悉。

郡主遞上糕點，「慕容馬倌，我讓府裡的大廚做的點心，杏仁乾，脆皮棗，綠豆糕，先向你賠個不是，驚嚇了黑馬，還有……」郡主皺了皺鼻子，歪著腦袋嬌俏地說，「要不是你來救我，我可能早被馬甩下來了。」

懷恩斂身行禮，目光淡淡的掃過她，十八九歲，粉撲撲的鵝蛋臉，周身透著俏麗靈動，獨立灑脫，眉目間隱然一股聰敏過人，未經世事的眼神帶著三分倔強五分真摯。未有皇上小姐的傲慢，還親自道謝。

懷恩展顏一笑，「郡主言重了，這是卑職該做的。」梨窩深陷，讓他的冷峻的臉柔和許多，「我陪郡主去看看遠山。」

小殊心中竊喜，藏不住嘴角微翹。

「遠山的傷恢復差不多，但是不能長途行走，如果舊傷復發，會更嚴重，後果不堪設想。」懷恩專業中肯的評估，令人折服。「受重傷的馬兒，最後就……」

「別說了，我知道。」小殊右手捂著眼睛，及時打斷她不想聽到話，受傷的馬，為了減輕痛苦的負擔，最終都逃不過被殺的命運。

「我們在草原天天與馬為伍，相依為命，就像親人一樣，他們受傷有痛苦，都得靠我們照料。」懷恩聲音低沉，「之前我的馬受傷，或有剛出生的馬，我都睡在馬身邊，陪伴照料。」

小殊想起她幼時養的貓走了之後，再也不養寵物，低頭不語。

突來的沉默，氣氛驟然尷尬，「郡主隨我來，去看看從草原的駿馬。」懷恩領路向新闢培育新馬種的基地走去。兩人騎馬轉了幾圈，吹吹風餵餵馬，少女面對愛情，總是不自覺地靠近，莫名地被吸引，將他放在心上。

慕容懷恩帶上一壺酒，坐在柵欄上，黑馬不停的蹭著他的膀子，他吹起羌笛，斷續聲隨斷續風，緩緩升到掛著星辰與紋月的深空裡，孤寒清剛，隱約帶著一絲悲意，引來聲聲狼嚎，微仰著頭，想起那個血腥的夜晚。

他和阿爹行獵夜宿，阿爹受到狼群圍攻，極度恐懼爆發蠻力，雙手拿著火炬衝過去，怒吼狂嗥，把狼趕走，最後剩下一隻狼老大面對面，當狼朝他躍起時，他俯身抬頭匕首對準狼心臟刺去，劃破胸腔，溫熱的狼血噴濺在臉上，他還沒有完全長大獨立，狼的血腥味逼出了身上所有的戾氣，勝利成了征服者最佳的亢奮劑。

懷恩微仰著頭，視線投向遠方的地平線，凝望著斜掛半空中的彎月，阿爹震驚的眼神對上了懷恩布滿血絲的的雙眸，耳內嗡嗡有聲：阿爹，自此你我再也不相欠。

許久許久，他才緩緩的將目光收回，投在眼前撒嬌的黑馬，雙臂圈著馬脖子，相互親密的磨蹭，心頭浮起阿瓏曼妙的倩影。

*

風聲瀟瀟，胡楊漫漫。

莫高窟北壁，如蜂窩的洞窟，錯落有致的分布在粗山岩壁上。

輸羅太子和兩名侍衛，在北崖密密麻麻的洞窟中，找到專屬石窟寺的禪窟，單人跏趺坐在窟裡，深淺合宜，這裡冬暖夏涼，適合禪定。

隨行的僧人、武僧和護從普凡，坐在窟外輪流守護。崖壁下橋邊駐紮著一小隊歸義軍，既不打擾洞窟中閉關的太子，也可以近距離的守護太子安全。

修禪先觀像，觀像如見佛。

輸羅坐在禪窟，如如不動。天未破曉前，親自焚香禮佛，禪定至天亮，再行步到岩壁下的河，提水回到僧房窟，這是他修行功課的一部分，堅決身體力行，不讓侍從代勞。

太子提了兩罐水，經過一個小石窟，只留一個像是通氣的小孔，洞口有個凹槽，他將一碗水留在洞口，溫儒的嗓音透過小孔向窟內輕道，「師父保重！」向窟內禮敬默念，便轉身回到僧房窟。

十天前太子到達北窟，一年老生病的僧人，知道自己為時不多，由眾僧和親人陪伴到洞口，做了最後的告別，帶一些食物和水，進入洞窟，靜靜等待最後的時刻。

坐化其中，這窟便成為「成佛窟」。太子第一次見證這敦煌習俗，當僧侶和泥匠用晒磚將洞窟封口時，他眼眶朦朧，心中默釋慈悲祝願給洞窟裡的老僧。

僧房窟的裡有烟筒、烟道，黑黑的洞壁，有個小台可以簡炊，侍從在灶台熬粥，就著醬菜，四人輕食後，在狹窄的甬道上拉筋踢腿，便入禪窟打坐。

入夜後，駐紮軍隊從橋頭望去，崖面上的洞窟透出星星點點的燈火，連成一片，兩三個時辰後，崖壁燈火陸續熄滅，籠罩在一片深藍夜幕裡，星光閃爍是唯一的照明，大漠的風是唯一的聲音。

太子捧著一盞油燈，放在成佛窟洞口的凹槽裡，期盼釋放一點明亮，在獨自等待離世的最後時刻，陪伴著老僧，至少，最後一眼，還能看見光。

回到僧房窟，就著星光，躺在草席上，心裡念著在密封洞窟裡的僧人，太子輕聲問身邊的僧人，「大師兄，不知裡面的老僧如何了？」

「我們最後留在世上的只是個皮囊，所謂寂靜涅槃，他的靈性已經準備好擺脫了生死輪迴，在寂靜長樂的永恆境界，老實說，我還挺羨慕他的！」

「何嘗不是呢！」太子輕嘆一口氣，「你們都羨慕太子尊貴之命，金玉之身，其實，我真心想追隨師父，出家修行，利益眾生。」

對於所擁有的，往往覺得不夠完美，對得不到的，卻竭盡一切去追求。

太子往從僧房窗往外望去，除了洞口的一盞如豆燈火，漆黑夜幕，冷風颼颼，他翻了個身，拉緊毛毯，進入夢鄉。

天色方曉，太子在崖壁下的清泉洗漱，換了一身乾淨的僧袍，向在橋頭附近駐紮的歸義軍問候，「劉校尉，這幾天駐紮在此，辛苦各位兄弟了！」

全身武裝的劉校尉抱拳作揖，「太子言重，這是在下的職責，能護持太子修行，也是功德一件。」

太子頷首向身旁的普方交代，讓府裡送十斗好酒和一擔餑餑給護衛隊。

劉校尉在軍中十年，對初次見面的太子深具好感：對他人矜卹，處事圓通。他出身皇室，少年得志，卻不疾不徐、不浮不燥、不驕不傲，是天生的貴族氣質，還是後天的栽培？

曹皇后和曹大王的座駕由遠而近，太子立於橋頭恭候，見座駕後的提雲大師和英姿颯爽的曹小姝，太子嘴角勾起一抹輕淡的弧線，眼中含笑，長揖行禮。

皇后細看太子，六月不見，嘴邊生了些鬍渣，面容清瘦，眼神明亮，剃度的頭也長出些髮絲。不禁心裡小小得意，慶幸在太子嬰兒時期，常常更換睡姿，發育成飽滿圓潤的頭型，他的下頷似乎又長寬些許，側臉越來越接近男人的輪廓。

曹小姝站在皇后身側，雙手遞上一頂羊毛編織的頭套給太子，暖笑道，「姑姑念著早晚溫差大，擔心太子著涼，囑咐祐定做了禦寒的。」

太子立刻戴上，露出稚氣的笑容，「讓母后操心了！」再轉身向舅舅頂禮，「麻煩舅舅親自出馬，精明受之有愧。」

曹元忠是個虔誠的佛教徒，在任內大力推展造窟做佛事，「我們家族中有人入寺修行，是曹家的功德。世子就要當家，舅舅豈有不支持的道理？」

「你入窟修行，姑姑可是天天到大雲寺念經持齋。」小姝扶著皇后俏笑道，「我們全家也跟著吃了七天的齋飯。」

提雲大師和太子清澈柔和的四目相接，以心相印，不語多時，才緩聲道，「太子在光明寺出家，按國例是六個月，完成閉關修行，太子繼承王位的資格已達成，從今開始，以世子稱之。」

「師父，在閉關中，弟子進入到很深的境界，耀眼金光，宇宙星辰，時間空間都停止，久久不想出來。」

「修行是一輩子的過程，沒有結束，也沒有考核，禪窟閉關，是一個里程碑，與其說是一個結尾，更是一個開始。還俗的人就像一顆種子，走到哪裡佛法就到哪裡。」

「感恩師父的教誨！」世子跪在大師面前，用于闐語回覆大師，「一切世間法，皆如夢幻泡影，如露亦如電，應作如是觀。」

撲面而來的青春氣息，如此純良乾淨，世間少年應如你。

第九章　胡旋舞大王

不到沙漠，不知敦煌人對綠色植物和鮮豔花種的熱愛。一排長的竹竿架上，爬滿花藤，成串低垂，遠遠望去，似彩緞斑斕奪目，又似火花奔放紫煙。

曹皇后在大廳裡接待曹元忠夫婦，侄子延恭、延祿、延瑞，延清家人喝茶敘事，話題自然落在中原詭譎多變，契丹在北方立遼國的局勢。

「契丹民族作戰，不給騎兵糧草，也不發餉，靠著『打草谷』四處掠奪，老百姓群起反抗。歷來游牧民族草原上稱霸，到了中原卻難以維持生存，看來，把他們趕回北方草原是遲早的事。」曹元忠瞟了一眼皇后。

曹皇后對時事敏銳觀察，「早已聽說河東守軍蠢蠢欲動，伺機而起。」

「大姐說到點上了，河東節度使劉知遠廣募士卒五萬，實力堅強，按兵不動，等契丹回到北方，中原無主……」曹元忠把話打住，和曹皇后心照不宣的互換眼神：劉知遠自立為王是遲早的事。

曹皇后心領神會，淡笑道，「聖天國王在于闐鎮守西域，和中原一千年來都是一家人，改朝換代，就是斷了骨頭還連著筋。」

「等時局明朗，我們也該和朝廷通通氣。」曹元忠老神在在，只是這「朝廷」不知又輪到哪一個地方軍權當家？

「本宮也是這麼盤算，聖意是讓太子儘早帶領使團到中原新朝覲見皇帝。」

曹元忠和曹皇后達到共識，各自抿了一口茶，清了清喉嚨，換了新茶，品嚐侍女送上的葡萄。

*

眉間一點相思紅，揭開了一個謎樣少女的新面貌。

青玉軒裡傳出哀戚的慘叫聲，「輕一點！我頭皮都……快被扯爛了。」

歡信拿著篦子蘸了榆樹刨花水先梳順頭髮，綁得緊緊的，一束束成型，連連喊疼。

阿瓏細心解釋道，「緊綳著刮出的髮髻才油亮順滑，絲紋有致，也不容易亂。」

郡主束髮而痛揪在一起的五官漸漸舒展開，露出圓潤的臉蛋，像是能擰出水一般。

黛粉輕描秀眉，眉峰上挑，精緻的五官更立體，整個臉顯得三分嫵媚。

小姝自照銅鏡，「眉毛太彎了，像唱戲的……」試了小山眉，三峰眉，垂珠眉，都不適合她活潑的個性，最後順著的眉型畫的闊而短，如桂葉形狀，為了不顯呆板，阿瓏朝著畫好的眉毛輕吹，多餘的黛粉末散去，兩道線條自成一字眉，覆罩著一對水靈淺褐的眸子，英氣中多了一絲溫柔，青春裡散發一股嬌媚。

郡主嘴唇豐腴，透著三分倔強，不適合特意畫小，阿瓏選了淺絳色，接近皮血色，用手指沾了唇脂塗抹在唇中的位置，再用無名指將唇膏暈染開。

畫龍點睛需細花，設計了一款抽象貓型，反覆用魚鱗、茶油花餅，甚至蜻蜓翅膀等材質試驗，最後用金箔剪裁，做出一支閃亮帶翹尾的貓細花，在小殊的左頰上栩栩如生，整個人洋溢青春無敵的氣息。

輸羅太子身穿墨色錦袍，露出銀色鏤空木槿花的鑲邊，腰繫玉帶，手上戴鑲嵌寶石的指環，頭後垂二尺絹，闊步飄拂來到青玉軒。一屋子人圍著郡主站在銅鏡前，無人注意到門口的訪客，聽到門口兩聲乾咳，紛紛屈膝行禮，退站兩側。

「我來接小殊一起去大廳的，母后和舅舅等我們呢！」

太子沒搭理屋裡投來的目光，直接問歡信，「郡主不在屋裡嗎？」

鏡子前的背影緩緩轉身過來，一巧目低垂的少女，俊俏的粉鼻，鵝蛋粉臉紅唇，長方形大眼露出絲絲靦腆，她身穿紅色翻領長袍，白紗燈籠袖，披淡粉色披帛，帛巾上飾鳳鳥銜枝紋。長裙曳地，腰部繫衣帶，帶上用細繩掛小香囊，束出小蠻腰，裙底露出一雙繡花鞋。

融合了回鶻元素，戴鳳釵步搖冠，配大袖裙襦，遠遠超過盛唐華麗之風，標新立異，爭奇鬥艷，敦煌民謠流行著「犀玉滿頭花滿面」，正是曹氏家族奢靡之風的寫照。然而這一襲紅色華服披在身上，為何讓她心煩意亂？細花貼在臉上，讓她心亂如麻？

太子見她瞬間，心突突的跳了起來，一陣微暈升到雙頰，羞澀眼光從少女臉上移開，在各人臉上轉了幾轉，「郡主不在屋裡嗎？」

少女掀起濃密的長睫毛，雙眸溢彩。阿瓏嘴邊輕抿了絲笑意，「太子，您再仔細瞧瞧這姑娘！」

太子半信半疑的走近姑娘，才看清她左頰上的細花，是只閃亮的貓型。姑娘淡褐色的眼睛，射出一股聰慧逼人的目光，這……只有曹文殊專有的眼神。

姑娘歪頭噘嘴正想開口時，才警覺沉澱的髮髻和髮飾開始晃動，她輕吸口氣，嘟著嘴沒說話，心中暗想：這呆頭鵝。

「不會吧，曹文殊？」太子眼睛裡慢慢盈出笑意，「小鴨變鳳凰了！」

＊

家宴，皇后返于闐前的盛宴。

「小殊也快十八，再不出嫁就晚了……」翟大娘子邊嗑瓜子邊話家常。

「小殊在我這兒伴讀也快十年了，都怪我，書讀多了，也耽誤了她的終身大事，莫非大娘子有中意的人家？」皇后笑眼盈盈回道。

翟大娘子和曹元忠遞了個眼神，兩人早已鎖定陰家的子炎，曹陰兩家世交，知根知底。不僅陰善雄是歸義軍內親總督頭，陰家祖籍河南，祖上任唐朝王府司馬，上柱國，千夫長，得皇帝賜紫金魚袋。這頂尖的貴族家庭，深厚的中原底蘊，悠久的華族背景，對邊陲地區，如虎添翼。

「這會兒已經請了飛天閣的閣主操辦新衣首飾，跟嫁女兒似的……」皇后說著竟有點不捨之情，面色跟著黯淡下來。

「不過，咱們紅辣子這麼優秀，文武雙全，又有自己的想法，未必肯聽我們的安排。」翟大娘子邊聽邊琢磨。

「不如來個招親大會，先來文科比試，前三名的得以和紅辣子比武，騎馬射箭都行，這讓她自行作主，萬無一失。」

曹皇后看出元忠相中這親事，「先看看小殊的正裝，我們再從長計議。」

「來了，來了，貓后來了！」太子放慢了步伐，長而白皙的手指輕牽著穿繡花鞋，頭頂三寸髮髻的郡主曹小殊，步步金蓮的步進了大廳。兩人緩緩走來，像是金童玉女般配，皇后和翟大娘子眼神匆匆交會，掂量著彼此心思：金童玉女，可惜小殊失怙，沒有後臺，和皇室門面對不上，何況于闐王室和歸義軍已是親中之親，這條黃金線可要留給外家！

身穿華服，頭戴髮髻，的確是會影響一個人的氣質和言行，頭皮拉緊，腰身束緊，平日俏皮的曹小殊安靜從容的坐在翟大娘子的下位。

「我們都在為小殊的婚事在商量呢！」翟大娘子喜上眉梢的發話。

小殊精緻的妝容遮掩不住臉上的詫異，兩頰的肌肉忽地下垂，一張嘴看上去像是一個小圓孔，腦子發麻，一片空洞，心口緊縮。這些年在太子府中無憂無慮的讀書習武，到寺院裡誦經抄經，怎麼都沒想到要嫁人，在長輩們面前，她沉氣不語。

「這幾年的學習，耽誤了小殊終身大事，再過兩年就是桃李之年，學習之事就要告一段落。」皇后盡力放緩語氣，「我和你二叔商量了，太子到軍中見習帶隊，很快的就要出使中原……」

太子彷彿被一錘子重重釘在椅子上，如半截木頭般愣愣的坐在那兒。從來沒想過「姑娘大了要出嫁」和曹文殊有何關聯。自從來了敦煌，小殊就是他的伴當影子，像哥兒一般的同進出，習武念書嬉戲，甚至在他拔個兒前，彼此的袍子換著穿。知道今日見她華服容妝，才驚覺她必須恢復女兒身，不再伴讀，待嫁作人婦。

這一連串的安排突如其來，喜憂各半，太子起身作揖，「孩兒僅遵母命，感恩父皇和母后的多年的培育，為于闐國效力是孩兒本分。」

曹元忠滿意頷首，「過兩天到軍府裡，我安排你和軍機處的人會面，先從領兵開始。」

「孩兒定會盡力為之。」他停頓半晌，面朝舅舅和母后，求情道，「不過，小殊姐姐……」他見曹元忠臉沉了下來，便及時打住。

曹文殊眉目深鎖，猛地起身，頭釵跟著晃動，卻想起：雙親不在，寄人籬下，她能像從前一樣的任性嗎？她咽了口水，壓抑胸中冒起的衝動，幾乎嗚咽道，「我還不想出嫁，我……想陪在姑姑身邊。」太子要入軍中實習，有她容身之地嗎？她何去何從？

見叔父曹元忠鐵面，便收斂不敢造次，她向皇后投去求救的眼神，再向最了解她的太子望去，只見他臉色一陣青一陣白，她頓時心慌意亂，即使疼愛她的皇后，能為她作主嗎？

皇后淡笑道，「小殊的事兒先這麼定了，我回于闐後，小殊自然回曹府，當由叔嬸作主，招親大會也不是不可能。姑娘出嫁是天經地義的事，方法倒是可以酌情商量。」

長輩們目光焦距在小殊身上，她無助的緩緩坐下，臉上擠了一個比哭還難看的笑。

南院灶房飄來的油炸酥香，麵粉調成糊狀，加上佐料，灌入羊腸裡，蒸切段食之，北方游牧民族帶來的飲食，當地人再油炸酥切段，沾酸辣醬汁就食，深受歡迎。

花園內擺了兩張長桌，直角銜接，桌上擺滿了燒烤羊肉，牛肉，十種主食：胡餅、菜餅、餢飳、蒸餅、煮油麵、糍粑、饆饠；還有草鼓、沙米、馬芹子等山珍野味，五顏六色的西瓜、葡萄、梨子、胡棗、安石榴。花式小食七八樣，葡萄酒、青稞酒、麥酒、粟酒，令人垂液欲滴。

桌上排列從大食和西域帶來的犀角杯、珊瑚勺、注瓶、食刀。敦煌的上層社會享用的衣食住行器具比中原皇有過之而無不及。

院子四週火炬燃起，霎那燈火通明，琴師坐齊，笛鼓、正鼓、小鼓、銅鈸同鳴。

太子身旁依序坐著從連，琮原，從主桌往對面的女賓桌看去，曹小殊華服艷容，氣質出眾，卻心事重重的呆坐在桌前，面對美酒佳餚毫無胃口。

太子交代祐定，將饊子和蜜汁送到她面前。

小殊剝了一小塊饊子，沒沾蜜汁兒，往嘴裡塞，目光空洞的咀嚼。對面的太子對她頷首，讓她多吃一點，想逗她笑，她強顏笑了回去，指著她腰間的束帶，扎的太緊，吃不下。

太子起身，想走去和她說話勸酒，突然感到面對既熟悉又陌生的女兒樣，不知如何啟開口，又立刻坐下，右手握盛滿葡萄酒的波斯酒杯，左手輕貼在胸口前，酒杯在唇邊，暗自回味方才見到小殊女裝時的驚艷，胸口亂了節奏，一瞬間耳鳴嗡嗡。此時再瞄一眼，自問：和她嬉笑打鬧了這些年，怎麼就沒有看到小殊的楚楚可人？

一股憐香惜玉之情油然而生，激起了蘊藏在內心的保護本能，他端起酒杯，表面淡然的品著，翻騰的情緒被一陣激盪的鼓聲打斷。

曹府的領頭舞伎李月奴，輕步曼舞走進園中的小圓壇，星眸微轉的環視客眾，柳眉星眼落在青春貴氣的太子身上，太子靦腆垂目，淡淡的啜了一口酒。月奴目光掃向雍容華貴的皇后，再向曹元忠和翟大娘子，顧盼神飛而不俗媚。她身戴佩飾，金光四射，弦歌聲起，雙手舉袖，急速起舞，旋轉蹬踏，左旋右轉，節奏極火爆、動作極狂野，音樂極粗曠。

曹元忠情緒極熱烈，接過鼓捶，忘情的擊鼓助興，速度越來越快，連飛奔的車輪都比不上她的旋轉。他手中的鼓捶啪的一聲截成兩段，他甩了鼓棒，大步邁入花壇，伸展雙臂，在壇子上或旋或轉，他身段節奏鮮明，剛勁有力，千圈萬周轉個不停，樂在其中。

太子在席間，不停的擊掌蹬腳，彷彿自己也在花壇上旋轉，火爆狂野中幾乎看不出舞者的臉和背，在速度與節奏中，太子眼中的出現的幻想，竟然是曹小殊，和自己在毯子上搭配的胡旋舞，飄飛的舞袖送出無限的情意。

*

青玉軒，牆角擺著紫醬色的書櫃，四角各有一只銀制燈架，點著寬高的蠟燭，書桌上香爐升起裊裊香煙，床柱左右各掛著紫色幔簾。

曹小殊脫下華服，洗淨妝容，兩隻手插在鬢髮裡，呆呆望著銅鏡中的自己，變化各種不同的表情，眼神卻是死的。

「出嫁」對她而言，意味著更換一個寄人籬下的屋頂。

自從她的阿娘被娘家接回甘州，再嫁和親，她再也沒有這麼無法克制的哭泣。太子宅的童年，姑姑和太子就是他的親人，如夢幻般的伴讀時光，結束的如此措手不及。

她的頭埋在臂彎裡，口乾舌燥，像是被掏空一般：我要嫁給誰？我要去哪裡？我心中念念不忘的那個人知道嗎？

太子的腳步聽著有些醉意，他站在門外，惶恐猶豫。

「小殊，紅辣子，」太子隔著窗子喊道，沒有回應。

「喵，喵，喵……」太子提高聲，「姐姐，姐姐。」

「走開，別理我！」小殊啞嗓音。

太子趴的一聲坐在門前的花壇上的石塊，「我不走！」醉言醉語，「在太子宅裡，本太子說了算，不允許妳走，妳別想走！」

小殊聽了，眼裡飄著淚花，哽咽著，恢復女兒身，還能像從前一樣的暢所欲言，嬉怒罵鬧嗎？

「曹文殊，妳放心，有本太子在，沒人敢欺負妳，」他頓了半晌，想起幼時小殊對他頤指氣使，都是聽小殊的，「我為妳作主，除了本太子，誰也不可以欺負妳！」他搖晃著上身，雙腳在地上任性磨蹭，賴皮大喊，想哭卻哭不出來的鬱悶。

小殊輕嘆一聲，她看的通透，她要為自己作主，「回去吧，尉遲輸羅，本貓乏了！」

侍從普方扶著太子踩著不穩的步伐，往西院走去。

嘴上說著回房睡覺，腳步卻走向毗沙閣。皇后早就聽到太子在院子裡的胡話，雖然已更衣，仍讓侍女點上燈火，長髮垂腰坐在內廳的桌旁，等候太子。

「母后，母后！」太子搖搖晃晃的走進，撲通一聲雙膝落地，心中鬱悶想哭又哭不出來，想說又找不到言語，就是耍賴般的在母親面前，皇后把侍女都遣出內廳，只留珉瑜在旁，珉瑜上前扶太子起身，太子執拗不從，十五歲的少年，還有一顆稚嫩的心。

珉瑜送上一杯水，溫聲哄勸：「太子，喝點水醒醒神。」

「孩子！起來說話。」皇后眼神透著憐惜和無奈。

輸羅太子身體支撐不住，跪坐在地「母后，」他哽咽不平，「你們對小殊是什麼安排？」撒潑帶恨的眼神。

皇后愣愣的坐著，面色凝重。

「你們從來都沒問我，問小殊，我從小就許諾娶她為妃，我要帶她回于闐。」

「婚姻不是兒戲，豈能憑你喜歡？」

「我喜歡她，我的事自有打算。」太子任性。

「這不是你喜歡誰就娶誰的事兒。」皇后耐著性子說理。

「我早知道，我早知道，她就是你們的籌碼，隨大人意思許配給哪一家，為了結盟還是聯姻？她是人，又不是物品，像她阿娘一樣，被送出去交換利益。」醉意漫漫，太子毫不設防的吐出心結。

皇后緩緩轉過頭，又恨又狠地盯著自己的親生兒子，竟說出如此出格的話，珉瑜見母子之間火藥味越來越濃，上前打圓場，「皇后，孩子半大不小的時候，和大人較勁兒也是常有的，太子喝多了……」

皇后嘴唇輕顫了下，毫不留情道，「妳出去！這是我們母子之間的事，我沒有把他教好，是我的不是。」

珉瑜噤聲，她極少見皇后動怒，靜退闔門，在門外聽差。

皇后起身，雙手扶在他的肩頭，冷冷的聲音像一把劍從齒縫裡刺出，空氣瞬間凝固，「尉遲輸羅，你聽好，永遠不要忘記自己的出身，享受榮華富貴，特權專貴，你也有責任和義務，于闐佛國至今已有一千年，尉遲家族維持了于闐一千年的傳統，從來沒有斷過。」皇后雙手握緊了太子的肩頭，深沉的聲音，犀利的目光看著自己的兒子。

「如今你已是世子，繼承王位。你無從選擇，生在王家，你只能犧牲小我，延續尉遲家族，統領于闐傳承的責任在你身上。你，沒、有、選、擇！」皇后冷酷嚴厲的吐出這四個字，字字將渾沌迷糊中的太子敲醒。

曹皇后身兼父職，給了他唯一的天性之愛，對他有極大的影響，太子緩緩的抬起頭，沉重如山的責任，滿眼驚迷，無言地看著母親。

「籌碼？」皇后冷哼了一聲，放開了雙手，身體重重的沉入檀木椅。

「勿忘自己來敦煌的任務，于闐國的太子有責任，小殊也有她的責任和義務，這也是她的命。」皇后肩膀下垂，重重嘆了一口無聲的氣。

「世界上有誰比我更疼小殊？她無父無母，在舅舅家也是寄人籬下，仰人鼻息，我把帶到這兒當自己女兒一樣養著寵著，可是……」皇后目光潰然，「這門親結不成！就算我答應，你舅舅、阿爹也不會同意。你認了吧！」

輸羅臉上閃過驚惶不解。

「太子妃這個位置，甚至未來皇后的位置，都關乎于闐國運和國力，靠政治聯姻，于闐和歸義軍已有血脈相連，我們還有其他的邦國需要聯盟，況且，小殊的後臺不再，她有郡主之名卻無郡主之實力，太子妃位置她坐不住。」

皇后想起自己的命運，十八歲奉旨遠嫁于闐，在沒有同類的皇宮，舉目無親的異鄉，維繫于闐和歸義軍關係。她極其幸運的遇到了溫文爾雅，勤政愛民又仰慕漢文化的國王李聖天，兩人相敬如賓，琴瑟和鳴。幸福的時光卻不長久，方過花信年華，便帶著太子回敦煌，為于闐坐鎮敦煌，過著有權有財富卻如寡婦般的日子。她的人生，是權貴和義務的平衡，哪有愛情和選擇的奢侈？

獨守空房的寂寞，湧上心頭，積壓多時的情緒瞬間崩潰，用手摀住隱忍的啜泣。

「阿娘！」太子雙膝貼地挪位到皇后面前，在他面前哭泣的是他的阿娘，不是于闐皇后，感受到她獨自承受的責任和壓力，他平身和阿娘相擁，母子埋在彼此的肩頭裡。

在這之前，他是個身處局中，不知曉謎題的人，這一個晚上，他的阿娘將他帶到光亮之下。那個乾淨純真的少年，被催促著長大，未被世事所欺的臉龐，瞬間寫上了內容。此時的決心，像埋在心裡多年的一粒種子，阿娘的淚和小殊的無助，像是雨水和肥料相互的澆灌著他。只有自己快速的成長，不斷的強大，才能掌握自己的命運，保護他愛的人。

花園，回到了寧靜。

這一夜，九年厚積，九年同窗，無論是否準備好，他們在這一刻向無憂無慮，兩小無猜生活做了無聲的告別。

紫藤，一串串如浪花般映著月光發亮，既浪漫又神祕，卻吐露著今夜的感傷。

---

1 河東節度使石敬瑭是後唐明宗的女婿，趁著內亂，向北方的契丹稱臣，割地燕雲十六州換取耶律德光的協助，自立為王，稱後晉。

第十章　馬球賽重逢

雪季來臨前，曹皇后帶著從連、琮原太子返回于闐，太子一路送行至關外十里處，在土地上向母后行大禮，母子一別，再見之日，遙遠無期。

太子獨自漫步花園，除了颼颼掃地聲，便是迴盪的腳步聲，他驚奇發現竟能適應這驟然冷清的環境，或許在寺院修行時，早已調適自己的心境。步伐不自覺的往西院走去，才驚然想起，小殊已搬回曹府。

他在崑崙書堂獨自吃了晚膳，走到青玉軒，這是他為小殊廂房命的名字。玉，于闐的命脈，自漢朝以來，歷朝中原皇宮的玉器，從象徵皇權的玉璽到冠旒，無一不是從于闐供奉的美玉。挑燈夜戰，辯論研討、下棋撫琴，鬥嘴、唱歌、朗詩仍迴盪几案間，作畫、舞劍、拉弓的影子仍浮印在屏榻裡。青玉軒照舊原樣，想她時就來這坐坐、讀書、打個盹，呼吸她的味道，彷彿她只是出個遠門。

曹元忠在極盡奢華的一品軒開席，為曹延恭踐行。一門英才，明日之星，外甥輸羅，兒子延祿、延瑞、延清、侄子延恭。輸羅和延祿、延瑞年紀相近，從小一起念書騎射，抄經誦文。曹家公子個個身長玉立，身嬌肉貴，神態機靈，雖說不是很像，但細看輪廓特徵竟然都有共似的深目薄唇。

「延恭即將赴瓜州任團練副使，祝他馬到成功。」大家舉杯祝賀，延恭是大伯的兒子，按照諸侯爵位的傳承，是下一任節度使聲望最高的人選。

「謝謝三叔的提拔，將來我封侯拜將，一定會提攜弟弟們。」延恭二十六七歲，機敏豪氣，舉杯一飲而盡。

新生代宗子眾多，個個盯著大位，權位繼承在家族裡是否能平安無事？有張家骨肉相殘之前車之鑑，誰也不敢說。表面上看來，哪個不是胸懷大志，以國為大，但哪個又真正的能俯低作小？曹元忠在子輩間樹立典範，培養感情，也是用心良苦。

酒過三巡，酒酣耳熱，舅舅道，「過去你只知道念書習武修行，你父皇不在身邊，你師父是個僧人，你母后諄諄教誨，但是都少了一個狠勁。你內心柔善，記住，」舅舅精深犀利的黑眸掃過太子，「長大了，要學會心狠！」

這番話開啟了一扇門，輸羅眸中精芒微現，對世情機變充滿好奇。

「你還要磨上好幾年，做統領需運用權謀，善用人才。」舅舅極其上心道。

「沙瓜兩洲地小如孤島，四面環敵，今日繁榮平穩，靠的是與鄰為善，不是武力，是靈活多變外交政策，咱們西邊有高昌回鶻，東邊是甘州回鶻，彼此爭戰了幾年，如果他們聯手把歸義軍滅掉，占領沙瓜，可說是易如反掌。」

曹元忠的眼光如鷹般盯著養尊處優的子輩們，啜了一口酒，「粟特人從未建立過邦國，我們到哪裡都能夠生存，善用手段，和氣生財，用最小的成本保持絲路暢通。」

曹元忠目光從太子移到曹延恭和延祿臉上，「不是每件事都必須正邪分明，有時在特意的模糊中，才找到互利共存的空間。」

酒過三巡，老的少的醉酣耳熱。

「聽說杏園來了幾位西域的舞孃，妖嬈多姿，我帶你們去開開眼界。」曹元忠一行人來到歌舞坊，人流如織，太子對這俗艷喧囂之地，極其不適，心想若小殊在旁，就有人陪他熱鬧，本想找個理由開溜回家，但不能不顧舅舅的顏面，掃兄弟們的興，勉強入內，連喝三杯，硬生生地在席上睡著了。

＊

在太子宅的生活，像是天邊一朵朵爆開的煙花秀，充滿歡樂的回憶，無憂無慮，念書習武享受著和太子同等的寵愛照顧。仗著皇后的寵愛偏憐和太子的依賴親密，曹文殊在太子宅裡呼風喚雨，過得有滋有味。十年下來，姑姑幫小殊打理租金收入，攢了一筆小金庫。如今宅子出租的收入一部分上繳給大娘子做生活費，一部分自己或攢著或花消，打發僕從公關交際綽綽有餘。

在曹府配置到一個大廂房，引來不少閒言碎語，和各房女眷們在院子裡，自然不得不收斂，放軟身段，低調過日。

二管家敲門，喜滋滋的捧著三大精緻銅盒，裡面裝著大塊檀香。

「還是郡主面子大！後天就要入寺禮佛，鋪子裡大缺貨，咱們府裡的藏品也都用罄。我向太子府總管調點貨應急，都說缺著呢。還好我動動腦，找了郡主，妳瞧，不就是一句話，太子立馬就給捎過來了！」二總管黎嬷嬷在曹府二十多年，看著小殊長大，對主子的個性了若指掌，說話輕重緩急，自是得體。

小殊對這恭維，淡然笑之，「把一盒給大娘子供佛用，其他的各屋的小娘子和郡主分一些，應個急吧。」

「太子還捎來兩尺于闐絲綢，說是給郡主做衣裳的，還有一球杖。」黎嬷嬷貼近郡主，「于闐的絲料是很搶手的，聽說太子不惜千金，請享譽江南的球杖製作高手蘇校書所訂制的。」

小殊握新球杖，欣喜不已，作勢揮杖，迫不及待的想試試這新傢伙。

「郡主，院裡的大小郡主都羨慕妳呢，都是表姐妹，太子卻對郡主最上心。」歡信一副得意的口吻。

小殊拉下笑臉，讓歡信把球杖收起來，好生訓斥一番，「下人是非口舌多，今後在府裡一言一行得謹慎收斂才是，別給我惹事。」

姑姑在回于闐前，對她耳提面命的交代：雖是一家人，務必低調自覺。親姑姑和嬸嬸畢竟不同，翟大娘子管著一家五六十口，也不容易，管好自己，不要添亂就好。過去妳在我這兒犯事兒，姑姑我說了算，但大娘子不能偏袒誰，二娘子，三娘子各屋子的人，該怎麼說？妳阿爹留給妳的家產和城裡兩間鋪子的租金，夠妳衣食無缺，人在屋簷下，不能再任性，懂嗎？

韻味。

李月奴優雅地飄進屋，「郡主，上課的時辰到了。」她一身素衣，淡妝宜容，一舉手一投足都是

翟大娘子安排李月奴給待嫁中的小殊上禮儀課、舞蹈課、樂音課，讓她早日擺脫過去累積的男子氣。小殊原先是有抵觸的，自從認識了帥氣騎手，喜歡到喘氣不已，對音舞課程樂此不彼。月奴示範了一個三道彎的動作，「我從五歲就練這個動作，練了十年，才能加上琵琶……就是反抱琵琶。」

翟大娘子對小殊的投入甚是滿意，「月奴得了大明宮禮儀樂音真傳，多和她接觸，氣質都會潛移默化。」唐雖亡，敦煌人對大唐盛世的星光熠熠仍心馳神往，月奴像是天上掉下的瑰寶，曹家對她愛不釋手。

月奴平日高傲孤僻，和王府裡的女眷侍婢們並不合拍。早年流離失所、草蓆葬母早把她磨練的心如止水，好似這個世界與她無關，只有在舞臺上她才閃現豐神容貌。

「我乳名麟兒，是紀念大明宮的麟德殿而取的，那是大明宮最顯赫的權力中心，也是宮廷舉辦宴會的地方，三大巨殿依偎在一起，用柱子相連，複雜縝揚，」月奴說的入神，「麟德殿北邊是太液池，中間有三個小島，天鵝穿行其間，彷彿天上人間。」

「妳去過大明宮嗎？」小殊嘴邊一抹頑皮笑。

「怎麼可能？戰亂中成了廢墟，從小就聽我阿娘阿爹述說他們在宮中的生活，」說起前朝往事，月奴眸中閃出一抹異樣的神采，「比起朝廷要臣，教坊裡的生活好一些，官員們五更就得上朝，風雨

無阻，遲到的還要罰一個月俸祿或丟官。」月奴彷彿身臨其境嗤地一聲笑了，「在朝廷上無故講話或列隊不整也要罰月俸。」

「看來月奴十分嚮往宮中生活啊！」

「教坊裡晨昏練習也是極其艱辛，他們的工作就是陪著皇帝妃子們玩樂，只要他們開心，即錦衣玉食、賞賜豐厚。」月奴坐姿端莊，輕聲細語，「我們家的規矩就是宮裡的翻版，阿爹開的教坊也是這麼教學生的。家規是禁止我們入民間的歌舞坊，娛樂大眾、自貶身價，除非像曹大人這樣的皇上。」月奴的笑凝結在臉上，眸中萬分思緒，眼睫泛起一層霧氣。

自打出生起，便活在父母對皇宮的思念中，她的世界是一個摸不著看不到，但流淌在她血液裡的記憶。這是對一個盛世的緬懷，還是對至上權力的嚮往？

小殊聽出了她的心事，「想起阿爹阿娘了嗎？」

月奴沉吟半响，「有時，我想著要是這輩子能快快度過，別再飢荒逃難，讓我早點投胎到王室貴族家，像妳一樣的郡主，該多好！」

一個人吃夠了苦，總會把所有的期望放在來生。

「月奴，快別這麼說，妳我同年，人生才開始呢，這輩子好好過，妳看我，我阿爹死了，阿娘奉命和親，我三歲便和她分開。疼我的姑姑也回于闐，我其實和妳一樣，自己照顧自己，還拜妳為師呢。」小殊腦子飛轉了一圈，湊過臉去，低聲道，「譬如說，妳教教我怎麼向男子拋媚眼。如果妳喜歡一阿郎，如何暗送秋波？」小殊使了一個生硬曖昧的眼神，「這樣行嗎？」

「唔，這樣有點用力過猛。」月奴垂目，冉緩緩抬起眼簾，帶著無辜的眼神，含情脈脈的凝望小殊。

只聽小殊一拍掌，「哇，這就是童叟無欺的暗送秋波嘛！」

小殊被月奴楚楚動人的模樣觸動心房，就像一位美麗動人的姑娘在戲水，濺起一朵朵水花，原來做女孩和彈琴一樣，輕巧地撥弄著對方的情緒。

不知名的花香瀰漫屋中，窗外暖風輕送，窗內一教一仿，如花似玉的姑娘笑聲盈盈，青春的氣息像春風吹拂過的花，競相綻放。

*

蹄聲噠噠，鼓聲咚咚，旌旗飄飄，錦棚滿座。

新建的鞠場寬闊平整，夯的嚴實，講究的在夯土上加上油料，亮光光的像鏡子一樣，不僅外觀好看，比賽時不會揚起塵土，遮蔽球手視線，讓馬能暢快馳騁。

鞠場四周坐滿沙洲的達官顯要，敦煌人對馬球的狂熱，是不分男女老少，不分季節階層。

這是場曹元忠不能輸的比賽。

曹大王和于闐太子在錦棚的首席中央，左右各夾坐高昌回鶻可汗的使節哈散奴和副使愛兒太喜。年輕氣盛的太子克制了上場參賽的慾望，和曲宰相在座席上招待特使，眼神卻在賽場上來回欣賞各騎手和賽馬的熱身。

「太子練習很久了，勢必很想上場比賽，但這是硬碰硬，輸贏必爭的比賽，極度危險，太子不可做無謂的冒險。況且，高昌回鶻的使團也需要太子親自接待，這才是你最重要的任務。」曹元忠數日前即好言勸退了太子參賽。

「舅舅，外甥明白。高昌回鶻處在于闐和沙洲之間，于闐與其聯姻，可汗的三公主就是琮原的阿娘，這層關係外甥一定會好好關照的。」翩翩少年的臉上是超越他年齡的成熟和得體的笑意。

曹大王對外甥的穩重大氣頷首笑道，「過去你外公當政時，回鶻從漠北南下，勢如破竹，龐特勤建立了可汗，稱霸西域，為了爭奪伊州，和歸義軍征戰不休，最後伊州還是成為高昌回鶻屬地。」曹元忠的二兒子不幸陣亡，他按捺著國仇家恨的情緒，要在馬球賽奪回顏面的心情不在話下。

大王宣告：打勝回鶻有重賞，每得一分每人賞黃金五兩，得分最多者升職加薪。在戰場上輸掉的顏面，怎麼說也要在鞠場上贏回來。

一個熟悉的身影從錦棚前閃過，手上拿著似曾相識的球杖，太子眉睫一閃，唇角略過一縷淡淡笑意，曹大王眼神相對，斂容回首掃視後排的家眷，沒看到小殊郡主，卻見舞伎盛裝坐於郡主其間，不必多問，便猜到小殊要上場比賽，不動聲色的將目光凝聚在旌鼓齊鳴的鞠場，戴著護罩的騎手一字排開，馬身裝飾豪華絢麗，馬尾打結，馬鬃編成線，預防在衝撞時馬尾纏繞。

馬球最重要的是賽馬，身型要彪悍，經得起衝撞，奔馳迅急，培養賽馬嚴格的訓練，如同訓練戰馬。

鞠場進球是每一個騎手追求的目標，場上一律平等，但是馬球也是極度危險的運動，不僅要有高超的技術，還要有鐵一般的意志，墜馬受傷摔斷腿骨是常有，甚至喪命場上也屢見不鮮。

鼓聲大作，觀臺前的香點燃，比賽開始。歸義軍騎手戴紅色護罩，保護頭部，馳騁球場，煞是好看。

馬球雖是從吐蕃傳來的運動，黃隊回鶻高手如雲，他們世世代代在大漠游牧，在馬上征服天下，像雄獅般狂野，擊球技術高超，比賽開始不久，紅隊歸義軍便顯得非常被動。

曹小殊身手靈活矯健，為紅隊射進了一籌，第二回合紅隊的副隊長墜馬腿摔斷，被抬了出場。曹元忠顯得很狼狽，不得不換人，黃隊志高氣昂，在球場歡呼，曹元忠顏面盡失。

紅隊隊長肖教尉到場外調兵，後備騎手實力有限，不太靠譜，他靈機一動，想到一個人，雖然平日沒有演練過，對他馬上身手信心十足，令人找來束袖和襻膊，推他緊急上場。

紅隊重新整合之時，觀眾席上傳來大合唱敦煌曲子【杖前飛】：

球似星，杖如月，百發百中，如電如雷，

杖頭曲似初月，面雕紋飾彩繪，

頭戴俯身迎未落，都使乘騎紫騮馬，驟馬隨風直衝穴

在前揮舞著彩帶的正是飛天閣的閣主阿瓏，領著一眾姑娘們配合著鼓聲高聲齊唱，為比賽注入無

比青春活力。

紅隊整齊劃一出場，猖狂的吶喊匯成一片轟轟雷聲。比賽再度開始，氣勢壓人，狂野，速度，汗水，令人興奮的幾乎窒息。

替代副隊長的騎手不費吹灰之力地掌控傳球，他騎著能征慣戰的赤色馬，風回電激，衝到最前面，靈活地搶球，左右盤旋宛轉，咻的一聲，球進門，歡呼聲價響。

很快地，紅隊後來居上，兩隊勢均力敵。

計時香只剩下最後半寸，黃隊的主騎手死盯著紅隊副隊長，做了一個假動作，球杖朝赤色馬的腿揮擊，騎手瞬間和赤馬四蹄離地飛騰，如光如電，閃過球杖，副隊長懸身掛在馬上將球趴的一聲傳給隊友，曹小殊砰地無縫接軌往球門猛擊，球杖相接，最終以一籌領先完勝。

全場沸騰，曹元忠極盡克制胸中興奮，彷彿一場馬球的勝利，洗淨二十多年前父親敗仗的恥辱，他雙頰泛紅，神色不動地向回鶻使節抱拳作揖，「承讓！承讓！」

紅隊聚集在觀棚前，整齊排開，臺上亭亭玉立的姑娘，熱情奔放的貴婦，臺下桀驁不馴的騎手，拿下護罩，接受群眾歡呼，副隊長慕容懷恩摘下護罩時，歡聲爆滿，其餘騎手將他和肖隊長圍住，敲打球杖致敬。

懷恩在如花般嬌豔的仕女貴婦中，一眼看到風盈窈窕，媚態如風的阿瓏，胸中一陣陣勝利的快感和麻麻酥酥的情緒上升，劍眉微揚，壓抑著浮上的笑意。阿瓏舞動纖纖玉手，向紅隊的小殊歡呼，炙熱的目光和那雙冷酷帶笑的眼神緊鎖片刻，竟也波光流轉。

太子走下錦台，疾步走向曹小殊，含笑揚聲道，「小殊，這一仗打的太漂亮了。」

「你說的沒錯，傳球射門的準確度和球杖關係極大，一支好球杖真事半功倍。」小殊舉起太子送來面雕紋飾彩繪的球杖，歡愉跳脫，「等下我們要喝酒慶祝。」

太子嘴邊慢慢形成一道弧線，對自己為小殊的用心得到成果感到絲絲自豪。

「不過，這都是慕容副隊的功勞，是他傳來的球，我只是接仗而已。」她面向身邊的慕容懷恩，嗓音嘹亮，神采飛揚，從來沒想到自己居然能和夢裡的人搭檔比賽，創造佳績。

太子和慕容懷恩四目相對，那雙眼睛和冷冽的氣質有些熟悉，太子神情微怔，目光淡淡一凝，落在副隊左下頷的兩寸長的傷疤，半晌不語，眸中閃動。

「太子，我介紹一下新的騎手，今天比賽的大功臣，慕容馬倌。」小殊笑意盈盈，轉身對懷恩，「這位大名鼎鼎的于闐太子，也是馬球隊騎手，今日有任務接待回鶻使團，不能上場。」

慕容懷恩目光輕輕掃過太子，似曾相識的感覺撲面而來，躬身行禮，並未開口。

召集聲響起，曹大王點閱騎隊並進行頒獎。

懷恩向太子點頭示意，牽馬轉身離去。太子嘴唇輕挑，但也沒說什麼，望著他的背影，莫名的激動，甚至連自己都搞不清楚，是個什麼樣的感覺。他轉過頭去，掩住眸中升起的激動之色，等懷恩走遠，太子才從沉思中浮起，回頭微顫喊道，「哥哥，是你嗎？君兒哥哥。」

第十一章　反彈琵琶再現

「你叫什麼名字？」曹元忠目光炯炯地盯著騎士，這一場比賽將他憋在心中多年的鳥氣一掃而盡，眉目之間是掩不住的暢快奕奕。

「在下慕容懷恩。」

「你的馬球相當出色，為我隊反轉局勢，立了大功，本王晉升汝為副尉。」曹大王鏗鏘有力的聲音在鞠場迴盪，凌厲目光掃向馬球隊全體。

「大家要多練習馬球和蹴鞠，賽場就是戰場，需要身子骨強壯，身手靈活，當機立斷快狠準，臨敵無畏，衝鋒陷陣。今日大勝，本王有賞。」

慕容懷恩通身的氣派，百里挑一，全隊齊聲歡呼，將他舉起上拋。

曹文殊從隊中健步到曹大王面前，斂衣施禮，清越如鈴的聲音，「報告大王，侄女有事相求。」

曹大王唇邊似笑非笑的看著她，全體隊員目光都聚焦在曹文殊蘋果般紅潤健康的臉。

「此次比賽侄女單獨拿下兩分，尤其是決定勝負的一分，請問大王否有功？」

「本王說過只要贏了，拿下一分者賞黃金五兩。」

「侄女不想要黃金，但求叔叔讓侄女繼續在留在軍中，為歸義軍效命，保衛沙瓜二州。」小殊單膝落地，殷殷相求，英氣逼人。

曹大王略略瞟了一眼她的表情，片刻靜默後，「軍中賞罰分明，靠實力行事，比賽有功，本王特准妳帶功入軍，隨後向肖校尉報到。」

太子款款眸色對上懷恩沉穩眼神，同時投向小殊燦爛明亮的微笑。

太子騎著配戴銀鞍的白馬，和小殊、懷恩在街上遛躂，馬球賽獲勝後熱血奔騰，故人重逢美的震顫，青春活力需要一番宣洩。前方飄著一面色彩艷麗的酒旗「米娘酒肆」，人聲笑語喧然而來，貌美如花的胡姬笑面相迎，令人目盪神移，而他們的出境，吸引了胡姬的目光，都為之停留。

「來，我們兄弟重逢，要好好的慶祝一番！」太子眉眼之間是難以遮掩的興奮。

草原大漠的豪爽，懷恩大口飲盡。他做夢也沒有想到，能在他久別的故鄉和太子重逢，儘管容貌大異，那份大漠結下的情緣卻銘刻在心，連乾杯三碗，酒水從碗裡嘴邊溢出。

兩人對視一瞬，揚眉同聲朗笑，酒碗相碰，男孩和少俠沙漠相遇的驚險一幕，歷歷在目，豪飲歡暢。

小殊坐在中間，眼神在兄弟兩人間游移，突然覺得他們兩人之間似乎有種外人難以插入的密碼，心中升起一絲羨慕和嫉妒。

胡姬為難地陪笑道，「太子殿下，這烤全羊要前一天預訂，這會兒有點麻煩。」

太子微抬頭射去一個不滿的眼神，「今天我們要慶功，可別壞了本宮的興致，妳開店，想辦法解決。」

太子和小殊對視一瞬，壓抑著笑。平日善解人意的太子，今兒「狠」了起來，有默契地捧起酒碗互相乾了。太子眼角餘光飄向懷恩，懷恩舉碗乾杯，在哥哥面前得到認可，興奮直上腦門，連飲兩酒，臉頰泛紅，眸中閃出一抹異樣的神采，這就是「狠勁」的滋味？

「我做夢都想不到我們會在敦煌重逢，至今方知哥哥全名是慕容懷恩，」太子語音透著暖意，「哥哥家人可好？」

「君兒是乳名，只有老家稱之。」慕容懷恩仰頭飲酒，道出家中變化。

後晉亡，中原無主，河東節度使劉知遠在太原徵募軍隊起兵自立，懷恩的大哥慕容金全帶領年輕力壯的入中原投靠發展。部分族人隨慕容桑度留在青海牧馬畜羊，部落首領繼承勢必引起懷恩和兩位哥哥的矛盾，懷恩決定離開草原，到敦煌另尋出路。

小殊含笑噘嘴，「原來，慕容馬倌就是太子口中的黑馬騎士、君兒哥哥，我也喊你哥哥成嚒？」

懷恩嘴邊露出一抹靦腆的笑，飲盡碗中酒。

「原來你會笑啊！」小殊眨眨眼睛道，「哥哥笑起來就不會像是拒人千里，帥氣啊！哈哈，乾一杯。」

「從現在起，我們三人就是哥兒們，不講君臣尊卑。」太子放鬆斜坐，酒意上頭。半酣時，小殊唱起【菩薩蠻】，聲音如鈴清脆又柔亮：

枕前發盡千般願，要休且待青山爛，水面上秤錘浮，直待黃河澈底枯，白日參辰現，北斗回南面，休即未能休，且待三更見日頭。

懷恩吹起橫笛伴奏，曲中的歡愉，彷彿沙漠中的驟雨，來得猝不及防，無處可躲，只能張臂相迎。葡萄美酒帶來的酣暢，小殊隨著音律曼妙旖旎起舞，舞步青澀卻可人討喜，雙眸微微朝向懷恩送去後又迅速的收回，小臉兒蛋開始微微發熱。

太子舉杯不斷，目光卻未曾從小殊身上離開，頭一次見她跳舞，男裝英姿，卻又有女兒的嬌媚，心頭一股甜滋滋麻酥酥。

包廂門打開，笛聲驟然走調，小殊舞步停擺，目光朝門口望去。

阿瓏笑盈盈的走進，身後兩人抬著香味四溢的烤全羊，她斂衣施禮，「對不住，來晚了，一個時辰前進了酒肆，聽說在愁著烤全羊慶功宴，我就幫著去張羅，先自罰一杯。」藉著仰頭飲酒的瞬間，寬袖遮掩，平息開門瞬間見到慕容懷恩時的又驚又喜。

懷恩的目光似水，心口不自覺地躁動起來，不敢再多看阿瓏一眼，將目光移到烤全羊上。

「這烤全羊可是我去老靖遠朵給搶來的……」阿瓏得意道。

「就知道在敦煌沒有阿瓏辦不成的事！妳來的正是時候，今天是三喜臨門，一是慶祝馬球大勝；二是老友重逢。這位是今天的功臣，太子的故友慕容懷恩，還有第三個喜，是慕容副校今天升官啦！」

小殊臉蛋飛上一片紅暈，歡聲笑語。

「還有，妳忘了最重要的，妳帶功從軍，入歸義軍啦！」太子面色微暈揚聲道。

「懷恩哥哥，這位是敦煌城裡炙手可熱的飛天閣坊主，阿瓏，我的好姐姐。」

阿瓏雙手捧碗，目光輕輕的飄向正在切羊肉的懷恩，兩人視線交匯一瞬，喝完酒便克制的收回眼神。

懷恩切了一大塊冒熱氣的肉，用手撕了一半，嬉戲玩耍般地送進太子口中，太子閉目咀嚼半晌，微晃頭悠悠道，「嗯，味道不錯，不過，比起在沙漠裡烤的，少了一點野味。」

懷恩抿嘴低笑，一邊俐落的切割羊肉，一邊說著狩獵的事。

「嗯嗯，我也要……肚子餓了。」小殊傾身湊過來，瞇眼仰頭張口，嬌憨俏皮，懷恩眼中慢慢溢出寵愛，依樣吹一下，把一小塊肉送進她嘴裡，小殊陶醉地晃著肩頭喃喃道，「還是哥哥疼我！好幸福哦！」

懷恩似笑非笑的眼神拋向朝坐在對面的阿瓏，切好的肉擱在她面前的碟子，「阿瓏姑娘，草原人吃肉比較粗魯一點，小心燙。」

阿瓏似水的目光，細細的咀嚼羊肉。「你別老伺候我們，自己也吃一點，酒喝了不少吧，免得傷胃。」

懷恩盯著阿瓏微微愣了一瞬，人子把手搭在懷恩肩上，懷恩再餵了一口，想起十年前奶聲奶氣的小孩，已經長的幾乎和他一樣高，像是在夢境一般，似笑非笑的搖著頭。

「還有什麼好酒，都端上來，今天不醉不歸！」小殊一邊吃肉，一邊吆喝著。

「這款鎮館之寶三勒漿，八種葡萄，原汁原味，用波斯的釀酒法而成。」胡姬小心的斟酒，帶上酒胡子助興。

酒胡子旋轉起來，上半部用木頭雕出一個胡人模樣，活靈活現，下半身圓乎乎的，倒下了又豎立起來，手指指的那位就要喝酒。今天酒胡子老是倒向小殊，幾回後，一陣咯咯傻笑，便趴在桌上昏睡過去。

懷恩和阿瓏隔著燈火相視，滿屋歡聲，錦衣玉液，都在眼眸間淡去。

＊

曹大王爽朗豪氣的笑聲在都督府大廳迴盪。太子告知慕容懷恩十年前在沙漠裡解救他和皇后的奇遇，同時要求提早到歸義軍團裡受訓。

「這年輕人氣勢不俗，我們正需要能培養戰馬的人才。」曹大王沉吟瞬間，懷恩身上透一股狠戾之氣、勁韌之性，若伴隨左右，可以影響褪去太子們萎靡懶散的模樣，當下交代讓裴校尉總負責太子訓練，慕容副校做助理教頭。

太子眼眉之間難遮興奮。曹大王捻捻美鬚，放緩聲調，「不過，我們還不了解他，他從草原來，在沙洲無親無底，還是不能掉以輕心，我們不妨多觀察一陣子。」

舅舅慎重的眼神，太子立刻明白了他的意思，點頭應允。

每到冬天，土谷渾人便開始搶劫糧食，雖然這幾年平靜許多，仍心有芥蒂。太子走後，曹大王便交代了親信，安排眼線跟踪慕容懷恩，並調查身邊接觸的人。

＊

開始準備燃燈節了！每年臘月初八，老百姓紛紛在莫高窟的佛像前燃燈祈福，是敦煌一年最盛大隆重的節日，燃燈齋戒，載歌載舞，連續三天三夜，供奉佛祖，保佑自己。

如鵝毛般的雪花在乾冷的空氣中飄蕩，落到地上既不厚積成冰，也不融化成水，就像是上天為初冬點綴的白絲，漫天的輕柔。慕容懷恩將獵物吊掛在馬背上，在飛天閣門廊下端正了頂上的氈帽，抖了抖肩袖的沙塵，微吸口氣，闊步進入。

阿瓏在內室為一件新裙襦打板，聽到外廳熟悉的聲音，不等雪兒稟報，在鏡前整理髮容，用小指頭點了羊脂抹在下唇，上下互抿，提亮了朱唇更顯豐潤，再用食指點了一抹香膏，塗抹在內肘，從容曼妙移步大廳。

兩人四目輕輕略過彼此，心中都明白這一相見，便是兩人向前的一大步。

「清晨和太子狩獵，打了一隻野豬，給阿瓏姑娘送來。」懷恩語氣平穩，眼神卻滿滿自豪，野豬攻擊力強，連狼虎都要禮讓三分，游牧民族獵到野豬除了說明獵人厲害，接著便是一場篝火盛宴。

阿瓏頭一回收到這麼剛陽豪放的禮物，兩頰掛著緋紅笑意，柔聲蜜意道，「那一定要請慕容副校共享美味。」

懷恩兩排濃密的睫毛下藏著一絲靦腆，「不過，在下有一事相求。」

阿瓏慧黠機敏，心中的好奇心瞬時高漲。

「想請閣主幫在下做個面具。」懷恩道，「聽說燃燈節時，青年男女都會戴面具，徹夜歌舞。」

阿瓏恍然大悟，笑道，「是要狗頭猴面，牛魔王，還是金剛菩薩？」

「阿瓏姑娘說什麼就是什麼。」懷恩欠身，鐵灰色的眸光閃爍著野性率真。

＊

輸羅太子向軍隊告假，沐浴齋戒後來到三界寺抄經三日，是他從小在每年燃燈節前必做的功德。

唐末年間的戰亂中，三界寺被焚毀，全部的經書付之火炬。道真法師三十多年來，四處蒐集求經，不足的就用借貸方式，借經抄寫，僧人、在家弟子都參與。提雲法師到了地處偏遠的三界寺後，承載了求經善寫的功德。

在提雲大師的齋房裡，和一位粟特商人康秀華打過照面。

「這位施主來自撒馬爾罕，佛祖庇佑在絲路上賺了大錢，感恩之心為寺院出資抄寫《大般若經》

供養經。」

「他向寺院捐了銀盤子三枚，共三十五兩，麥一百石，粟子五十石，化妝品胡粉四斤，約六十四兩。」寺院管賬房的本明僧人道。

按市價折算，一兩銀子相當五石麥子，胡粉一兩值五石麥子，這總共市值六百石麥子，這個供養非老百姓能負擔。

「一部《大般若經》有六百卷，這六百石大麥正好符合。」

「康施主供養佛經繕寫，是在絲綢之路上賺的財富，而不忘感恩之心，望太子也予以護持。」提雲話中自有深意。

「弟子明白師父的心意，這三天會精進抄寫《大般若經》，過幾天藉著燃燈節好好招待康施主。」太子頓思片刻，「至於胡粉，是從波斯來的高檔貨，弟子能找到比五石更好的市價。」太子想起了阿瓏，胸有成竹道。

敦煌寺院高僧向來在各種活動上出面，結交權貴富室，手腕極其圓活，太子從小耳濡目染，自知如何應對。

提雲看著輸羅太子這十幾年的成長，如今能獨當一面，展露善於經商的一面，不禁莞爾，他當日寫給國王和皇后的書信，除了肯定他的能力外，也提議讓太子擔當出使的任務。

皓皓白雪覆蓋鳴沙山，在陽光下晶瑩閃亮。散去熱浪與鬧囂，多了一份凜冽，而對面的莫高窟正迎來一年最繽紛的慶典。

各大窟主家族，寺廟僧人，女人社的成員們，早早就來到莫高窟，擺放燈盞的燈輪、鮮花水果。燈輪有十來層高，整個燈輪上可以燃燈上百盞，像一顆樹，又稱燈樹。曹府大管家指揮著家僕擺放在洞窟裡，曹大娘子和郡主們象徵性的將各個主枝杈上的燈盞點亮。

逐漸下沉的日頭，將鳴沙山邊染成一屢色彩斑斕的絲綢，等落日沉盡，三危山下的莫高窟便粉墨登場，數百洞窟裡的燈輪萬火通明，將崖臺照射如白晝。崖面成了天然的舞臺，上百隻熊熊火炬燃燒著，散發著熱氣，帶著面具的人頭攢動，僧侶凡人，貴族市井，在初冬夜裡，竟也熱出汗來。

火樹銀花奔放若日，舞臺上載歌載舞，李月奴在眾人引頸期盼中閃亮登場，她身著紅色金線長袖窄身衣，碧綠卷草紋腰裙，赭紅倒桃型裙，飾寶相花闊腿褲。頭冠由金、銀、琉璃、瑪瑙、車磲、珍珠、玫瑰七寶製成，沿著半圓型的舞臺輕盈若仙，每一步都踏在音符上，靈動的眼神仰望星空，彷彿從瑰麗璀璨的壁畫裡走出，將穹蒼的星星撒向眾人。

四座琵琶，時而歡聲流動，時而涓涓不絕，高昂揚抑，驟然停止，月奴手舉琵琶，上身向左前傾半蹲，左腿屈立，大腿高提，腳背上勾，彷彿全身的力量都凝聚在腳趾頭尖，腰腿自成一線地平衡。琵琶反背在腦後，左手按弦，右手在音箱後撥弦，她身姿靈動，側身反彈時，神情凝聚瞬間攝出無限優雅嫵媚，令人如痴如醉。

唐宮失傳的「反彈琵琶」，百年後重現於世，曹大娘子眸中含淚，極力克制內心的激動，對一個輝煌朝代的嚮往，節度使夫人的地位在整個歸義軍轄區無形中往上又竄升一節，此時她心中不免一絲沾沾自喜，自己好眼力，能看上在路邊賣藝求生的月奴，她輕輕側頭，向身後的阿瓏望去，會心一笑。這一笑，節度使官府所有的奢侈品採買，都進了阿瓏的作坊裡。

在曹大王身邊的于闐宰相，對月奴愛慕的眼神，逃不過曹大娘子犀利的眼光，雖然月奴已到出嫁年齡，她在府中是張王牌，心裡不捨割愛。

敦煌城裡的人，上至高官貴族，下至道俗士庶，相聚莫高窟，設供焚香，燃燈頌佛，振鐘鳴樂，既有齋會活動的肅穆，亦有全民同樂的歡悅。于闐太子賞賜羯羊一隻給府中僕從。各家大戶踏舞設樂，毛皮椅子跟著官人移動，而帶著面具的年輕人手挽手踏歌歡舞。

「康施主，今日我代替我的師父招待施主，感恩施主護持三界寺。」人聲沸騰，盛宴在即，太子仍從容不忘任務。

康秀華深目高鼻，美髯碩壯，皮膚細緻滑潤，不像是在千山萬壑與惡劣環境搏鬥之人。他曾祖父輩是粟特區裡的「薩寶」，既管理社區日常事務，也組織拜火教的祭祀，最後效命歸義軍，一路節節上升，到了他父親當上長史，直屬節度使。

他的成功是粟特人在沙漠裡創造財富的典範，除了善於經商，更勤於投附政治勢力，他心知肚明，透過于闐太子，不僅在于闐商機更繁盛，離曹大王的核心圈只有一步之遙。

燈籠火樹，爭燃九陌，舞席歌筵，千燈之夜，太子戴上獠牙銅面具，向身旁的貓咪問道，「看見懷恩哥了嗎？不是約好了在橋頭會面，一起遊街看燈的嗎？」

「這是懷恩哥哥第一次參加燈會，他會找到我們的。」太子坐在皮椅上，耐心等候。燈輪燈籠外，還有燈影戲、走馬燈。小殊耐不住性子，竄到人群裡找。

一個戴著馬面的高大身影，從阿瓏身後閃出，他牽著她的手腕，穿過摩肩接踵的道路，兩旁沙戲影燈，馬騎人物旋轉如飛，都比不上手與手磨蹭的溫度令人心動，千影萬影，都不如身邊的倩影，隔著面具都能感受到彼此的柔情似水、劍眉含笑。

阿瓏在人群中見到小殊在攤上買糖胡蘆，邊走邊吃，突然抽回被「馬面」握住的手，見人縫竄出，消失在層層密密的人群中。馬面摘下面具，四處尋找阿瓏的踪影。

「懷恩哥哥，懷恩哥哥，」小殊拿著冰糖葫蘆在空中招手，「在這兒呢，你在找我們，我們也在找你呢。」小殊側身擠過，右手挽住懷恩的左臂，跟我走，太子一直在等你呢！」

小殊把冰糖葫蘆遞到太子嘴邊，「吶，給你的。」她右挽懷恩，左挽太子，得意的嘴都合不攏，「剛才好像看到阿瓏，一轉眼就不見。走吧，咱們去看燈會！」

層層密密的人，層層密密的燈，耀眼的美貨，沿著莫高窟排開的是來自中原的頂竿技，繩技，波斯的吞劍，西域的馬戲，疊羅漢，令人目不暇接。

「懷恩哥哥，以後我們三個在一起就是哥兒們，在敦煌我算老大，地方上的事我和太子罩你，馬上的事都聽你的。」

懷恩和太子交換了默契的眼神，異口同聲笑道，「好！都聽妳的。」

遠處看去，莫高窟在夜晚的沙海裡像是一艘巨型的發光體，閃爍著光芒，承載著敦煌人的盼望和歡樂。

第十二章　愛情來過酒肆

康秀華的府宅是典型的敦煌大宅院，中原門第和沙漠夯土建築的結合。跨過兩個門第，豁然開闊，彷彿進入中亞的神話宮殿，金碧輝煌，美輪美奐。富有希臘風格的白色柱廊，纏枝捲葉忍冬花紋飾，高挑大氣，內廳的波斯地毯色彩多變，陳設來自世界各地的寶物，珊瑚、琺瑯花瓶、琉璃佛像、象牙雕刻令人目不暇接。

對慕容懷恩而言，豪宅和他記憶中景物全非，千思萬緒堵在胸膛，被擰的難受。中原的絲綢在羅馬堪比黃金，幾十倍的利潤。康秀華低調奢華的生活，從撒馬爾罕帶來的僕從，不輸城裡的皇上貴族。

康秀華身穿薩珊花紋的波斯錦，窄袖鑲滿了寶石，「我在敦煌是第三代胡商，和太子一樣，敦煌是我的第二故鄉。」這一番話瞬間拉近了和太子之間的距離，見太子表情微微閃動，康秀華對管家使了眼色，立刻撤下正在進行中的舞伎和樂隊表演。

「撒馬爾罕是個富庶之地，一千年前，亞歷山大大帝攻占撒馬爾罕時，不禁讚歎，我所聽到的一切都是真實的，只是撒馬爾罕比我想像中更為壯觀。結合了印度、波斯、突厥的文明特色，佛教、祆教、伊斯蘭教也都和平共存，在絲路中得到無數的讚美與嚮往，成了兵家必爭之地。」康秀華眼神靈活，神情莊重，一口流利漢語帶蜜似的討人喜歡。

太子神色泰然，眼中滿是好奇，腦海中勾畫出于闐外向西的版圖。慕容懷恩平日一臉倨傲冷酷，惜字如金，讓人不敢接近，此時悶悶的坐在旁邊，視線淡淡掃過廳裡的陪客，然後落在主人的臉上。

康秀華把話題轉向太子，「歷年來，于闐國和撒馬爾罕的關係十分緊密，往長安的絲路南道，必須經過貴國，我祖上往來這條路已經九代了。」

粟特人能掌控絲綢之路一千年，靠得是累積的處世智慧，方能左右逢源。商隊經過于闐，必須向地主國繳稅，東西兩邊的貨物也要在此激流匯盪。這也成了于闐致富的財源之首，九代商隊勇於冒險、追求利益，透露了康秀華家累積的財富，也說明了其關係網延伸至各地各國角落。

「與君一席話，勝讀十年書。」太子將手中透明的貝殼鑲金酒杯舉杯向康秀華，眉梢微挑。

侍從手捧鏤空銅制香爐入廳，裊裊輕煙，沁人心肺，將方才歌舞酒聲的氛圍轉換成高雅清香的氛圍，清淡的琴聲飄入正廳，似有若無，香煙瀰漫全屋，管家奉上用雕花銀盒的乳香至太子桌面上，太子端起聞了一下，頷首明白了康秀華的意思，彼此說了些無關緊要卻又不得不說的話。

康秀華手捋美髯，笑而不語，太子行事穩重，聰慧不外顯，對酒色有節制，要是能將女兒攀上一門親事……眼珠頓時停留在這心思上。

＊

太子和懷恩嘀嗒嘀嗒的騎馬走大街溜達。兩人走了好一段路，太子才開口，「哥有什麼心事嗎？」

懷恩不語，只淡淡嗯的回應一聲。「生死兄弟，還有什麼不能說的嗎？」太子語中不悅，嘟起嘴撒氣。

懷恩沉吟半晌，緩緩道，「康府的來歷，太子清楚嗎？」太子搖頭，不明和懷恩有什麼關係。

「聽說曾經是敦煌節度使的王府。」懷恩語調平板無波。

「康秀華深沉低調，若不進宅院我們也不會知道他家底之厚。」

「王府曾經有過滅門血案。」話到舌尖卻又吞了回去，儘管物換星移，改朝換代，阿爹從小叮囑他的聲音在耳邊響起，「絕對不要讓人知道你的身世！」面對推心置腹的太子，有情有義的阿瓏，懷恩隱藏自己的身世，真正的他，強烈求生欲驅使下，他始終無法突破自我防禦的那一條線。他緊抿薄唇，唇邊兩端向下，成了一個倒弧線。

兩人來到小酒館，話不多卻喝得猛。懷恩用土谷渾語大聲唱歌，釋放心中無可言語的唱愴傷和祕密，太子跟著大喊大叫，宣洩少年男兒的豪情壯志、熱血沸騰。

次晨，懷恩呻吟著，全身乏力無法動彈。太子慢慢回神，一幕幕似模糊似清晰的略過腦海，他和懷恩滾了雪球打雪仗，懷恩抱著太子一會兒笑一會兒哭，喊著阿娘，他也想起母后胡喊著，兩人完全放飛在雪地裡哭鬧戲耍。

隱藏這麼多年的傷痛，竟這樣的無預警的洩漏，懷恩瞬間感到自己的弱點曝露在親近人前，和太子說了一聲，轉身起床便奪門而出。外表堅強如墩的人，內心往往薄弱如紙片，一戳就破。而戳破那層無形隔膜後，仍能將心以待，不離不棄的，便是知己。

一夜的傾瀉，彷彿把心門敲開，模糊的記憶越來離他越遠，能活著長大已經是個奇蹟，何必在乎那些已經不屬於他的事物？走進冬日朝陽，暖乎乎的光，涼颼颼的風，他瞇起眼睛仰視晴空，今天要好好活著！

*

既美且艷麗的胡姬穿梭在絲路賺得巨大財富的商客政賈之間，接受他們愛慕的眼神和奢侈的消費。「米娘酒肆」的客人，東來西去地在駱駝背上打天下，在這裡卸下艱辛冒險，交換故事，縱情歡暢，杯酒高歌，滿地皆醉人。

馳騁在馬場上，懷恩有了放慢腳步的理由，期待與阿瓏相會的心越來越熱烈，盼著日落時分，踏著夕陽的餘輝，走入燈火通明的酒肆。感情像是決堤的水，傾瀉奔流，他知道他需要她，需要溫柔的愛撫，嗅著芬芳氣息，慢慢撫平他內心的創傷。

阿瓏遇到打開她心扉的人，為喜歡的人綻放艷麗，放下了花華綢緞，恣意於甜蜜的愛情中，灼熱滾燙的激情讓隨波逐流的人黯然失色。他寵愛他的女人，為她帶來精美的禮物和珠寶，為她在酒肆裡吹歡愉的笛曲，共飲小酒，釋放狂情，彌補了多年心裡的孤苦。

在摩肩擦踵的人流裡邂逅，就是緣分。兩個孤獨的人，像是夜空中閃爍的星星，照亮彼此，有了牽掛，便不再獨自飄浮，世事難料，就好好把握當下。

米娘和阿瓏是女人社成員，殷切地撮合他們，郎情妾意，在溫馨浪漫的閣樓裡，夜夜相守。當樓下的歡聲漸漸散去時，他們纏綿在彼此的溫存裡，難分難捨。情到深處，阿瓏依偎在他的臂彎裡，彷若在夢境般懵然，「阿郎是從天下降的嗎？」幸福來的如此驟然，偶爾的相視一笑勝過千言萬語，在床上嬉戲胡鬧的小時光勝過山盟海誓。

愛情，使懷恩臉上的線條變得柔和，肌膚相親交歡相合，他感受到人生的暢快，精力充沛，馬上的冷峻威風更具穩重氣勢，同時也感受到人生的無常飄忽。

兩人相會相戀的事漸漸地在城裡傳開，流到小砞的耳裡，已是似水如魚、難分難捨。

中原情勢有了轉變，柴榮登基為大周皇帝。後漢立國不到四年，劉承佑驕縱荒淫，民憤四起，大將郭威被士兵黃袍加身，擁為皇帝，開國後周，他大刀闊斧改革時政，在位不到三年便去世，傳位養子柴榮，眾望所歸。

*

從汴京傳來的消息，對後周王朝的評價均為正面，流離失所的百姓有了歸宿，紊亂的軍紀、無章的政令走上軌道，亂世有望結束走向太平。曹大士召見裴行健將軍和輸羅太子，商量著于闐使團赴京的計畫。

尉遲輸羅十九歲這一年，帶領了五十人的使團從敦煌出發，浩浩蕩蕩前往汴京。歸義軍負責護送使團赴京，于闐國和歸義軍親上加親，有異曲同工之妙。

遠在天邊的動亂，影響不到歸義軍，而來自邊鄰的隱患頻頻增加。沙瓜二州和高昌回鶻邊境不時有牧民爭奪草場的紛爭，自從高昌回鶻吞併了西鄰的安西回鶻後，領土擴展兩倍，不時覬覦四鄰。若高昌回鶻聯手任何一個游牧民族，如契丹，吃掉地小富裕、位處樞紐的敦煌不是不可能，如果真是他們的意圖，歸義軍在河西走廊便無立錐之地，遭到被併吞的結局。

此時，高昌回鶻遣使敦煌，專為求親而來。

「求親？」翟大娘子面容失色，不顧形象的大聲道，「這和搶人有什麼兩樣？」她腦海裡飛速閃過和親的代價，除了捨不得女兒，豐厚的彩禮也是為數不小的開銷。

美其名和親，就是變相的勒索交易。

曹大王面色鐵青，悶不吭聲，高昌回鶻和歸義軍的恩怨，就是回鶻可汗和曹大王一生的對手，兩人的較量，猶如波濤，一波剛平，一波又起，這一次不是贏一場馬球就能解決的事。

「我話說在前頭，三個女兒，一個都不能送出去。」曹大娘子起身背對著大王，鏗鏘有力道。

「高昌國生活是還很富庶的，也崇信佛教，嫁過去不會過苦日子的。」曹大王嘗試說服自己，「大姐嫁到于闐國，不也很好？」

「那是聯盟和親，大姐有幫夫運，我們跟著水漲船高；這個是勒索，誰去了都是吃苦又賠錢。再富庶也是馬上過日子，我不答應。」

曹大王被逼到死角，仍在想一個兩全其美的方法，用最小的成本，得最大的回報。

翟大娘子良久不語，眼中諸多情緒，忽地眉毛一揚，只聽一拍掌，「大王，」大娘子放緩聲音，柔軟身段，「其實按輩分，該嫁人的是小姝，大姐回于闐前不都談過和陰家老二的婚事，這會兒怎麼都沒下文了……」

曹元忠側身扭頭，重重從喉嚨發出嘆氣，二哥臨終前託孤於他，無論如何都不能辜負二哥。和陰家聯姻的事也拖了小半年，總得有個交代。

「你想想，我們三個姑娘都沒有紅辣子來的機智靈巧，個個嬌生慣養，去了準是被欺負的份，紅辣子能文能武，重要的是，她是天陸可汗的血脈，將來還能幫歸義軍……」

曹大王瞪大眼睛斥責，翟大娘了戳到他心中的點，臉上肌肉揪擰著，直挺如山的肩膀頓時垮了下來，無奈的閉上雙眼，一口氣從鼻孔裡長而慢的散出。

大娘子心中已有七成把握說動了大王，她靜悄悄地回到屋裡，無力地攤坐在梳妝臺前，心疼小姝，但至親至愛都比不上骨肉親，她不捨地將右手撫住心尖，長長舒嘆了一口氣，阿彌陀佛，感謝有小姝，她的女兒們得以脫身。

她隨即交代管家備馬車，到光明寺燒香。

屋頂的薄霜被日頭融化後，滴滴答答的沿著屋簷、窗櫺流到叢木中。小姝伸了個懶腰，沒披上外套就到庭院拉筋伸展筋骨，目光無意地掃到叢木下竄出的一抹嫩綠，她喜出望外，蹲下仔細端詳這嫩芽是否朝有太陽的地方發展。

她無故地被太子使團名單剔除，和曹大王鬧了情緒，而遭禁足。趁著庭外人聲晃動，她溜到大娘子的院裡，想求她幫忙說話解禁足。她墊起腳尖到窗口，屋裡傳來一聲又一聲的嘆息，透過門縫瞥見屋裡來回踱步的身影。

「大娘子，」小殊壓低嗓門對著屋裡，「大娘子！」

侍婢應聲開門，大娘子見小殊矯捷的閃進屋裡，一絲驚怵飛掃無血色的臉，腳下一滯，像是做了虧心事般踉蹌。

「大娘子，是我，紅辣子。」小殊陪笑意輕步上前，扶大娘子坐下，「大娘子，您不舒服嗎？聽說昨天您去寺裡燒香，是去求身體平安嗎？」

大娘子面露疲色，目光避開了小殊的問候，愣愣的盯著空氣，頓時覺得整顆心酸軟了一下，有些把持不住。

小殊倒了杯水，雙手遞給大娘子，靜靜的坐在旁邊。

薛嬤嬤的腳步聲由遠傳來，笑盈盈地來討賞，「大娘子，阿瓏姑娘來了，在大廳裡候著呢。」

「阿瓏來一定有好玩兒的事，讓我一起去大廳唄。」小殊撒嬌道。

「阿瓏姑娘可帶來了幾大箱的彩禮呢……」話音剛落，見娘子身旁的小殊，當下收起笑臉，正經的側站在一旁，吭都不吭一聲。

「彩禮？誰要嫁人啦？」小殊歪著腦袋，「該不會是利蓉妹妹吧！」

大娘子嘴唇突然微微顫抖，吐出一句語音極輕，但語調極其肯定的話來。「是為妳置辦嫁妝來的。」

「我？嫁妝？」小殊眼睫劇烈顫動，身體卻如石柱般僵住。

「小殊，」大娘子斂容納氣，溫言哄道，「孩子，我們曹家就是一個結親維持邦誼的家族，妳三個姑姑都出使和親的。回鶻可汗派使臣來求親，這不是親情能解決的。」大娘子見小殊沒有抗拒，更曉之以理，「為了沙瓜兩州的和平與安定，歸義軍需要妳。」接下去動之以情，「我聽說銀狄可汗騎術精湛，打的一手好馬球，你們有共同愛好，這……是老天撮合你們的。」

大娘子一面講一面想起她幼時嬌憨的模樣，無依無靠的進了家門，起身過去將小殊摟在懷裡，只是在維護閨女幸福和自身利益當前，懷了異心，感覺眼角有些濛濛的濕。

仍在震驚中的小殊被嬤嬤送回院子，大門多了兩個護衛，她知道這是要看守她的。

「難道這是預謀……把我推出結親！」小殊愣愣的自言自語，歡信聽到結親也心生好奇，郡主和親，多半她也會跟著陪嫁過去。

「郡主，和誰結親呀？」歡信不知事態嚴重。

小殊身體僵直坐著，側臉有一絲肌膚輕微的鼓起，咬牙肌肉發力牽動所致，自己也分不清是屋外的寒氣還是和親的震驚。她麻木的飲盡歡信送來的熱茶，回想起姑姑臨走前擋下和陰子延婚約，以為這事就不了了之，躲過一劫，沒想到仍逃不出棋子的命運。

腦海中一幕幕的片段串連起來：原來閉門思過是個預謀，這種和親就是送人換取短暫的和平，對她就是一條死路。一霎時她突然對家族的祕密看得通透：她的父親是回鶻天公主所生；叔叔曹元忠是漢人宋氏所生，同父異母的兄弟，活著時候都按照父系粟特人的兄終弟及，和平相處，然而人走茶涼，不可與同日而言。

歸義軍和甘州回鶻不合，家族中的回鶻派逐漸失勢。當年他們的爺爺娶了英義可汗的女兒，又把兩人所生之女回嫁給順化可汗，重新修好，從回鶻女婿的地位，升為回鶻岳父，逆轉了兩國之間的關係。在他們的心裡，派小殊和高昌回鶻和親是天經地義的事，當然最終還是捨不得自己的女兒。

她讀書習武，憧憬能擁有和男人一樣的天空，展翅高翔，做出一番作為，如今沒有人幫她撐腰，只有靠自己。她在屋裡來回踱步，拿出一包首飾給歡信，「妳我十年情同姐妹，我這一生就要靠妳了！」

夜深如墨，靜得能聽到晚霜落在屋頂的聲音，小殊輕裝斜背細軟，戴著手套，歡信提著繩子，兩人來到院後的大樹下，小殊身手矯捷順著繩子爬上樹，目測樹幹與牆頭約一尺的距離，找好定點，咻地縱越到牆頭，坐在牆頭上，對樹下的歡信壓低聲交代，「把繩子消滅掉，注意安全，後會有期。」便翻牆躍下，消失在茫茫夜幕中。

第一個念頭便是到阿瓏家，走了一小段便猶豫了，她去找阿瓏，必會給她帶來天大麻煩，何況心裡對阿瓏懷恩之事還放不下。最危險的地方往往就是最安全的地方，她在街上折回，往她最熟悉不過的方向跑去：太子宅。

在睡夢中的祐定被窗外不停的貓叫聲喚醒，起身開門查看時，一個黑影從門縫閃入哀聲道，「祐定姐姐，救救我！」雙腿一軟趴地跪倒在地。

祐定知道了小殊逃跑原委後，不動聲色安慰道，「先在這避避風頭，明日自有法子！」

祐定和他們一起長大，深知在這情況下，太子肯定會挺身而出，更重要的是，如果不幫小殊，她無法向太子交代。她側頭看小殊，她已累的打起小呼睡著，而祐定卻無法合眼。

次日，兩人商量出路，「敦煌是無法待下去了，」小殊神色凝重，「祐定姐，幫我備一匹好馬，我得趁王府裡發現之前出城，越快越好。」

「妳可有去處？這是歸義軍的地盤。」祐定憂心忡忡。

「大不了我去找我親娘。」小殊這話說的有點底氣不足，多年未與嫁到西州回鶻的親娘聯絡，但是在這節骨眼上，舉目無親，四面楚歌，也只能孤注一擲。

一匹皮毛閃亮的棕色馬在太子宅的後門，馬廄僕役接到命令，將泥水往馬身上塗抹。好馬走到哪兒都會引起人注意，為了掩飾，決定幫馬易容。馬背上備有輕裝，祐定捧了一套白狐斗篷為小殊披上，「這是皇后留下的，妳穿上吧！」並派了一名老親信丁管事，護送小殊出城。出發前，祐定從懷裡抽出一面黃旗，雙手奉上，上面鑲著一對紅色的獅子，小殊認出這是于闐皇室的徽旗。

「這是皇后臨行前賜給我的，在緊要關頭可以避難救急的。」祐定抬頭慎重交代。

小殊坐在馬上，臉蛋上被西北吹起的風畫出一抹紅，她戴上帳帽，垂身握著祐定的手，感激不語。在老僕人的掩護下，兩人順利出城，走出綠洲，小殊雙手抱拳向老僕告別，揚長而去。

茫茫戈壁上孤影一隻，何去何從？盤旋在心中，交戰不已，一股淒涼從腳底逆流到心頭，咬唇忍住開始濕熱的眼眶，心裡暗暗鼓勵自己：不可以哭，哭給誰看？哭有用嗎？曹文殊，妳要為自己作主！

往東走了百餘里，進入甘州回鶻地界，而此時，她心中唯一相信的人，只有太子尉遲輸羅，她在馬上原地轉了一圈，前蹄上揚，嘶聲穿透晴空，她向遠處的敦煌深深遙望一眼，朝東加鞭前進。

第十三章　對影成三人

黃色旌旗在前，于闐使團的隊伍，即將離開歸義軍地盤，裴將軍下令加強戒備，選地紮營。

「殿下，此地與甘州回鶻交界，常有馬賊出入，還是請您回馬車裡，以策安全。」裴將軍四十出頭，體態雄健，往返河西走廊已有十年經驗。

輸羅太子騎在馬上，目光掃過將軍，「裴將軍，我五歲時就從于闐顛簸了三千哩到敦煌，也還真遇上馬賊，」他瞅過身旁的慕容懷恩，抿嘴壓住得意笑道，「這點路，我還看不上眼呢！」他和懷恩隔著距離心照不宣一笑。

「傳令，有沙盜！」一路壓隊的校騎警告前方，「這些崽子跟踪我們已經一天了，好傢伙，竟然敢打老子的主意，也不看看這是誰的地盤。」校騎往掌心噴了一口，磨拳擦掌道。

裴將軍目測遠處揚起的灰塵，不像是大隊人馬，頂多兩人。

「報告將軍，可能是個探子。」慕容懷恩猜測。

「馬勒個壁！」校騎火氣上頭，「不把歸義軍放在眼裡，將軍，請允許屬下解決這些龜孫子。」

「不得魯莽，使團在外，避免節外生枝。」將軍鎮靜道，此行任務是安全護送于闐太子至汴京，平亂剿賊之事只能睜一隻眼閉一隻眼。

四個射手搭好弓箭，馬蹄聲越來越接近，太子目光鎖定飛奔越來越近的人影，懷恩不約而同大聲喊道，「且慢！」

懷恩喊道，「我認得此馬。」

「這……斗篷是母后的。」太子瞇眼再度確認，「錯不了，沒有人能穿這白裘蓬。」懷恩和太子對視一瞬間，異口同聲道，「小殊！」「郡主！」

「傳令下去，不可輕舉妄動。」將軍策馬到隊伍後面查看情況。

蒙面騎手五花大綁的被帶到將軍和太子面前，太子神色冷冽的盯著騎手。

騎手摘下帽帳，再鬆開面紗，鬆嘆一口氣，「啊！終於追到你們了，我可是趕了三天三夜的路啊。」

騎手露出真面目，眾人低呼後靜默無聲，無人敢在此時插嘴，太子的嘴角似乎有些微不可見的抽動，睫毛顫動閃過一絲驚喜，臉色卻冷若冰霜。

小殊面對這冰冷的反應，一時語塞，「我……你……們不高興我找到你們啊？」她心虛吞吐道。

「郡主，這一路危險叢立，獨行太危險了！」裴將軍面色凝重。

小殊瞪圓雙眼，呆愣愣地看著太子，她唯一信賴的人給她卻是冷漠的無視。她眸中掠過一抹慘淡的笑意，逃婚的委屈，奪眶而出的淚光，只略略瞟了一眼慕容懷恩沒有任何表情的臉色。

「妳可知剛才射擊手的箭都已經在弓上了嗎？」太子聲音不帶任何溫度。

小殊一顆如釋負重的心頓時又被吊在空中，七上八下地，發覺自己攤上了事兒，目光低垂，從來沒見過太子這般不苟言笑，威嚴可畏。

「裴將軍，擾亂軍紀者如何處罰？」太子面不改色牙根暗暗咬緊，一股狠勁上頭。

「這……以此狀況而言，該罰勞役。」裴將軍揣測了太子意向。

「那就罰勞役一週，不得有人頂替。妳破壞軍紀，擾亂使團行程，罰妳，可服氣？」太子視線不變，聲冷音厲。

「服！一人做事一人當！」小殊斬釘截鐵狠狠的回太子。

太子轉頭，完全忽視小殊，放緩聲調向裴將軍道，「勞煩將軍派走馬使返敦煌，向曹大王報信，免他擔憂。」眼角斜斜瞟了小殊一眼，悻悻走向馬車，臨上車前，「走馬使的活，由郡主頂替。」

他進了馬車，臉上的肌肉不受控制般地跳動起來，渾身微微顫抖。

＊

帳外的沙風嗚咽而過，殘弱燭光忽明忽弱，在靜謐的夜中，小殊四肢百骸癱瘓在地，逃婚投奔太子的情緒卻湧溢枕邊，無奈地嘆了一口氣，不禁開始懷疑自己有想像中的堅強嗎？

慕容懷恩的聲音在帳口響起，如一陣溫暖清新春風吹過。他右手捧毛毯，左手端著一碗草藥，從斜掛的皮囊取出白絹，盤腿坐在小殊面前，淡淡看了她一眼，將目光移向她紅腫的雙手。

「這是我們草原上的草藥，幫助消腫，會有一點刺刺的。」他輕輕的塗上草藥，用白絹綁緊，低沉的聲音出奇的輕柔。

小殊默默無語，盯著懷恩濃密的睫毛，專注的為她包紮。

兩人之間沒有一句交談，卻都想著同一件事。

小殊打破沉默，「沒想到走馬使的活如此粗重，鏟了一天的草糧，明天還要伺候駱駝。」

「明天早上我幫妳換白絹，給妳個手套。」懷恩邊說邊收拾藥袋。

兩人目光相撞，互讓了一下，懷恩開口，「太子罰妳……是要妳牢牢記住，單獨上路有多危險，」小殊垂目未語，「要是妳碰上了沙塵暴或迷路了，被狼群圍攻，怎麼辦？還有那些沙盜，妳……」他咽下了責備，放緩語氣，「一路無事的過來，真是奇蹟。」

小殊低頭，強忍著心中不能說的苦楚，為自己命運奮鬥也有錯嗎？此時更不敢將自己逃婚之事說出。

「當年太子來敦煌，路上遇到了沙盜，還差點翻車……」

「我知道了，他氣我，三天都不和我說話，連看都不看我一眼。」小殊嘟嘴道，心中的委屈再次吞下，她接過菱形紋袼毛毯，看出這是太子帳裡的，垂目微微思量了會兒，「使團進京是于闐國的大事，太子也會有壓力，我絕對不會再給他添麻煩了。」

「他看似溫柔，其實心裡很固執。」懷恩臉上的線條在暮色中柔和許多，「妳跟我走。」懷恩伸出左手給小殊，常年握韁繩的手透著一股剛硬強悍，輕而易舉將她拉起。

「去哪兒？」

「太子交代要轉移妳帳房位置。」懷恩俯身幫她收拾東西，把小殊的帳篷移到太子帳篷正對面，從太子帳口，就能看到她。

「確保妳的安全，太子晚上才能入睡！」懷恩露出意味深長的淺笑。

*

土地像是凝固的波浪，大自然不經意將色盤潑灑在鬼斧神工的岩壁上，使團沿著延綿數十里色彩斑斕的壁岩，河西走廊朝東連走七日，來到溪邊，山窪有個溫泉，裴將軍下令在此休整三日，兵將雀躍歡呼，可以喘口氣、洗澡加菜、恢復體力。一路乾糧配制，在到達下一個驛站前，肉乾配給有限，士兵猛啃饢充飢。

小殊背弓負箭，和伙夫沿溪至附近的林子打獵，為太子親自做晚餐，驚喜算不上，就當是賠罪吧！水邊叢裡小動物多，兩人不到一個時辰就打了三兔二松鼠。伙夫回去備料，她來到一清泉，將手掌浸在泉水裡，祁連山上冰雪融化而流下的水，即使在初夏仍沁涼入心，發出舒坦的微吟聲。

她哼著小調在林裡閒逛，見叢林深處煙雲裊裊，淡淡的臭蛋味，想必就是此地的溫泉之一，不規則的圓型水池四周有濃密的灌木叢和岩石，她放下弓箭，在較隱祕的叢石後褪去衣服，用腳試了水溫，小心翼翼地踏進暖呼呼泉裡，在水淺處，整個人沉浸在碧綠色泉中，她輕閉雙眼，飽滿潤紅的雙唇緩緩呼氣，享受十天來第一場的沐浴。

汗水開始從兩邊額頭涔出，汗水滑溜到泛紅的雙頰上，小姝開始踢水往中心游去，突然聽到小徑上傳來男子聲音，有說有笑，「哥，好像就在前面，快！」是太子的聲音。

小姝暗叫一聲糟糕，顧不上全身一絲不掛，從水裡迅速起身，躲到岩石後，濕嗒嗒的蹲在地上，滿臉通紅，香汗淋漓。她背對溫泉，聽得撲通、撲通，水花四濺的聲音，興奮高昂的喊叫聲，她手忙腳亂的在叢木後把衣服穿上，整理後欲轉身回營，卻被懷恩和太子的笑鬧聲吸引回來。

「喔，舒服……」太子全身浸泡在溫泉裡，閉目愜意，「連續走了七天，不過，要是我再走個七天也不是問題，就怕馬兒駱駝跟不上。」

「小子你得瑟啥，就七天，你哥給你點顏色看看，」懷恩從水中躍起，笑嘻嘻地將太子整個人沉到水裡，直到太子舉起雙手求饒。

太子浮上水面，趁其不意，反轉一個猛撲，把懷恩推到水裡，整個人騎到他身上，「七天算不了啥，就是將軍累了走不動……哈哈哈！」兩人在水中糾纏不已，你推我擠，最後太子騎在懷恩背上，懷恩從水裡起身，太子滑溜溜摔入溫泉裡，嗆口猛咳一陣。

水溫讓懷恩感覺心跳加快，急忙去拍太子的背。

小姝一雙明眸在樹叢後，深幽樹影遮不住眼中流露的嬌羞，隔著縹緲煙幕，太子身段筆直，長臂纖細、膚色和岸上的白楊樹幹皮般的白亮，腿長的幾乎要衝過腰際線，小姝掩面竊笑，從小就看著他長手長腿的，沒想到竟然長成古書中形容的九頭身，手腳還挺靈活。

視線卻在懷恩身上就無法移開，他結實的背脊像是穿了鎧甲般，充滿力量，翹實有力的臀肌和四頭肌像是精工雕塑過，如小麥的膚色在陽光下晶瑩發亮，「哥，你這身材可……怎麼練出的？」太子羨慕的眼光，「要是我是女人，也必定傾慕不已。」

「你吃我豆腐？我有的你不都有……？」懷恩往太子方向撥弄溫泉，「練什麼練，在草原上幹活，做粗活的，哪像有人在府裡養尊處優……」語中捎狹互懟。

太子舉臂看了一眼自己的肌肉，「呵呵，身不由己而已，有人一生都被規劃好，按著劇本來，不信哪天我們交換一下……」

「聽老人說，泡溫泉不能坐著泡，容易氣短胸悶，要半仰著，頭靠池邊像躺著一樣，手腳伸開放鬆。」懷恩四仰八叉的半浮在水面，小殊耳朵轟的一聲，像是挨了一記悶棍，屏蔽了林裡的鳥聲、水聲、風聲，胸口如羌鼓被鼓棒有節奏地敲擊，彷彿偷窺被發現拔腿往回跑，留下小徑上沙沙的樹葉聲。

懷恩聽到急促的腳步聲，機警的從水裡站起來，掃視四周，除了風吹樹葉聲和溪邊潺潺水聲，毫無動靜。

全營聚集在營帳前，由太子帶領做了晚課後，眾人開心謝飯，便大快朵頤吃上七天來第一頓野味。

小殊在野炊區忙乎了一陣，米飯煮焦，臨時改做饊子，環形不整，卻在油鍋裡香氣四噴，撒上一點鹽和糖，趁熱和燒烤的兔肉端至太子的營帳口。

太子坐在榻上，侍從蹲在地上幫他脫長靴子。普凡接過食盤，甚是為難，「今日太子齋戒，這幾天太子的肉乾，都以吃素為由給了大將軍或賞給部下。」

太子見小殊，先是一愣，忐忑慎行的模樣，再細看她臉上尚未擦淨的的碳印，暗自心疼，卻只淡淡的說了一句，「妳來了！」目光飄過她粗紅的手。

小殊坐在榻前，不敢直視太子，垂頭拱手，「你對我不理不睬，生我的氣，我知道是自己做錯了，我也做滿七天的勞役，而且，全是我自己老老實實做的，這懲罰我認了。」

見太子仍板著臉，小殊躊躇片刻，嘻皮笑臉道，「所以……我親自打了野味，還做了你愛吃的饊子，為太子謝罪。」

太子偏頭舒氣，喉嚨輕微地一顫，如大人責問孩子問道，「妳知道錯在哪兒？」

「不該不顧人身安危獨自出行，又擾亂軍紀，這些我已經知道輕重了，絕對不會再輕舉妄動。我保證。」小殊舉起右手認真道。

太子緩緩起身背對著小殊，凝神思索，轉身瞪眼，一股從來沒感受過的狠勁衝上腦門，「從今開始，跟在本宮身邊，一步不許離開。」

小殊一臉無奈，但識時務者為俊傑，「這于闐使團就屬太子最大，我遵從太子命令，寸步不離。」

此刻，懷恩帶上好酒進帳，聽到小殊的話，向他投以不可置信的目光，太子眼梢眉角盡是張揚得意。小殊見懷恩，慌忙避開他的身影。

帳外傳來鍋盤互擊聲，歡呼吆喝聲，三人目光同時朝帳外飄去，懷恩面色凝聚片刻，到外邊探視後也不禁展顏，「降雨了！」

哦！太子小殊不約而同驚喜道，走到帳口朝外瞧。

呵呵，呵呵，呵呵，士兵們走出帳外，在毛毛細雨裡拿著鐵鍋鐵盤當做樂器敲打，手足舞蹈，裴將軍也仰天大笑，「來的好！來的巧！」

「大戈壁裡一年降雨不到一碗水，居然被我們遇上了。」

有士兵急忙收拾炊具乾糧，也有的脫了衣服，乾脆洗個天然浴。

帳內燭火閃爍，太子、小殊、懷恩圍座榻前，小方桌上三個酒碗，兔肉饊子，醇酒入喉、臟腑烈熱。

太子用手撕肉，示意小殊張口，餵她吃肉，懷恩故意乾咳一聲，太子笑瞅一眼，「你個大老爺們，還用餵嗎？」說著把一塊肉塞進他口中。

太子微微將臉側向一邊，掩去眸底微閃的不捨，皺眉責備聲，「我看看妳的手，讓軍大夫給妳處理一下，妳從來沒幹過粗活，這手……」

「不用啦，哥哥用草原土法幫我貼過草藥，過兩天就好了。」她下意識的將手藏在背後。

這晚，一巡酒，輸羅和小殊和解如初。

羌笛悠悠，太子輾轉難眠。「是喝多了睡不著，還是沒喝夠？」懷恩道。

「可以擁有的，都不覺得完美，得不到的，卻竭盡一切渴望得到，人因為有了慾望，有了念想，才永無止境，苦海無邊。」太子手枕在臂彎裡輕嘆。

「想起了那個人？」

「哥，喜歡一個人是什麼感覺？」既然兩人話出了個缺口，就順著把心門打開說亮話。

「就像是……」懷恩想起阿瓏，閃爍著琉璃般的光彩，「想把一個人吞進肚子裡。」

太子酒意朦朧，嗔笑，「很形象……其實我想要的簡單不過，無拘無束的自由，和自己愛的人在一起，在寺裡抄經念佛打坐，如此而已。」

懷恩聽出他的糾結，「我們喜歡一個人，就在草原上赤裸裸唱歌表白。」

「說的簡單，可我偏生在皇家，不想拖累她……皇室的情誼不同世俗家庭，能互相關懷的純真永久，一切都是為了鞏固皇權。父皇催我成婚好幾年了，我都以尚未完成外交使命拖延。母后著急，怕我沒子嗣，皇位就會傳到從連或琮原，還有其他的旁支。只怕這次回敦煌，便無理由再拖延了。」

太子明澈的眼睛裡，盛著和年紀不符的惆悵和複雜。

「她就像我的影子一樣，從前我希望和她就這樣形影不離廝守一輩子，一起騎射、鬥嘴，那只是我不成熟的幻想罷了。我喜歡一個人，就不能娶她，讓她困在皇室的牢籠裡，做一個傳宗接代、廣延子嗣的侍器。她不屬於後宮，她有以天下為己任的報復，該屬於更大的天空。」太子為自己的糾結失笑，「如果我真的告白，誰來收拾我們的友情？」

兩人沉默良久。

「兄弟，你想多了，船到橋頭自然直，佛家不是說該你的跑不掉，不該你的怎麼也求不來？」

＊

準備次日啟程，懷恩幫小殊的手換藥，「慢慢好了些，只怕以後郡主的玉手會留疤。」他細心的為她換絹布，「明天騎馬時要帶手套，避免直接刺激傷口。」

「我看過你……」小殊突然似笑非笑道，「你全被我看光了！」

懷恩抬眸，沒聽明白。

「那天，你和輸羅在溫泉，我在林子裡，看的清清楚楚。」她上下打量他一眼，摸著下巴，眼中滿滿頑皮。

懷恩嗤笑一聲，臉頰飛過一絲迷離的表情。

「賞花燈那天，我也看到你和阿瓏。」

懷恩眸中閃爍，透著一絲詫異。

「你們為什麼躲著我？又不是見不得人的事。」

懷恩看出她裝的大方不在意，避開了她灼灼的目光，很長的靜默。

「我喜歡你，懷恩哥哥，」她輕輕地咬著貝齒，臉蛋飛上一片紅暈，含水的眼眸悄悄看了他一眼，「不是兄妹的喜歡，是男女之間的喜歡。」

懷恩難為的垂目，輕輕看了她一眼：這颯爽英姿的小兒郎，不施脂粉，世間還有這麼孩子氣的人，更不忍心說出傷害她的話。

「我就是特別喜歡你，敦煌女子，愛就是愛，想嫁就嫁，從不隱晦自己的感情。」面對這個帥氣逼人的男子只有一肘之距，喜歡的喘不過氣。

「如果我一開始出現在你面前就是女兒身，你就不會有偏見，是吧?因為喜歡你，我才真正的認識從來沒見過的自己。以前，大家都寵我慣著我，我不需要太努力就可以得到，發個脾氣就垂手可得，現在，我想努力，做一個更好的女人。」

「妳對我的垂愛，可是，我無福接受。」懷恩淡淡的聲音，「不要像過去一樣對我了。」懷恩默然離帳。

小殊心頭炙熱，從帳中追出，「懷恩!」動情地喊住了他，懷恩止步並未轉身，小殊張開雙臂，卻遲疑的收回，用灼熱的目光擁抱他的背影，「喜歡你是我的事，你不用感到為難，我給你接受我的權力，我不會放棄的。」

懷恩眉頭微皺，心口一陣鬆軟、一陣揪緊。小殊心中喊著：你回頭看看我啊!

背對著她，懷恩側臉，不僅為了阿瓏，他是一個活在祕密中的人，語中萬分歉然，「郡主……我不配，對不起!」頭也不回地闊步離去。

此時，正撥開帳口的太子，看到這一幕，停在帳內未出，強作鎮靜，卻無法遮擋住臉色流露出的一絲慌亂。

第十四章　馬上皇帝柴榮

後周，汴京。

兵禍連年、飢饉遍地的亂世漸漸平息穩定，中原百姓生活有了盼頭。

四更天，後周皇帝柴榮已靜坐練武完畢，早膳鹹菜配清粥，健步直奔崇仁殿朝政。為了興修汴河的經費短缺燒腦；前朝割給契丹的燕雲十六州，後患無窮，瀛、莫兩州像是一把尖刀直插中原的心臟，度過又一個不眠夜。

宮門在鐘鼓聲中徐徐打開，百官在殿前整隊，負責糾察的御史開始點名，記下咳嗽、吐痰、步履失儀的姓名。輸羅太子在崇仁殿列隊等候，殿外金磬脆響，司理官昂音震耳：皇上駕到。全體依序站直不動，殿內頓時肅靜莊嚴，待黃袍身影在高位就座，隨百官山呼萬歲。

自頒布〈求言詔〉，廣開言路，求諫治國，奏摺如雪片飛來。永福殿剛修繕完畢，便傳出官員對工匠的惡行，柴榮對其官員嚴懲。今又接獲檢舉，官員利用公務之便貪圖享樂的案子，經查屬實，當下貶官為懲。

柴榮柴榮，三十出頭，被歲月打磨洗禮，似刀砍斧劈而成的消瘦面頰，棱角分明，修整乾淨的鬍鬚添增了一份光華內斂，明明是張帥氣豪爽的臉，卻浮著一股難言滄桑，一夜未眠眼泡有些浮腫，但目光如同深夜的劍，銳利凜凜，眉宇之間透著一股陰鬱又炙熱的氣質，舉手投足透著習武者自帶堅韌之氣。

柴榮出身庶民，在馬上打下江山，連同前四朝皇帝都是庶民出身靠起義上位。而尉遲家族統治于闐一千年從無間斷，比中原任何一個王朝都長久，對於有神話傳奇建國的皇室血統，柴榮神色莊重，對步履穩重儀態端謹的于闐太子甚是好奇。

第一眼望去，五官分明的西域容貌，風采氣質卻是漢化儒雅。

第二眼看去，高挑秀雅身型稍嫌單薄，氣如虹霓仍有未褪去的青澀無邪。

第三眼細看，目如朗星，與佛結緣，自在寬宏韻潤出不尋常的氣質，悲憫靈氣，清醒又沉靜，三分幹練呼之欲出。

朝堂上一片雞皮鶴髮、老成持重的官員，于闐太子朝氣蓬勃，活力四射，「屬臣于闐太子尉遲輸羅覲見陛下，恭喜陛下高平之戰大捷，御駕親征，滅北漢，退契丹。」

柴榮繼位之時，迫不及待統一中原，收復失地，力排眾議，南征北戰。然眾將棄兵，周軍潰敗之際，英武果敢的柴榮躍馬入陣，衝向敵軍，激勵周軍，反敗為勝。戰後整肅軍紀，斬處脫逃的將校七十餘人，懲革五代長期以來對驕將惰卒的姑息縱容，樹立朝廷威嚴。

柴榮氣魄宏大而又不失自然祥和，「當前之外患來自北邊契丹和高昌回鶻，兩國企圖聯手侵犯中原。我朝在河西地區則仰賴歸義軍防守，若于闐國能牽制高昌作亂，即能讓我軍全力主攻契丹，早日收復失土。」

「啟稟皇上，高昌回鶻東鄰歸義軍，西鄰于闐，我們不僅結盟合作，歸義軍統領為屬臣親舅舅，屬臣父皇又與回鶻天公主聯姻，實屬一體，屬臣在敦煌與歸義軍維持穩定局面。」

柴榮眸中赤誠良善，「沒想到你年紀輕輕，對實事分析到位，思維清晰，不可多得。」

太子玉樹臨風般立於寶座前，脆亮青春之聲，「謝陛下謬讚！屬臣久聞陛下十五歲從商，二十四歲拜將，三十三歲登基，對陛下苦民所苦，在第一線作戰，掃平天下，為民造福之舉，望塵莫及，屬臣剛及弱冠，唯願以陛下為榜樣，捍衛疆土！」一番恭維之語，對答如流，出自這美少年脆亮如鈴之聲，風華正茂的表情如清風撲面，聞者無不動容，官員席中人頭微動，爭相一睹來自西域東宮少年之風采。

太子獻上朝貢：于闐美玉千斤、降魔玉杵、鬱金香、雄黃、鞍轡、犛牛尾、乳香、千里馬、駱駝和數幅瑞像圖。

鞍轡和犛牛尾都是騎馬的用具，柴榮會心一笑，「世子帶來眾多珍品，可有所求？」依照歷代朝貢慣例，對於來朝進貢的貢品，中原王朝多半是厚往薄來，豐厚精良的回賜，換得藩屬邦國忠心稱臣，久而久之，朝貢互往也成了一種貿易，畢竟一本萬利、各取所需。

「啟稟皇上，中原大地物產豐饒，民生富庶，皇上見多識廣，屬臣貢奉的均為西域的特產，此行是微臣首次進京，增廣見聞，是千載難逢的機會，微臣有不求之請。」太子從容應對，不亢不卑，柴榮對他好感上升，「哦?你說說看!」

「懇請陛下允許外臣在京都期間，參觀窯廠。」

柴榮面露疑問之色，太子緊接著說，「此次使團進貢乳香、檀香、丁香等香料有一萬餘斤，乳香盛產於大食、非洲、紅海沿岸地區，必經于闐輸往各地，希望多了解中原各地需求並疏通貿易通路。」

柴榮眸中機敏寬闊，面透讚笑，「朕幼時家道中落，年少便推車賣貨，經營茶瓷，走遍汴京和洛陽，看盡民生疾苦，才決定從軍救國。太子頗有商業頭腦，四處多看看，必能理出商機，朕允許了。」

「謝陛下隆恩，此次使團進貢良馬二十匹，為日行千里之寶馬，獻給陛下培育優良戰馬。」

太子一層層添加的驚喜，柴榮對這少年太子的認可也一層層的增加，「優良的戰馬是軍需之最，久聞西域產神駒，好馬就要繁種。」

太子眉宇靈動，「啟稟陛下，屬臣帶來一育馬將才，自幼居住在草原，引進波斯種馬，改造鮮卑馬，在青海湖畔培育出龍種馬，青海驄。」

「哦，此人何在?」柴榮右眉微揚。

「陛下，歸義軍副校尉慕容懷恩在殿外恭候。」

柴榮輕舉右手宣懷恩入殿，目光投向碩壯身影，腦海掠過一閃亮光：以草原騎兵制契丹之軍!雖是低階軍官頭一回進皇帝尊殿，慕容懷恩闊步向前，毫無怯意。

柴榮目光掃向慕容懷恩，男子漢氣質撲面而來，「為朕說說這青海驄為何千古稱道？」

「鮮卑馬屬於蒙古馬種，抗高寒、抗病力強、耐粗飼、適應性強，但為草原馬，蹄大而質軟，不適應高山攀爬，經過培育優化性能，才能適應新的環境。」

大殿眾臣交頭接耳、議論紛紛。自從燕雲十六州被割給契丹後，便失去了中原最重要的戰馬產區，高原的馬種可以解決戰馬短缺的問題，柴榮點頭道，「依你看，游牧民族和中原軍隊相比，有什麼優勢？」

懷恩視線堅定，「中原士兵靠盾牌保護自己，而馬匹在游牧民族生活中，平日是交通工具，到了作戰成了戰馬，游牧民族騎兵，機動行強，攻擊性強。」他身體微微前傾，「擁有優良的戰馬，就有進攻的力量和速度，有了優秀的戰馬就贏了一大半。」

「勇士通身氣派，想必就是聽聞多時使團中的神射手，朕倒想與來自草原好漢較量騎射。」皇上淺笑，眸中閃亮出一抹少年氣。

柴榮幼時為少林寺俗家弟子，善騎射，戰場上勇猛無畏，坊間百姓均稱他為「柴王刀」或「馬上皇帝」。

慕容懷恩雙手作揖，低頭回稟，「末將不敢，但求皇上賜教，願為皇上效命。」

柴榮微仰下頷，揚聲令道，「殿前都虞侯趙匡胤接旨。」

一方面大耳，虎背熊腰男子舉步向前與太子並列，風姿偉儀令人過目難忘。

「于闐太子的請求就交給你去安排；另擇日安排習武場上校閱進貢良馬、鞍轡，切磋騎射之術。」

趙匡胤垂首施禮，「臣遵旨。」隨即向身邊的尉遲輸羅太子點頭示意。

瓷器是柴榮的老本行，他隨後對趙匡胤多囑咐了一句，「帶太子見識一下青瓷的精美。」陸常侍為柴榮遞上茶潤喉，提醒他已經遠遠超過一般召見使臣的預定時間。

柴榮倦容難掩，仍盡量滿足遠道而來的客人，「輸羅太子，可有其他請求？」

太子思量瞬間，輕聲道，「啟稟陛下，屬臣帶來數幅瑞像圖，祝願陛下萬福金安，國運昌隆！」

柴榮唇邊掠過一屢似笑非笑，「方才愛卿為何猶豫半晌才回答朕的話？」

太子瞬間楞了一楞，他得知皇帝上任後大量關閉佛寺，心中還在拿捏皇上對佛像的反應，一面回答一面思索著，「回陛下，于闐除了以盛產美玉聞名外，還有精美的佛教藝術。此次進貢的瑞像圖，多是于闐高僧嘔心瀝血之作，只是不知屬臣精選的畫風，是否和陛下的鑑賞偏好。」

柴榮朗笑，對這少年太子的機敏沉著另眼相看。他做了功課，得知柴榮昭告天下「非敕賜寺額者皆廢之」。戰亂時期，男子為了逃兵而出家，致使勞動力大幅縮減，各種罪犯混雜在出家人中，佛教聖地成了藏汙納垢之處。柴榮快刀斬亂麻的整頓寺廟，廢寺廟三萬，還俗僧人六萬，民間風傳此為法難而大為不滿。

「太子，倒有一事……」柴榮凝視輸羅臉上，「朕重建法雲寺，即將有個開光典禮，于闐為千年佛國，朕想請太子參加典禮，並為眾生說法。」

太子似乎讀懂柴榮目中深處的心思，雙手合十，「佛弟子之榮幸，謝皇上。」

*

禮部尚書顏樹清親自陪同太子參觀窯廠，「這裡製作的大多是為宮廷而作。」負責窯廠的李侍郎已過半百，對窯廠製程如數家珍，並教世子如何鑑別瓷器，「觀其釉色，猶如雨過天青雲破處，隨光變化。」

「乳香開始在汴京的流行起來，還是近年的事，婚禮、祭祀、熏香、沐浴，皇上勤政，老百姓能太平過日，也就更講究精緻生活。」

「聽說還有用香料做佛像、念珠的，香印、香餅。」太子認真問道。

顏尚書清了清喉嚨，「香料來源稀缺，價比金貴，雖是官營，也是宮廷權貴的奢侈品，老百姓只有待客送禮時才買得起。」

儘管官場於太子仍是霧裡看花，憑著他的聰慧，也看出個六七分顏尚書話中之音。汴京之大之複雜，處處要疏通，非他在敦煌能掌控的。

太子含笑未語，于闐有地理樞紐之優勢，扼東西咽喉，中轉貿易游刃有餘，大半乳香都會從天竺、大食等地匯集于闐，不僅增加大量的稅收，他手心掌握著一條金礦的源頭，成竹在胸。官場風雲難測，還是量力而為，不為己甚。

不知何時他早已和小殊對過眼神，他身體朝她傾斜，微巧的讓出一分空間讓小殊在他身前，而他俯首細看古樸大方、釉色清明的爐具。

小殊拿捏巧妙，笑吟吟地睨著顏尚書，甜美聲道，「久聞汴京夫子廟、八仙樓、清樂坊、上墟市，真想去開開眼界呢！」

＊

種柳成行夾流水，西自黃和東至淮，
綠影一千三百里，柳色如煙絮如雪。

汴京的菊，自古以來就只能用菊海來形容，含露的菊花在水中映出了倒影，草地上煙霧低漫，耀眼的金黃延伸到碧綠如玉的水池邊，炎炎夏日中，金明池畔蕩漾出淡淡的清涼。

都市生活既新鮮又甜美，牡丹、芍藥、棣棠、木香紛紛上市，賣花姑娘唱著小調，提著鋪滿鮮花的馬頭竹籃隨市叫賣，傳入庭裡，清奇入耳。小殊深深愛上這熱鬧非凡、色彩繽紛的生活，濕潤的氣候和沙漠中的乾爽截然不同，感覺皮膚變得如水嫩般的柔滑。

使團所住的官邸，在皇城和街市之間，一入夜便成了熱鬧非凡的「夜市」，通曉至三更方盡。太子這幾天在法雲寺上課，住在寺裡，以備次日的開光儀式。小殊拉著懷恩陪同逛夜市。車馬往來不絕，身著錦繡的人們滿街都是，小殊身穿中原服飾，做了髮髻更顯得越發嬌媚可人。

小殊拉著他往人潮裡鑽，要看啞雜劇。懷恩揮開小殊的手，將她窩在臂膀裡保護她不被推擠，高大碩壯的身形如一道銅牆鐵壁，那種甜滋滋感覺湧上心頭，懷恩卻在她耳邊嚴令道，「跟緊我，這兒人雜不安全，速離。」

一個小姑娘操著鄉音，「這位公子生的真俊啊，和這如花的姑娘真配一對兒，買個花環吧，戴在頭上好運來。」小殊抿嘴撒嬌道，「懷恩哥哥，買個花環幫幫小姑娘吧！」

懷恩呆楞一瞬才反應過來，掏出一串錢給賣花姑娘，姑娘把花環遞給懷恩，他身子僵直了一會兒，笨拙地花環輕輕套在小殊頭上。他緩了半晌，怔怔說道，「我答應太子要保證妳的安全，夜市人多複雜，還是早點回去吧！」

她嚷著要看用火藥做神鬼表演，買首飾衣裳，還沒等小殊賴皮完，懷恩強硬的抓起小殊手腕，拖出人群，小殊被扭的疼痛，無言的跟著走出人潮。

＊

法雲寺香煙裊裊，僧眾和信眾齊聚禪堂，聆聽于闐太子說法，朗月清風般，用淺易的語言，人人都懂的比喻說修行的真義，信眾個個聽的春風拂面。

禪堂外一陣小小的騷動，常侍郎在堂口宣告：皇上駕到。會眾跪地恭迎，住持見心法師請天子上座，皇上卻在會眾中找了個座位，和老百姓肩並肩聽太子說法。

開示後，柴榮上座，安靜的目光掃過會眾。

「各位大德，不要對我毀佛像的事產生疑慮。我理解的佛，是以善道度化人的，如果心向善，就是供奉佛。那佛像是什麼？廟宇裡的泥塑木雕嗎？如太子所言，只是一個相罷了，佛不在相裡，修行也要不著相。朕對佛教進行改革並非滅佛，一是救佛，二是救民，佛民兩便，有何不可？我也聽過佛陀為了利益他人，就算是自己的頭、眼睛都可以布施給別人。如果朕的身體可以用來救濟民眾，朕也必赴湯蹈火、在所不惜啊！」

一席話如一道電光，剎時將自己照亮於人，信眾當下為之感動落淚。柴榮的仁心義行在太子心中樹立英雄的典範，君王的榜樣，輸羅眼中泛光，合十頂禮。

第十五章　游水的駱駝

皇家圍場，丘陵川河，蔥蘢老樹，鷹獸群棲。

秋初，狩獵最好的季節，每一場狩獵都是一場真實的軍事演練。柴榮朝務繁忙，事必躬親，經常體力透支，但一遇到狩獵，踏入一望無際的圍場，高聲呼嘯、搖旗吶喊的兵將在身後，他似乎渾身有用不完的勁，穩坐在馬，天生領袖氣質威震八方。

柴榮裝備就緒在前，右翼是殿前司統領趙匡胤，左翼是歸義軍裴行健將軍，各自領隊緩緩前進。一望無際的圍場籠罩在晨霧下，只聽得空中烏鴉聲和地上冽冽清泉，隨著旭日上升，如紗般的霧靄漸漸散去，露出蔥蘢灌木叢，密林老樹，松鼠刺猬開始在水塘旁出沒。

分開沒多久，飛揚浮躁的士兵便揚鞭躍馬、奔馳呼嘯起來，箭聲響處，獵物倒地，接二連三的射中野兔山雞。趙匡胤往後瞥了一眼，看誰如此沉不住氣，不屑的哼了一聲。裴行健聚精會神的勘察地形，熟悉環境，沒看到主要敵人，不輕易出手。

慕容懷恩和太子並列在裴將軍身後，靜悄悄的前進，打獵於懷恩是草原生存必備，他取下頭盔護甲，在最自然的狀態下，方能自如的發揮，今日他更重要的任務是保護太子的人身安全。

柴榮帶來的獵鷹在空中盤桓，似乎偵查到目標，他舉手下令左右分路進攻，僅留數名侍衛隨身護駕。他獵取過梅花鹿、野豬、野狼，可是沒有親手射殺過猛獸。他發現老虎踪跡，一路緊追不捨，侍衛也緊緊相隨迂迴前進，四方傳來奔馳蹄聲、飛鳥咚咚落地聲，動物慘叫聲，士兵叫好聲。

聰明狡猾的老虎把柴榮引到一片密林中，藏身枯黃灌木叢中，讓人難以分辨。風從西邊吹來，懷恩嗅到一股不尋常的味道，草原上獵物在附近的緊張氣氛，他憑著直覺往樹上望去，一對火眼金星在上往下凝聚，太子順著懷恩的視線望去，仔細看了一下，才發現樹上的花豹正瞄準和老虎對峙良久的柴榮，身邊侍衛無聲的將老虎圍成一個圈，卻無人察覺樹上的豹。

太子欲挽弓抽箭，懷恩手勢阻止。他穩坐馬上，左手撫過確認腰間的獵刀，摒息集中，凜銳的目光在秋陽中射出令人顫抖的殺氣，移動於柴榮和花豹之間。

當柴榮瞄準老虎射出一箭的同時，樹上的花豹像金光閃電飛躍空中，直向柴榮方向衝去，懷恩的箭飛射戳入花豹腹部，瞬時墜地在柴榮座騎前，馬兒受驚揚蹄，將柴榮摔下馬。身中兩箭的老虎不罷甘休，就地朝天空怒吼兩聲，向柴榮衝去，侍衛怕誤傷柴榮而連連失手，懷恩策馬縱躍，飛撲而上，與虎搏鬥，左手舉短刃直往心臟直直刺入，溫熱的血濺滿他的臉。

兵將從四面八方推近，圍場一片死寂，唯有在胸膛砰砰的撞擊聲。

*

周軍兵場蹄聲隆隆，士氣旺盛。使團軍隊在演練場和周軍進行演習訓練，就河邊地開鑿了一個巨坑，演練水軍。

裴將軍展示了一些游牧騎兵常用的兵器，對周軍進行訓練。趙匡胤虎背熊腰，粗中有細，表裡都是個軍人，見曹文殊束裝策馬經過，半開玩笑半認真道，「我帶兵多年，軍隊裡忌諱女人了。」

曹文殊轉身騎回，故作吃驚道，「哦，是嗎？」

趙匡胤斂去笑意，「本座的意思是軍人的責任是保護老弱婦孺，其實，女人不必出來吃苦受罪。」

「可是我怎麼聽起來，將軍的意思不是這麼偉大無私。」曹文殊語調甚是輕鬆，卻聽出了嚴肅。

「其實，我是好意，擔心郡主在軍中不適應，譬如說，這些重緇武器對嬌小秀麗的郡主，是否太笨重？」

「都督好心我心領了，遼闊西域，在草原上，女子一樣有責任義務保家衛國，我是歸義軍編制的軍官，不是殿前司的編制，這點趙都督可以省心。」文殊嘴邊雖掛著一抹微笑但語中卻無戲言。

一陣爽朗笑聲漸近，皇上和太子並駕而來，皇上對新進貢的鞍轡滿是歡喜，太子老遠笑道，「是誰得罪了敦煌郡主？可知郡主是歸義軍的馬球戰將哦！」一句話打破僵局。

眼前這颯爽英姿，口齒伶俐的小兒郎，柴榮詢問目光轉向太子。太子拱手長揖，「稟報皇上，這位是敦煌郡主曹文殊，輸羅的表姐，回鶻天公主的嫡孫女。」

柴榮盯著她微微愣了一瞬，眸中閃亮，「天睦可汗的後人，果然英氣逼人，不同凡響。歸義軍女男平等，不讓鬚眉，這點我們以後要參考參考，軍力不足，招收女兵不失上策。」

小殊嘟嘴瞅著訕訕陪笑的趙匡胤。

殿前司校尉上前報告，「都督，水寨已建好，可是重緇兵器無法過水。」

「馬不能游泳嗎？」趙匡胤皺眉道。

「報告將軍，馬能游泳，可是游的時間不長，載物過不了就……就沉了。」

柴榮望著水池，「中原地大物博，補給供應路線也長，攻打唐，水戰是北方軍隊的弱板，沒有水軍根本無法出兵。」

周軍眾將面面相覷。

「啟稟皇上，外臣倒有一個辦法。」太子淺笑，全部的目光投向全軍中年紀最小的太子，「駱駝！用駱駝載重物過河。」

士兵將重緇裝備架在駱駝身上，牽到水邊，眾目睽睽之下，駝隊在水中安全浮游到對岸，眾人歡呼擊鼓。

「誰也沒想到，沙漠之舟也能在水裡成舟！」趙匡胤驚嘆道。

柴榮難掩喜色，能解決水軍問題，出戰南方，甚至疏通河道直驅北境滄州，取收復失地，統一大業就勝算在握。

「皇上，我們小時候就是騎駱駝在月牙泉玩水的啊！」小殊笑道，「人家說草原上的孩子還沒學走路就騎馬，我還不會騎馬，阿娘就把我放在駱駝身上玩漂浮的！」她吐語如珠，聲音又是柔和又清脆，動聽之極。

趙匡胤對這機靈俏巧的郡主，報以淺笑。

太子眸色深長地盯著小殊的臉，目中波光流轉，心中滿滿的驕傲和欽佩。

＊

汴京人對馬球的熱愛，不下於長安。殿前司和侍衛司組成的皇家馬球隊，出戰歸義軍馬球隊，在城裡掀起一陣沸騰，重拾因戰亂連年而被遺忘的馬球狂熱。

觀禮臺棚子下坐滿文武百官，柴榮和太子坐在中央最靠前，居高臨下，如作戰指揮，一覽無遺。歸義軍球隊臨時組成，不如對手平日的訓練和默契。慕容懷恩與虎搏鬥時傷及左臂，無法上場，在幕後做訓練參謀。臨時隊長帶動下，全隊以一股血氣和榮譽上陣迎戰。

皇家隊嚴陣紀律，出手猛烈難防，上場沒多久便大汗淋漓，以守為攻。觀禮臺上跺腳擊掌，為皇家隊的歡呼聲如潮浪般襲來。

然而自古驕兵必敗，掉以輕心的皇家軍隊，竟然在一炷香快燒完前幾分鐘，連連失誤，歸義軍見縫插針，扳回劣勢，兩隊平分。求生慾爆發的隊長不放棄最後機會，迅雷不及掩耳之速，砰的擊中最後一球，一籌定局。

觀禮臺上的歡呼聲頓時安靜，無人相信眼前所見。

柴榮啞口，太子驚目。

勝家歸義軍來到觀禮臺前，隊長取下護罩，一頭秀髮傾瀉而下，觀禮臺上昂首爭睹，勝隊隊長竟然是一女子。太子起身注目這可愛可敬的紅辣子，柴榮極有風度的點頭稱讚。

曹文殊目光掃向皇家隊隊長趙匡胤，露出意味深長的微笑，「承讓了，趙大哥！」

＊

柴榮在宮中設宴款待于闐使團。

一轉眼就是三個月，柴榮語中不捨，對於救他一命的懷恩，用駱駝解決水軍運輸問題的太子，馬球一戰成名的小殊，對草原兵器了若指掌的將軍，像是孤軍奮戰中下降的天兵天將，為他的戎馬生活注入一股活力，為平淡的宮廷生活帶來一抹異彩。

然而，他最看重的是歸義軍與契丹西南接壤，聯合歸義軍、甘州回鶻和于闐可制約契丹，使契丹兩頭受夾，在戰略上為周軍爭取更大的勝算空間。

「皇上，與游牧民族作戰，首要良馬。」裴將軍沉穩聲音道。「後勤支援的馬匹人力比例失衡，資糧流失過快，難以長久。」

趙匡胤揚眉，「願聞其詳。」

「周軍出戰，大軍十萬，能上戰場的精兵只有三分之一，其餘皆是後勤裝備糧草。如果能調整馬的素質，只需要極少的後勤人員，就能保證軍隊正常運轉。」裴將軍示意慕容懷恩接下去說。

「草原作戰的戰力來自騎兵的奔騎，後援極少，中原軍隊後援消耗過多。把戰馬換成母馬，不斷的產奶做糧食，糧食斷絕都可以活命。改良馬種，讓馬消耗較少的能量，耐受艱苦環境，沿途找到野草枯枝就能維生，節省大量糧草。」

柴榮知道和契丹作戰，必須用以夷制夷的方法，眼前的使團必是未來的戰友。

柴榮離席，深沉聲宣，「慕容懷恩接旨！」對這突如其來的詔宣，懷恩闊步上前跪在天子之前，「愛將於狩獵英勇果斷、救駕有功，特敕封游擊將軍，賞黃金百兩。」

在座內官均略顯吃驚，這一敕封對慕容懷恩是連跳七級。然而，還有比救皇帝命更重要的嗎？此時臉色變化最大的裴行健，沒料到下一個聽到的名字，就是自己，他楞了一楞才上前受封。

「歸義軍裴行健護衛使團進京有功，特敕封宣威將軍，賞黃金百兩。」

「皇上面面俱到，這宣威將軍是四品上，比游擊將軍是五品下還是高了四級。」趙匡胤小聲向身旁的文殊解釋道。

殿上一片歡喜祝賀聲中，曹文殊脆亮聲，「啟稟皇上，臣女有事相求。」

柴榮笑允，文殊上前，「啟稟皇上，馬球比賽贏了殿前司都督，臣女來討賞了！」吐語如珠，聲音又柔和又清脆。

符皇后朝她細看了幾眼，神態天真，雙頰紅暈，笑道，「郡主容色清麗，馬球賽風靡全汴京城，都吵著要組織一個女子馬球隊呢！」

「久聞于闐太子進京，生的英俊非凡，傳聞宮人內侍都爭仰風采，今日相見，果然明俊逼人。」皇后讚賞之話如沐春風。

「太子說法教導，更是深入人心。今日才知道漢語裡的和尚，是從于闐語傳戒師一詞同音傳來的。」柴榮深情的看著皇后，可見得她有興趣之事，都願意傾聽交談。

「來日本宮請太子傳修行之道。」皇后笑道，像是對家人般的親切，「皇上勤儉成習，馬鞍用了十年都不捨得換，太子進貢的鞍轡，還配了于闐寶玉，這是吉祥之物，皇上開心呢。」

柴榮呵呵笑盯著皇后笑道，「皇后把朕的小祕密公諸天下，以後內臣外使老往宮中送禮，可如何是好？」兩人言談之間像是民夫婦恩愛的拌嘴。

皇后把話題轉向文殊，「這麼伶俐的可人兒，可有婚配？怕是上門提親的都排到幾里路外了。」

提到婚事，文殊心虛道，「沒……沒有！」

「文殊郡主，如果妳有中意的郎君，本宮為妳作主。」皇后笑道。

文殊感覺她話中溫暖的善意，一時受寵若驚，噘嘴道，「我要的是兩情相悅的人。」眼角瞟了懷恩一眼。

「本宮可以作媒亦可賜婚，但是讓對方愛上妳，需要靠自己、靠緣分。」符皇后婉轉嫣笑，笑看柴榮。

馬球賽後，柴榮私下對郡主讚口不絕。皇后半認真半打趣道，「難得見皇上對女子如此傾心，臣妾也欣賞郡主靜若處子，動若脫兔的個性，不如讓臣妾說個媒。」

「誒，娘子，萬萬不可！」柴榮失笑道，「朕可不擔心後宮醋缸子打翻，朕就怕這小娘子一言不合，和朕動刀耍劍的。」

「阿郎為習武之人，還怕小娘了不成？」大妻撇下宮中禮節，開心地話撈。

「好男不和女鬥，朕是從來不對女子動手的，就怕郡主把朕打的滿地找牙！」

「敦煌郡主曹文殊接旨。」柴榮的聲音自高處而下，小殊抬頭，立時感到一種無形的威嚴向她壓來：「郡主帶領歸義軍馬球隊戰勝皇家隊，鞠場如戰場，朕敕封平遼公主，賞……」

文殊適時打斷，「謝陛下隆恩，臣女文殊不要賞賜。」

柴榮笑看這鬼靈精怪的平遼公主，晚宴氣氛瞬間輕鬆活脫起來。

「陛下，先父為敦煌節度使曹元深，留給文殊的家產夠文殊一輩子用了。」

眾人一陣低笑，趙匡胤極有興趣的看著這嬌憨頑皮、任性率真的公主，輸馬球的不爽也因她的率真可愛漸漸淡去。

「文殊但求皇上賞賜……一個……特赦令牌。」

柴榮不假思索，「準，賜平遼公主金牌一枚，外加皇家林苑令牌。」

符皇后溫婉笑道，「公主和皇上結為兄妹，有了令牌，盼常來探望本宮，多和本宮說說敦煌的新鮮事。」

「謝皇后！文疏一定常去探望皇后和皇子。」

「文殊，可知朕為何賜名平遼？」柴榮語意深長看著文殊，把目光投到席位上的太子和懷恩，「願公主不忘朕的心願，助大周平定遼國，收復失土，天下太平！」

*

趙匡胤一路相送使團至城門外，對這些朝氣蓬勃、心懷大志的年輕人，心裡竟有些不捨。

曹文殊用中原的禮節抱拳告別笑道，「趙大哥，明年我們平遼戰場上見！」跨上馬後英姿颯爽地回首喊道，「再打一場馬球！」

第十六章　沙盤中推畫

主人不在的太子宅，僕從們無精打采的幹活兒，鳴沙山飄來的灰塵擦了又來，來了又擦，就連祐定斥責僕從的聲音也迴響的惱人。

後院的廂房臨時改成石博士的工作坊，窗戶用暗色的布遮檔光線，以便習慣洞窟中的昏暗。他吃睡不離畫室，晨昏不斷地沉浸在創作畫稿中，等待世子殿下過目後，才依圖繪製到石壁上。

舞伎官李月奴的到來，在宅裡掀起小小騷動，男僕女婢爭先恐後地藉機看一眼這名滿敦煌的仙女。她在畫坊裡換上色彩斑爛的舞衣，擺出各種不同的舞姿，讓石博士製作模本，心目中的天國，動情的描繪。

深厚的功底，擺出千手千眼觀音的姿勢，眼睛眨也不眨，博士為了練自己的臂力，將畫紙懸在牆上，手腕懸空，利用腹部的力量調息，淺吸淡出，肩部要有很強韌的持久力才能維持手力的穩度。月奴如塑像般的站在離他兩尺的距離，即使他肩膀酸痛，也咬著牙用丹田之力扛住。

描繪到臉部表情，月奴的雙眸凝聚，優雅從容，博士的畫筆凍結空中，忘了膀子痲木到無感，目光被她眼中溢出的光彩深深吸引住，彷彿兩座石像對望，情愫遊蕩，眼睫霧濛。

祐定在崑崙書堂偏門旁的書桌上專心寫信給于闐宰相要求發遣造窟的物資「絹十匹，繪畫彩色，鋼鐵及三界寺繡像絳色，胡錦裙腰一個。」並指定了「坎城的赤銅三十斤」等等。細牒是官方文件，她來回檢查數遍無誤後，才安心的卷起，交給使于闐差使。

自從皇后回于闐後，祐定接管了太子宅的內務，她生性機敏，靈活能幹，最主要的是忠心耿耿又負責可靠，深得太子信任和倚重，不久前升為尚宮，除了駐任的于闐宰相，她是宅裡的一把手，宅裡所需的大小物資都透過祐定和于闐申請張羅，上上下下五六十口都看她臉色辦事。

這會兒祐定兒出現在作坊門口，親自護送敦煌畫院送來硃砂、雲母、孔雀石等天然礦石。

「月奴姑娘，可以下座了。」博士放鬆僵硬的臂膀，麻刺之感射向全身。

「畫院裡的都料說這一批石料是從高昌集運來的。」祐定站在入口處，等博士換口氣了，才跨步作坊。

中亞的寶石被加工成壁畫的顏料，價重如金，硃砂的紅，雌黃的黃，石綠的綠，白色則來自滑石或白雲石。石博士在礦石中找到有絢麗天藍色的青金石，極其慎重地輕撫著遠從大月支[1]運來的寶石，將青金石加工成藍色的顏料，在調色碟裡沾一些試色，這些礦物顏料經得起日光照射和濕氣侵蝕，屬性穩定，純正渾厚，艷而不俗，在石壁中能維持很長的時間。

「你們已經兩餐未進食了，我讓灶房準備了粥。」祐定溫暖笑道，「阿彌陀佛，功德無量啊！」

一般洞窟畫師的待遇是一天兩頓飯，早上給個餺飥，晚上給兩枚胡餅，祐定特別照顧從于闐來的博士，米粥是有錢人才有的奢侈。

祐定自言自語道，「算算日子，太子也快回來了。」

月奴和博士尚未從創作的情緒出來，默然不語，對坐在小桌子上，博士夾了一塊鹹菜到她的碗裡。月奴停頓一下，目光仍盯著桌面，慢慢的就著醬菜喝暖暖的粥。

「是啊！尚宮，太子快回來了！」博士輕輕吐出這幾個字，思緒又回到壁上的模本和畫中的人。

＊

滿載而歸的太子使團，在敦煌城裡掀起了一陣躁動。

如果汴京是一艘光華不夜的巨船，敦煌便是一葉自帶光芒的扁舟，她游移在這閃亮的河流之上，駛向一個更高更遠的燈塔。

曹文殊神色驕矜地策馬過街，自信開闊，幾個月前喬裝潛伏出城，今日是以平遼公主尊貴之身回來，心中萬千感慨。

太子出使前，是生活中安逸中的貴族，只想一心修行，像沙漠中的水，珍稀平靜恬然。進了中原王朝的皇宮，才發覺世界之大，才發覺到如大海一樣的慾望和野心。汴京寬闊了視野，柴榮引燃了他的鬥志，加深了擊敗敵人的魄力。

慕容懷恩在馬車後護衛，一個來自草原一無所有的人，很難想像有這麼一天，功名、友情、愛情都一一降臨在他的身上，所有經歷的磨難坎坷彷彿都值得，他的目光在人群裡搜索，他不確定自己是在找誰，或許期待阿娘慈祥溫暖的容顏？或許是阿瓏耀如春華的笑顏？一個能在見證此刻載譽而歸、衣錦還鄉的人。

曹元忠和翟大娘子，凝望著身穿汴京華服、英挺秀麗的小姝，對逃婚之事如鯁在喉，然說出的話又異常客氣，夫婦倆面面相覷，融洽喜慶的氛圍瞬間降溫如冰般。

小姝輕步走到二老面前，單膝下跪，「叔叔，嬸嬸，小姝領罪來了！」語音帶著誠意，臉上卻是有恃無恐的表情。

太子趨身向前，「舅舅、舅娘，小姝的確是犯了錯，在途中已經受罰了。」二老身姿穩坐，眸中掠過驚訝。太子慎言道，「她被罰了七天勞役，幹了馬夫的活，毫無通融。請舅舅看在她帶隊馬球賽大勝大周皇家隊伍，將功抵罪。」

「啟稟大王，」裴將軍上前說情，「世子殿下秉公處理，依軍律處置。郡主勞役無半點馬虎，聽說把手都磨出了瘡。」

曹大王和大娘子神色緩和許多，淡淡道，「起來吧！妳的事兒慢慢再議。」

太子傾身將她扶起，攔住了她的口，使了個眼色，「舅舅，有個天大的商機要和您報告！」巧妙的轉移話題到乳香市場的需求和利潤。

＊

大漠晴空萬里，風沙味道撲面而來，汴京的繁華，中原的精緻都不如家的舒適和溫馨。太子宅的僕從扛著一籃甜瓜到窟口，打窟人甚是感激在心，他們在與世隔絕的崖壁上奉獻出自己的生命和歲月，憑著心中的信仰度過孤獨清苦，希望能藉著造窟的功德保佑家人平安，脫離貧窮，子孫延綿。

塑匠趙僧子從漆黑洞窟走到洞口時，不得不用手肘擋住強烈的陽光，做塑像這門手藝傳到他已是說不清多少代。趙僧子拉著石博士，「博士，請您幫個忙，幫我看一下這寫的是啥。」

石博士眉頭緊皺，吞吐聲道「是個……契約。」太子從他手中接過「賣子契」，當他讀到「……今後禁子與其聯絡……倘往生遺體由父母領回……」眼眶紅熱了起來，浮有一層潤潤的水汽。

因生活艱苦萬分，趙子僧的妻子離他而去，獨子由父母養育，一場洪水淹沒了搖搖欲墜的房舍。趙塑匠無力撫養兒子，迫不得已將兒子過給他人。

太子止住了淚，凝思片刻，對石博士交代，「帶著這契約找祐定，讓她安排把孩子贖回來吧！」

趙子僧抬頭睜眼，吃驚無語。

「趙師傅，你可願意讓他到太子府裡幹活？」太子負手輕語。

「當……當然！」趙僧子雙膝落地，感激地說不出話，良久才吐出，「大恩大德，來世再報。」

「趙興不改姓，不賣身，契約按照府裡規矩，你得了空就去府裡看看孩子，你這門手藝要傳下去，造佛像是大功德。」

＊

太子宅恢復了往日的生氣蓬勃，僕從進進出出，手中沒活也裝著忙忙碌碌，見上主子一面問聲好，這些看著太子長大的僕從，如同家人般，做了他喜歡的點心一盤盤奉上。太子坐在屋裡，品著葡萄酒，一桌的饊子、蒸餅、餢飳，即使不餓，也都各嚐一口，看著老僕們開心的表情，亦心滿意足。

與祐定說了一些家常話，太子將一包裝精緻的首飾盒給她，不經意的輕觸到祐定指尖，慢慢收回目光，話音暖意，「妳這一向可好？」

祐定微垂目頷首，微頰微溫，心裡天天念著太子，盼著他回來，見了面卻又情卻寡言，「托太子的福，一切安好。」

「這是小殊在汴京幫忙挑選的，另外有幾盒小玩意兒分配下去。」

祐定笑著謝了太子，卻六神不寧，憂心重重。

「一會兒備些饊子給小殊，趁熱送去，花蜜帶上。」太子交代道，想起小殊在野外自做的饊子，嘴邊閃過一抹淡笑。

「唉，郡主這回可是闖了大禍……」祐定重重嘆了口氣。

「該罰的也罰了，舅舅也原諒她了。」

「聽說王府裡的彩禮都準備齊全，可汗的迎親使團已經在路上了。」祐定聲音急切，哀戚神色現於眉間。

「哦？王府要出嫁郡主？我怎麼沒聽說？」太子眉毛微揚。

「就是文殊郡主啊……派她和回鶻結親！」祐定哭喪着臉。

太子手中的酒杯砰地一聲在撞上桌面上，紫紅色酒汁濺在鐵子上。

祐定將小殊冒險逃親的事鉅細靡遺、繪影形聲的稟報，太子腦海裡一片空白瀰漫。

＊

天未曉明，太子和石博士分別從禪房出發，頂著寒意快步向大禪堂邁去，香煙裊裊，提雲大師在法座上閉目靜坐，五更擊磬，弟子們坐姿如鐘，背直如松，調息坐禪。

大師明目清朗如昔，臉龐越發清瘦，眼角眉梢多了明顯的褶子。博士展開一摞畫稿，請提雲一一評鑑。畫中飛天的衣紋猶如出水，筆法剛勁綢疊。熾熱的色彩，飛動的線條，純善的面容，對理想淨土動情的描繪，只有最純粹的激情才能孕育出壁畫中張揚澎湃的想像力量。

提雲讓博士搬入寺院的畫室，繪製菩薩像時會有更多的靈感。

太子在灶房親自調製椒湯麵，端到師父的禪房。提雲揮退侍僧，師徒對坐，心連心相應。在太子成長歲月中，情同父子的提雲是他的磐石，是智慧的象徵，一開口便能揭開事情的要害，洞悉本質，言簡意駭，有時，他不多說多問，卻會派毫不相干的任務與他，讓他自己去參。他最常用的解題智慧：答案就在你心中。

日頭漸升，太子推著沉重的木耙，在沙盤上畫出不同的型狀，幾何、弧狀、同心圓、看了滿意，再用木耙打散，重新推畫。沙盤推畫即使在使力時，也要維持呼吸細柔綿長和不變的專注力，和四周人物，保持和諧狀態。然而，他推著沙，心思卻被一連串的念想分散，最後又回到自己的身上。我到底要什麼？

「又在做功課？」身後傳來小殊的聲音。

太子微微抬頭，只淡淡地一句，「妳來了！」目光仍在沙盤上。

小殊心知有要事商討，卻仍笑道，「以前你一推完，我就把沙踏平。」

太子瞟了一眼，繼續推沙，冷不防吐出，「妳有什麼事瞞著我？」從他人口中知道這天大的事，心中更多的是失望，覺得小殊不信任他，遇到大事不找他商量而感到委屈不平。

小殊坐在沙盤邊上，默然不語，嘟嘴凝望著正在成型的沙。她第一時間投奔太子，念及他身負重任，不願意為第一次出使節外生枝，隱瞞逃婚，情非得已。

太子冷靜下來，似乎也想通了，她逃離敦煌立刻投靠他，只是沒有說出背後逃親事件，「妳明知道我是站在妳這一邊的，」他聲調清緩卻堅定有力，「我絕對不會讓妳出使和親的。」

「我無計可施，孤身寡人，除了逃走……還能做什麼？」小殊訕訕道。

「方法很多，譬如，可以請大周皇帝出面，我會幫妳想法子啊！」太子杵著木耙，陷入了沉思。

小殊用手托著腮幫子，盯著沙盤上如太極的形狀，幽幽道，「你畫完了？」未等回答，起身跳到沙盤中，雙腳趴趴趴地踏平了太極圖，從太子手中橫手奪過木耙，使勁的推，猛烈的耙，心中的不平全宣洩在凹凸起伏的沙堆上。

空中傳來嘎嘎聲，太子舉目，一直大雁飛過晴空，他隨著大雁往南望去，胸有成竹地道出了他的應變之策。

小殊聽後睜大眼睛，目光在沙盤裡完成的漩渦狀，許久許久才慢慢地收回來投注在太子身上。

她不知道這些年來，自己對太子潛移默化的影響，太子柔軟的心腸逐漸變硬變狠，優柔寡斷的個性隨著與生俱來的自信蛻變得果決。唯一不變的是見人傷痛苦難仍真情流露地落淚，一個腹有良謀，氣吞山河的英雄君王，是不會掩飾這包藏宇宙之機體現「仁」的愛心和同情心。

*

情人闊別多時，夜夜溫存仍道不盡痴男戀女的情話，如膠似漆，恍如隔世，懷恩陪著阿瓏在莫高窟外的胡楊林漫步。

兩人來到一個門面宏大的家窟前，懷恩腳步停滯一瞬，疑惑的眼神在洞口掃視四周。巨型的佛靜靜注視著雙足前的芸芸眾生，兩根高大的通天柱之後，佛像靜坐，兩腿盤起，一掌五指向上，一掌五指向下，佛像的眼睛靜靜地俯視眾生。

站在如此高大的佛像前，瞬間感覺了生命的渺小與卑微，似曾相識的回憶閃入腦海。

甬道右側壁上題名供養人張淮深，阿瓏凝視阿爹的名字良久不語，走到佛像前雙手合十，默默的祈禱頂禮。

懷恩拿著火炬，沿著故事牆看去，在尾端見一列馬匹、四肢騰空的鹿，手中的火把突然晃了一下，猛眨眼睛，前額像是被猛擊一棍，暈眩襲來。

不可思議的巧合？回想起他記憶中的浴佛節，第一次隨著阿娘和哥哥們到窟內參拜。那是他還沒有被帶到南山之前，他叫索進君，小名君兒。

火炬照亮陰暗的洞窟，色彩華麗的壁畫，環繞窟牆：人馬眾多，騎兵儀仗，甲械齊整，旌旗鮮明。中間有軍前舞樂，八名舞者排成兩隊，甩動長袖相對而舞。後面跟著樂隊，共十人，除兩邊各有一面大鼓外，還有琵琶、橫笛、篳篥、拍板、箜篌、腰鼓等。

南壁下部緊接上圖，騎兵儀仗的後衛，阿娘朝著剽悍騎兵環護著旌節道，「那是皇帝敕封的標誌！」小君兒抬頭仰望，小口微張，目不轉睛，隨著火炬，到壁畫中間，是形象生動，威儀赫赫的軍隊，阿娘語氣透著敬仰和自豪，「這是外公打敗吐蕃，收復河西時的凱旋軍隊。」

敦煌王的護隊，六名執旗者分列左右，每旗飄七帶，緊接著是一對執旗者，和一對執小幡者，題書「門旌」二字，再後跟隨著衙前兵馬使三騎，步行者四對，戴花氈帽，穿單色缺胯衫，系革帶，穿白氈靴，手持儀刀，題為「銀刀官」[2]。

君兒再貼近牆，找到了大旗上「信」，他生平認得的第一個漢字。

壁畫尾部是射獵、馱運二十多匹馬，栩栩如生的射獵景像，與君兒的視線相平：兩個騎士奮力追逐倉惶逃命的小鹿，其中一人緊追獵物，彎弓欲射，另一人揮鞭長驅。還有游牧民族騎隊，前後分兩組，帶白氈帽。

慕容懷恩彷彿聽到窟中稚嫩的聲音，「這些馬驢做什麼呢？」君兒指著射獵騎隊之後的馬、驢、駱駝。哥哥回答，「負責軍中的後勤運輸。」猶在耳際，是他五歲時對軍隊的第一印象。

這是他幼時來過的家窟，懷恩身體微微搖晃。這怎麼可能？壁畫上的馬和鹿的形象如百針戳腦，麻木激盪。

懷恩受封為將，讓阿瓏心裡有了依靠，欣慰的潮水湧進心尖，往後，就不再獨自撐著。菩薩是否聽到她的許願？她把自己的身世，一家四十三口被滅頂的過往，告訴了即將寄託終身的人。她眼神裡裝著星星，眸中深切的盼望。

*

懷恩被自己的喊叫聲從睡夢中驚醒，喉嚨燥熱乾啞，胸膛咚咚，夢景歷歷在目，他被一隻大手提到馬背上，肚子嵌在馬鞍和馬背之間，他死命的掙扎，怎麼喊都沒有人來救他，使盡吃奶之力從喉嚨崩裂出抗拒的喊聲，他不能就這樣被帶走，一定要喊，喊不出來就用僅剩的力氣像一隻被掐著脖子的雞一樣哎哎嘶鳴。

星空下，他坐在馬欄桿上，仰頭飲一大口酒，馬兒緩緩站起，滴答滴答地湊過來，他臉蹭著馬脖子用草原的話喃喃低語。仰望，遼闊星空可傲遊天地，垂首，心中的糾結堵塞的發慌。

他拼湊記憶的碎片，眉心緊鎖，後腦門微脹抽緊至頸背肩骨。幼時和阿娘去的佛窟，就是阿瓏的家窟。

當阿瓏透露自己的身世，就意味著他們的緣分澈底結束，從此注定天各一方。世間的情緣，是該聚的聚，該分的分，緣分盡時，一刻也不停留。人的緣分還不如草原上的小草，春榮冬枯，還不如戈壁中的沙粒，東吹西返。淺薄的緣，短如春夢，如露如電彷如泡影。

日頭從鳴沙山的幕帳後層次漸進地升起，天色漸亮，舉起酒壺，仰頭飲盡。羌笛就口，悠悠悲戚的笛音蕩漾在尚未被太陽曬熱的戈壁上。

有些失去的感覺，再也找不回來了。

---

1 大月支在今阿富汗境內。
2 銀刀官，相當唐朝四品官位。

第十七章　吐谷渾之子

十八年前的那場劫難。

君兒被帶離敦煌的那年，剛滿五歲，本名索進君，他是敦煌節度使索勳的么兒。生來安靜沉穩，長到兩歲才開口叫阿娘阿爹，終日不出聲，沉浸在自己的世界裡，獨自玩耍，家人憂心忡忡，以為他不會說話，沒想到，他開口的第一句話是「我的衣服髒了，要洗洗！」震驚了全家。

君兒出生時，外公已赴長安入朝，敕封河西十一州節度使。為了紀念外公對沙洲的功績，張氏家族開鑿了一個巨型功德窟，君兒從窟裡的壁畫認識了從未見過的外公。

阿娘讓君兒銘記於心：不論你做什麼，身處何方，永遠不要忘記自己的出身，你身上流著「河西獅王」的血。外公傾家族財富貢獻為軍資，私密招募統籌歸義軍，未動用唐朝一兵一卒，將占據沙洲六十年的吐蕃驅逐，讓老百姓恢復自由，過上好日子。

天乾地荒，來自南邊的游牧民族無以為濟，以擄劫剽奪為生。為了防禦外侵，陽關加建防禦工程，索勳親自校閱工程進度，已三天未歸家。

索家四個公子們隨著教頭到馬場練習，突然塵沙奏起，馬場被約五十來人團團圍住，撬開糧倉，肆虐搶奪。

混亂中，馬夫長大喊著，「小王爺快過來！」

為首馬賊勒馬迴轉，撞倒馬夫長，一手抓緊馬鞍頭，懸腰下彎，看準君兒的領頭，另一手將他撈起俯按在鞍前，揚長而去。

君兒從高熱昏睡中甦醒，已是三天之後。在旁邊守護的婦人，一口口餵食米粥，餵飽了，脫下汗濕的帶絲繡錦衣，換上乾淨粗糙的布衣，君兒又沉沉的睡去。

吐谷渾首領慕容桑度揣著男孩，長途奔馳，驚嚇萬分的君兒在馬上嘔吐。若把孩子拋在荒地裡，必死無疑，想著這孩子日後能換取物資，便帶回營地，孩子虛脫不已，驚恐交加，水土不服。吐谷渾族人在篝火旁，把平日儲存捨不得吃的肉干取出，配上剛才掠奪來的蔬菜，熬一大鍋肉粥，夾雜牲畜糞味和馬奶混合的腥味，君兒又嘩啦啦吐了一次，粗曠野蠻的男人們開始嘲笑戲弄他，「像個小姑娘似的！」君兒聽不懂，目光呆滯，全身無力癱坐在地上。

慕容桑度的妻子阿札瑪牽著君兒的手，帶回帳內安頓他休息，這一睡便是三天。

阿札瑪是三個兒子的阿娘，年紀不過三十，終年在馬背上奔波，草地上幹活，古銅色的皮膚過早的出現眼角紋，部族隨著慕容桑度大遷徙時，兩人一見鍾情，當她懷上了第一個孩子，慕容桑度將她迎娶入帳。游牧民族終年居無定所，鋪上獸皮裹羊皮，和衣而臥，夏潮冬寒，糧食短缺，女子不易生養，民風奔放，先懷孕證明生育能力再成婚，一夫一妻，繁衍後代，壯大部族，不致被他人併吞。

阿扎瑪見皮膚白皙，五官清秀的君兒，歡喜之心油然而生，孩子無助的眼神，激發她的母性，「不是去找糧食領馬兒嗎？把人家的孩子帶回來幹啥？」

慕容桑度沉甸甸心情的看著篝火，一千大帳的遷徙責任落在他肩上，心裡正盤算如何說服長老們往北行，未理會妻子的疑問。

君兒醒來大哭喊著阿娘要回家，不吃不喝，乾嚎一天一夜，直到喊啞了嗓子，「讓他哭個夠吧，哭完就沒事了，」首領鐵了心腸，不讓婦女老人走近安撫孩子，「讓他早點適應草原生存之道，讓他哭吧！」

身體羸弱的君兒在彪悍的草原牧民中，如同一隻羔羊，受三個哥哥豺狼一般的環視欺負，尤其是老三，經常暗中踢打捏戳地拿他出氣。他身上某處潛藏著的動力，被強烈的求生欲開啟，孤冷寡言，學習力強，觀察力敏銳，順應著環境，在好戰尚武的打鬥中一天天存活下來。

大哥慕容金全，黑膚多斑，外號「超崑崙」，小小年紀便展現領導能力，帶著弟弟們打獵回來，狐狸，野驢，盤羊，野兔，君兒看著這些戰利品，全家可以好好吃上頓飯，帶著戰利品返回全身散發出草原戰士的霸氣，令君兒羨慕不已，兩眼放光，期待問道，「我什麼時候能和哥哥們一起去打獵？」

慕容桑度粗豪笑道，「等你騎馬比狐狸還快，等你雙手有足夠力氣拿弓箭時，我就帶你去。」他心裡對君兒的喜愛與日俱增，他看出這孩子天資聰穎，在這完全陌生的環境中竟能頑強的活過來，一天天的茁壯。

天空中，一群大雁南飛之時，便拉開了狩獵開始的序幕。

慕容桑度讓君兒坐在他身前，與他共乘一驥，讓他親自體會策馬射箭的衝勁，馬後跟著一隻白色獵犬。慕容桑度一手策馬，一手拿起在鞍旁的弓，從背著箭囊抽箭，朝天上飛過的大雁射出，一隻大雁墜落，其餘大雁霎時亂了隊伍，振翅狂飛，各自逃竄。天上飛，地上追，慕容桑度要君兒坐穩，便策馬追雁，快馬獵犬來回追擊四處飛奔的大雁，快速的抽箭挽弓發射，趕在大雁飛出射程外盡量射落。

大雁散去，慕容策馬來回，「記住，打獵除了箭法要好要準，騎術一樣重要；要懂得在馬上追逐獵物，打獵，殺敵必是人馬合一才能完成的。」

慕容桑度讓君兒下馬拾起一隻隻大雁，把六隻大雁並排在地，檢查箭射中的部位。五隻箭是貫胸而過，直擊心臟；最後一隻是從雙眼之間穿過。

「君兒，每個人射擊的方法都不一樣，直擊的要害也不同；等有一天，你能從飛翔中的大雁雙眼貫穿，就是你能上戰場的資格了。」

君兒沉默著，目光盯在大雁雙眼之間的箭，再抬頭仰望身型魁梧的慕容桑度，那一瞬間，他心中對如父親般的慕容產生莫名的崇拜。

寒冬來臨前，慕容桑度帶著部族到附近綠洲城市遊掠擄獲，儲備過冬的糧食。接近沙洲時，城外比往常戒備森嚴，他嗅到一股危機重重的味道。首領計畫將君兒送回敦煌，交換糧食，他們不久即將千人大遷徙，這一走不知什麼時候才回來。

他打聽到，張家女婿索勳聯合張淮鼎殺了節度使張淮深全家，張淮鼎在位兩年便病死了，臨終前託孤給他的妹夫索勳，未料索勳篡位，不到兩年，張家第十四公主的四個兒子李家軍聯手把索勳殺了，奪回王位。

慕容桑度把索勳全家遇難的消息告訴了君兒，「我們無法將你送回敦煌了。」君兒默不作聲好半晌，在腦海消化這突來的消息，他的肩頭彷彿被沉重的膀子拉扯垂墜，眼眶泛紅一瞬便消失。

君兒蹲在石頭旁，雙手交叉覆在膝上，臉埋在臂彎裡，慢慢抬起頭來，目光定在遠方的沙塵漸起的天空，除了黃沙，還是黃沙，眼神千波萬緒，牽動嘴角，好久才吐出，「我的阿娘呢？」

阿爹無奈搖頭，乾啞嘆道，「李家是否放過了你阿娘，我不知道。」他聲音微顫，「即使他們活著，也只能隱姓埋名。從今開始，你改名……懷恩吧！唐朝名將僕固懷恩平定了安史之亂，是鐵勒部的大英雄，你就叫慕容懷恩。」

懷恩過早的經歷了生離死別，情緒的波動和創傷，都無聲的留在心底，一層又一層的掩埋起來，用勇敢堅強的軀殼保護自己，生存下來。

慕容大汗輕嘆搖頭，「沙洲局勢大變，索家失勢被驅逐外地，今後千萬不可說出你是索家人，否則……性命難保，切記，索家和張家是世仇，切記！」

世事難料，緣分難求，慕容桑度一念之差把索家小太子擄為人質，卻使他在骨肉相殘的奪位戰爭之中，倖免於難，成為父子，這是緣分還是命運？

阿扎瑪牽懷恩的手和他平坐，右手腕著他的肩膀，有節奏的輕拍他的背，「不要怕，今後你就是我的兒子。」

他長卷睫毛漬著一絲淚影，卻怎麼也不讓淚水落下。

懷恩和哥哥並驥策馬，「小子，你若能追趕上我，明天狩獵，我就請阿爹帶上你。」懷恩心中一動，綳成一條線的眉毛，瞬間鬆展開，緊嘟的雙唇微啟，便等不及往前衝，他雙腿夾緊馬肚，揮鞭馬股，緊追著前面的大哥，隨著馬奔速度，他也放飛地大聲喊叫，從肺腑裡發出的沒有語言可以形容的混雜情緒，逆風吹過，如刀尖劃過他的臉龐，眼鼻糾纏著，清秀的童顏瞬間奔放出少年的成熟和滄桑，他的吶喊在風中被吞噬，大哥回頭，瞅見懷恩爆發出的衝刺，咫尺之間就追上了。

＊

篝火燃燃，夜風徐徐，用石頭堆砌的錐型火窯旁，吐谷渾部族圍著篝火飲酒。懷恩身著阿扎瑪親手縫製的吐谷渾服裝，小袖，小口絝，大頭長裙帽，穩坐在馬背上。阿扎瑪梳了鮮卑樣式的辮髮，頭戴金花，笑意盈盈的迎接懷恩，安穩平順的騎進圓圈內，她臉上難掩說不出又藏不住的疼愛，在沃野千里的粗曠環境中，喝馬奶鏟馬糞，吐谷渾的氣息在他身上萌芽，渾然天成。

向阿爹阿娘伏地磕頭敬酒，在族人相聚祝福中，慕容桑度和阿扎瑪收養懷恩為兒子，每個族人紛紛在輕拍懷恩額頭祝福。懷恩細聲叫了阿扎瑪一聲阿娘，阿娘在手扶在他頭額祝福，轉身抹去藏在眼角的淚光。

懷恩在慕容桑度的面前，身長還不及他胸口，父親從皮囊裡取出一副弓和箭，平日冷峻寡言，不勤表達的硬漢牽動嘴角，懷恩雙手接過了他夢寐以求的弓與箭，篝火映紅了懷恩的臉蛋，他和哥哥們把玩著他的弓箭，新的家庭，新的爹娘兄姐，草原生活，不拘小節，喝烈酒唱情歌。

敦煌的家，越來越遠。

第十八章　大漠的兒女

于闐皇室催婚書信不斷傳至敦煌。太子以漢古訓「男子三十而娶」為由，婚事拖延了又拖，而這次催婚的是國王親下詔令，作主的是舅舅大人。

「你是皇長子，又是世子，過了弱冠之年成親，為皇室培育王儲是天經地義的。」舅舅曉之以理。他們相中的對象是陰家的女兒子璇，「你出行中原，看準了乳香市場，還和陰家在汴京的親戚見了面。為于闐謀福利，為自己的江山打下基業是你的天職，做舅舅的責任就是幫你理清道路。」

「陰家小娘子品貌秀麗，你們幼時還一起念過書，她哥哥子炎還是你伴讀，娶她做太子妃，這門親事不僅門當戶對，知根知底都是自己人。」曹陰兩家世交友好，彼此結親鞏固勢力，兩年前幫小殊說媒的事，記憶猶新。

太子神色自若，並沒有舅舅預期的抗拒，沉默半晌後，緩緩道，「和陰家結親，我同意。」

曹大人和翟大娘子一時啞了，彼此對視。

「這……就對了嘛！」舅娘臉上堆了笑顏。

「不過，我有個條件。」太子冷靜淡定道，「我同意和陰家聯姻，也希望小殊和親之事，有商量的餘地。」

「怎麼商量？你說說。」

太子把他的移花接木之計說出，翟大娘子和曹元忠交換默契的眼神，能穩住和陰家這條勢力，犧牲一個家伎是值得的，何況，乳香貿易帶來的巨大利益，對于闐對敦煌都是贏家。

「不過，醜話要先說在前頭，既然把人家姑娘娶進門，要好好的待她，早點生幾個皇子公主。」

三人確切商量一番，太子應允後便告別。

沒想到這麼快就達成使命，一石二鳥，夫婦倆鬆了口氣。

「太子雖年輕，考慮還是很週詳，」翟大娘子邊品茶邊安慰道，「小殊死活不嫁，又封了公主，我們能奈她何？有個才貌雙全的人代她完成，對可汗有個交代，月奴平日不多話，懂得看眼色說人話，去了那兒我還挺放心的。」娘子傾身輕語。

曹大王臉色輕緩，瞬間浮上一絲訝異，「沒想到太子對小殊這麼上心，不過，去了一趟中原，是有獨當一面的氣勢了。」

「太子看起來溫和儒雅，心軟情長，其實腦子很清楚緩急輕重，你沒聽他說還罰了紅辣子？誰能治的了這鬼靈精？」大娘子笑嘆道。

「誒，誰料到她還弄了個封號回來，」大王失笑，「要是她是個男孩，準是幹大事的料，老實說，不比我們的兒子差。我倒是擔心要真是她嫁到回鶻，說不准又溜到哪兒了，到時我們不賠了夫人又折兵？」大王越說越說服自己這是兩全其美的方法。

敦煌節度使王府前停排一列壯觀的馬隊，領隊的達干[1]護送繫著紅緞彩球的迎親馬車，滴答滴答脆響悠悠，老百姓沿途相隨看熱鬧。

阿瓏在廂房幫新娘做髮冠面花，新娘對銅鏡子左顧右盼，從鏡子中看到翟大娘子帶著一個姑娘進屋，端著水果和點心，如春風的笑意，「這千挑萬撿的丫頭陪著妳，今後就是妳的心腹體己，到了關外，妳倆就要彼此照顧榮辱共享。」

「吉時將至，出發吧。」

小姝親自將鳳冠為新娘戴上，雙手輕扶在月奴的肩上，在鏡子裡看到自己和月奴，「好美的娘子，好美的郡主！」眸中滲著一層水氣，「月奴姐……妳要幸福啊！」

月奴面上浮起沉沉的笑容。眼見著氣氛轉變成生離死別，阿瓏笑語宴宴，「月奴平日不怎麼打扮就如出水芙蓉，今天出嫁，這身打扮更是優雅華美，真給咱們敦煌女人長臉，就是郡主的範兒。」

平日高傲孤僻的月奴和府裡的人並不熱絡，現在以郡主身分出嫁，上上下下議論紛紛，這時侍婢們圍過來，有驚羨飛上枝頭做鳳凰的，嫉妒的，冷酸的，也有西出陽關無故人不舍的。

小姝立在窗邊，心潮澎湃，何去何從？她絕不是在可汗庭後宮裡那一小片的天空，她要做自己的女王。

那天，在三界寺的沙盤裡，太子說出他的策略。愛一個人卻不能共守一生，而身負皇命，哪一個皇子公主的婚姻不是籌碼？娶一個不愛的女子，是犧牲幸福還是權宜之計？十五歲那個晚上，母后已經告訴他這輩子的命運：他別無選擇！只能將這份純純的愛放在心裡，默默地付出。

「妳現在是平遼公主，回鶻可汗迎娶的是敦煌郡主，郡主出使和妳有什麼關係？」這移花接木、身分替代之計不出所料的完成。

文疏親自向月奴提出托讓郡主身分，代她出使和親。

「月奴姐，王府跳舞也是一碗青春飯，年紀大了，還能這麼跳嗎？」小殊面色真誠，「王府官伎的終身大事，也是要大娘子作主，她現在這麼寵妳，怎麼捨得讓她的頭牌官伎離開王府？」

歷經流離失所、飢寒交迫、草席裹屍、離青樓僅一步之遙，月奴的心如封閉古井，波光不驚。她被眾人仰望愛慕，但真實能親近的人又有誰呢？唯一在她心中投影的人，只有石博士，遙遠虛渺的念想，佛窟結束之後，他是否也要回到于闐的家？倘若幸運嫁給豪族皇上，充其量也只能做妾，而妾命薄賤，只有任人擺布的份。

「西州回鶻比沙洲大好幾倍，物產豐富，是絲綢之路必經之道，何況，宮中生活不就是妳從小嚮往的天堂？」

這個機運稍縱即逝，即使不能一步登天，她離天堂更近一大步！

月奴在眾女眷的擁護下來到大廳，依禮向曹大王、大娘子拜別，李月奴的皇室夢，在她被命運捉弄磨練後，竟然成真，唯一的遺憾是她的阿爹阿娘未能等到這風光的一天。

月奴從馬車裡向人山人海探望，在街道的盡頭看見了那個人，她讓馬車停下，隔著一群人，四目凝望，無從說起，石博士的眼神送上了最後的告別，馬鞭響起，她放下布簾，輕輕地闔上眼睛，唇角掠過一絲嘲諷的笑，不知是對命運還是對自己。

曹小殊讓出郡主身分，便無名分繼續住在王府，向叔叔和嬸娘叩拜感謝養育之恩，順理成章的搬出大王府。她收回一座宅子，有了屬於自己的家，任何人都不能再擺布她。

大王臉上交錯著惋惜和無奈，「妳也大了，有自己的想法，自立門戶也不為過，這事兒就這麼辦吧。」

大娘子藹聲說道，「這裡還是妳的娘家，在公主府住的寂寞了，隨時回來。」

小殊笑道，「嬸娘，等我把宅子整理好了，再請叔叔嬸嬸弟妹們來玩兒。」

大王聽著，心中竟也不捨，「嗯，低調一點兒好，歸義軍會派護衛的，有什麼不懂的，就找大娘子。」

「我派幾個麻利可靠的去幫妳，不過，孩子，做嬸嬸的還是要囉嗦一句，年紀不小了，有中意的阿郎，我幫妳說親去。」

小殊順利搬進公主府，卻不知道這一切順順當當背後的條件交換。

＊

太子府辦喜事了！迎親禮是遵守敦煌古禮「婚者，昏也」在黃昏後進行。新郎先在府裡告廟辭家，儒家孝道的傳統，被儐相懷恩引出，二十對僕從手執炬燭引路，新郎和儐相乘馬前往女家，前後跟了五匹馬。

敦煌婚俗是在女方家舉行，陰家大宅內外設立了「百子帳」，形狀如圓頂穹廬，青幔覆之，內壁以柳枝交錯卷成圈，用繩子相互交叉連結，可開可合，移動方便。

曹家出動了官伎和孩童們，各個穿著紅衣服，十人樂隊伴奏，在室內戲舞催妝。新郎家開始吟〈催妝詩〉：

今宵織女降人間，對鏡匀妝計已閒，
自有夭桃花菡萏，不須脂粉汙容顏。

五個女儐相手持裝滿果子、金錢的金盒子，另儐相手捧一對青白鴿，繞著青廬吟誦祝福之語。環繞三圈之後，把果子、金錢向青廬撒去，孩子們蜂擁而上搶吉禮。

身穿紅色長袍頭戴冕旒的新郎雙手抱拳拱於胸前，新娘俯手下至膝部，繁縟的拜堂行禮後，新娘被迎入馬車，新郎將一對裝扮的大雁交給女家，用紅綢包裹，五彩線縛嘴，象徵男女信守不渝。

新娘入了太子宅，提雲大師，曹大王、曹大娘子、于闐宰相等長輩都在位，經過另一番禮節、婚宴後，新娘入洞房時，已是午夜。

侍娘幫助新娘褪去滿頭花釵、鳳冠、厚重的禮服，一邊脫，一邊吟唱〈脫衣詩〉：

山頭寶徑甚昌揚，衫子背後雙鳳凰。
褄襠兩袖雙鵶鳥，羅衣接疊入衣箱。

侍女幫新娘整理了衫子和上襦，餵了兩口甜湯，一口胡餅，領了紅包，卻急著乾瞪眼，新郎失踪了！

「妳們出去歇著吧，」新娘懨懨地打了個哈欠，「我真乏了。他們這一鬧不到明天是不會回來的。」

伴郎們鬧了洞房把新郎帶出去吃酒，宅子裡的酒全喝盡，一夥人跑上街吃酒。陰子延和新郎是私塾伴當，原本是要把小殊許配給子延的，世事難料，子延卻成了太子的大舅子，說來說去，挑來轉去，地方聯姻就是親上加親，熟上更熟，利益共享，誰都想和大王和太子攀親結戚。

伴郎們在酒肆喝到打烊，踉踉蹌蹌地各自返家，只留下普方和懷恩守在殊羅身邊。

「我不想回去，」新郎在普方背上，右手指著左邊，「往小殊家走哦，這兒！」還沒說完，兩隻修長手臂像波浪鼓一樣左右搖晃，走了半個敦煌城，終於來到公主府。

小殊喝的糊里糊塗剛躺下，又半醉半醒地起來陪哥兒們。

「我不要回去，」太子趴在桌上，懷恩為他灌了些米湯，「我不想娶媳婦兒，我……不……想……回……去！」

小殊手肘撐著下巴，半閉著眼皺著眉頭，「我也不想嫁給那什麼臭可汗。」說罷打了個哈欠。

「妳放心，小殊，我不會立她為皇后的。」太子醉眼朦朧，意識卻是清醒。「我不會虧待太子妃，但不會立她當皇后。」

小殊遲遲地抬起頭，愣愣的看著太子，再看看半醒半醉的懷恩。太子伸出左手握住懷恩，右手覆在小殊手上，喃喃道，「你是我的，妳也是我的，」太子勉強睜開眼，「我們三個在一起，永不分開好嗎？」顛倒黑白的豪飲，完全忘記窗外是白天還是黑夜。

離晨曉還有兩個時辰，院子便傳來此起彼落的咯咯雞鳴聲，公主廂房燭光搖曳，攤趴在桌上的三個年輕人卻不為所動，手搭著手，連成一個像梔子花瓣的環。

＊

太子妃陰子璇華麗的馬車出現在飛天閣，阿瓏親自到門口迎接太子妃和祐定，目光在門口街道附近掃視一周，見到和懷恩身型相近的人或類似他的駿馬，心頭總會不明的驚喜一剎，接下來的是無盡的失望，繼而是不明的失落。好久沒有懷恩的踪影或消息，到底發生了什麼事？

新娘衣著華麗得體，膚如凝脂，雙眸卻少了洞房花燭後的嬌羞嫵媚，髮髻上的鮮花更顯三分落寞。

「我是來幫小殊姐姐選些見面禮的，阿瓏姐最清楚小殊姐姐的喜好，要麻煩姐姐幫我出個主意。」

阿瓏面露微笑，沉吟片刻後欲言又止。知道小殊喜好的，身邊的祐定最清楚，何苦繞個大圈子來問她？阿瓏眼角細細瞄了站在一旁端莊稱職卻面無表情的祐定，心裡立刻明白了，她善意的眼神和祐定對了個照面，轉身假裝在櫃子上找妝品，又令侍婢上茶，腦海敏銳地反應一回：祐定是太子的心腹，不能得罪；太子妃剛入門還沒站穩腳，這時幫她一把，將來成一個圈子的人，畢竟，太子和懷恩是生死哥兒們，這層關係必得好好地掌握。

「聽說小殊公主前日在馬場訓練，傷了腰，在家休養著。」阿瓏緩緩吐露這消息，看了一眼祐定，再把目光停在太子妃身上。

太子妃道，「乳香止血化淤最好不過了。」阿瓏心想：頂級乳香太子宅裡有的是，何須從我這裡拿？見祐定不作聲，心裡明白了這主僕之間微妙的關係，悠悠的看了祐定一眼，暗暗咬了內唇，「我這裡有上好的乳香，一會兒為太子妃備好，這東西比胭脂香粉更討公主喜歡呢！」

想起自己寄人籬下的孤獨無助，阿瓏對剛進太子宅的妃子心生憐惜和同情，畢竟，太子宅這一條線是得好好把握住。「娘娘，我這裡新進了一批大食來的綢緞，細滑無比，這顏色……最適合祐定姐了！」侍婢雙手捧著綢緞上桌。

太子妃看懂了阿瓏的眼神，笑回道，「只要祐定姐喜歡，就一起包起來吧！」

祐定淡淡地推託謝恩，似笑非笑地接下阿瓏露的這一手順水推舟，借花獻佛。

＊

「哎喲！輕一點……輕一點！」屋裡傳來小殊的哀叫。

大夫剛給她扎完針，囑咐歡信幫她熱敷消腫。總管送走了大夫，又匆匆回來稟報太子妃來訪。

「太子妃？」小殊眼珠在眶裡轉了一轉，向歡信命道，「去迎她進來吧！」

小殊勉強撐著坐起，侍婢加了墊褥，靠在床上。子璇從小也曾隨哥哥子延在太子私塾做伴讀，究竟是年紀小不專心，讀了幾天就回府，生來嬌生慣養、脾氣倒是溫柔體貼。

「聽說姐姐身體微恙，我過來探望，順便帶了上好的乳香，這用來止瘀消腫特別有效。」

「妳消息倒很靈通啊！」小殊訕笑，「可是太子怎麼知道我受傷？」

太子妃頓時面色黯然，「我也好幾天沒見到太子了！」垂頭不語。

小殊把歡信支出房裡，「子璇，雖然我到了軍中，彼此來往不密切，但妳我個性還是了解的，又是表弟的妃子，這裡沒別人，妳有事不妨直說吧！」

「小殊姐，」太子妃繡帕掩面，囁嚅難言，「我們拜過堂後，太子就……一直住在崑崙書堂。」

小殊眉毛一皺，大婚之夜新郎伴郎在她房裡醉倒，太子親口說的話，這些年對她的心意不是不知，如今面對嬌弱無助的新娘，難掩心虛愧疚。「這也太兒戲了，姑姑不在，太子就膽大妄為。」她故意揚聲表示不平，「我找機會說說他！」

「姐姐，太子在寺裡抄經，我已經三天沒見到他了。」子璇語音逐漸化成了幽怨，「這事請姐姐幫我作主，若是傳到我阿爹或舅姥爺那兒，我們都顏面無光啊！」

小殊直挺上身，腰痛難受，立刻縮回靠著墊褥，沉思半晌。

「太子對我冷冰冰的，其實，我見了他也……還是陌生。」子璇嗚咽，「從小就知道太子和姐姐最親，求姐姐助我一力。」

「太子生來就是比較清寡的個性，慢熱型的，最近又忙著造窟，為了乳香貿易溝通渠道，我也好幾天沒見他了。」小殊對子璇柔弱的個性是深知的，婉言相告。

「怪我自己孤陋寡聞，太子和我說話怕是言語乏味，後悔當時沒念完私塾，不像姐姐武能騎射，文能書墨，我只能本分做好太子妃的事。」

小殊瞥太子妃一眼，一片癡情和自卑，她知道女人的心，不免升起同情，略加縝思，「太子除了到軍中任職，但仍然要定時入寺和提雲法師研經打坐，他和法師情同父子，這沒什麼奇怪的。」

「再說，于闐是佛國，他是毗沙門天神的後裔，半人半神的，護法是他的使命，身為太子妃這一點一定要明白清楚，皇后不在敦煌，宅裡大小事都透過祐定和于闐維繫，」小殊語音清冷卻字字明晰，盯著太子妃，「妳和祐定關係搞好，辦起事來會更順利的，她和太子一起長大，貼身伺候，忠心耿耿，身雖為僕，她幫著太子當家，連我也讓她三分。」這一番話說的圓融貼切，有心的人都聽得出言下之意。

往日郡主的驕橫刁蠻蛻變的通達慧潤，她的視線淡淡拋向太子妃，皇上千金要應付皇室繁縟規矩，若無祐定的忠心，談何容易？一分無奈，二分同情，她慶幸自己掙脫了被安排的婚事，而子璇有選擇嗎？

幽幽怨怨的太子妃彷佛聽明白了：在太子宅裡站穩腳，光靠名分或娘家後臺是不夠的，拿繡帕醒了醒鼻子，挺直身板，端起茶碗抿了一口茶，「今後會去寺裡多做佛事，祐定姐姐，慢慢爭取她。」

小殊笑裡透著若有若無的歉意和憐意，一時也忘了腰痛。

*

嗚沙山邊的夕陽尚未落盡，城裡便華燈初上，人潮尚未熱鬧，曹文殊和慕容懷恩便在酒肆的廂房裡會面，兩人低聲私語許久，懷恩快馬加鞭地往三界寺奔去。

太子和石博士正在寺裡的作坊裡研究製作佛塔，桌面上散置著多幅草稿圖。銀匠正根據從德太子繪製的圖案打造一座小馬步青攫銀塔。木桌正中央是剛搭建的六角型木塔，木塔中空，「我在這裡三天三夜就是為了搭建這個木塔，把銀塔置入木塔裡。太子唇邊冒出不齊的鬍渣，髮髻鬆散，聚精會神盯著木塔，「這做工不是很滿意，有些粗糙，這接縫處釘的不整齊。」

「太子頭一次做這工藝，已經很不錯了。」石博士鼓勵道。

太子疲憊地笑道，「我在此出家時學了些手藝，太久沒練習，如此粗糙木塔，怎能配的上博士的彩繪呢？」

「那麼這樣吧，就把這個當作模具，六面畫上太子選的佛像，之後肯定還是要修改的。」

「嗯！就這麼辦吧！」太子伸了個懶腰，笑問懷恩，「是什麼風把你吹來的？怎麼找到我的？」

懷恩傾身端詳木塔模型，視線盯著木塔，「小殊找你。」

「我們大公主有什麼貴事，能勞動大將軍找人？」太子喝了口水，訕笑道，一提到小殊的名字，就像是嘴邊上緊了發條，不由得上揚，眼窩也透出光。

「她……病了！」懷恩猶豫道，「她前幾天在擊鞠時扭到腰，在家休息，已無大礙，就是一陣子不能上馬，讓我來接你，她在酒肆裡等候。」

＊

桌上擺滿了香噴噴的羊肉、餅子，小殊和懷恩交換了眼神，為太子斟上酒，「第一次見你不修邊幅，咋了？」

太子斯條慢理地塞了一塊肉進口中，瞥了小殊一眼，「妳腰傷好了沒？」

「太子在寺裡做木佛塔，三天三夜沒停。」懷恩坐下，喝了一大口酒。

小殊盯著懷恩的酒杯，「有人新婚夜喝的爛醉如泥，三天不回家，伴郎是不是要負責任？今晚你得負責安全把太子送回家。」小殊舉杯勸菜，「今晚都少喝點，多吃肉。」

太子聽出話中之意，看了一眼懷恩，再掃向小殊，篤定淡笑，「原來是衝著我來的。」喝了口酒輕哼，「我說有人腰疼不待在家裡養傷，跑出來喝酒。」

小殊支吾道，「眼下從連、琮原就快抵敦煌，三位太子出使汴京，一走大半年，我不就幫忙張羅嘛！」

太子視線淡淡在兩人之間來回一圈，然後落在酒杯上，「有話直說吧！」

小殊嘟嘴，「想念姑姑了……」太子睫眉輕顫，三人靜默許久。

「當初姑姑嫁過去，于闐和歸義軍的關係很快就升溫熱絡，她也坐穩了皇后的位置。」

太子充滿探究地盯著小殊，邊吃飯邊留神聽。

小殊略略瞟了一眼他的表情，「你知道是為什麼呢？都是因為有了太子你，有了王位繼承人，畢竟姻親還是薄弱，有了孩子，便有血緣，才鞏固了她皇后地位和兩國關係。」

太子凝神思索話中之意。

「這會兒我們出使汴京，不就是為了打開乳香通路？陰家和汴京的官宦親戚，是這通路的關鍵。」

懷恩直擊重點，卻不嘩然喧聲。

「你仔細想想……」小殊眸色深深的盯著他的臉，「陰家是太子妃的娘家，他們和于闐皇室聯姻為的是什麼？」

「太子，我們鬧洞房也鬧的離譜，先賠個罪，這杯我乾了！」明明是太子和懷恩講好的，懷恩這一道歉，給太子奉上個臺階。

「有了小皇子小公主，這兩家的關係不就落實的更堅固？」小殊意味深長道。

太子靜默無語，盯著懷恩和小殊，眸中卻是空白一片，舉杯飲盡。

馬車裡，太子斜靠著，微醺微醉，輕飄飄地，車身顛晃時順勢將自己拋靠在小殊的腋窩裡，小殊右手輕拍他的頭，左手揪握在心口，目光望著車外的街景，眼中全是痛。

太子輕閉雙目，靜靜地享受著靠著小殊的舒適，這個他又敬又愛、又寵又畏、能讓他又哭又笑，又嗔又喜，唯一把他當成一個人而不是太子的精神伴侶，卻怎麼也開不了口，沒有語言可以表達心中感覺，所幸什麼都不說。

「妳記不記得小時候，我鬧著要一起睡？」太子聲裡調皮撒嬌。

小殊笑道，「怎麼不記得？早上起來你屁股壓在我臉上都呼吸不了……」兩人一陣咯咯憨笑。

小殊想起往事。太子病了幾天，撒嬌要小殊姐姐陪他一起睡，而他每天都敗在聽故事那一關，隔天起床，總會氣嘟嘟的怪祐定，「怎麼不叫醒我？」撒氣的把桌上的粥推到一旁。

小殊在弟弟耳畔懇談安撫，「那我現在進去再陪你睡一下好不好？」沒想到被太子拒絕，「我不要這樣睡一下下，」他撇過頭認真道，「我要跟妳一起睡著，一起迎接早上。」

第二天太子起床後，就請珉瑜幫他梳頭，穿新衣打扮，興奮的跟皇后告白「我長大之後要和小殊成親！」珉瑜和祐定細著聲音無辜道，「皇后，我們可真沒有這樣教太子哦！」

太子的臉貼在小殊的膝上，喃喃道，「我們兩人之中，有一個幸福就好了！」

小殊摩挲他的背，捏玩他的耳墜，喵喵地哄他入睡，無言心疼著長情的殊羅，他是知己、兄弟，但不是愛情，只是今夜將他送入大婚帳裡的竟然是她，也只能是她！

太子感覺她的手指穿入髮間，輕輕地揉啊揉，他挪了一下身子，朦朧地喵喵回兩聲，握住她的手，十指輕扣，臉面浮起慘淡的笑，眼角滲出一抹水痕。

車隊經過飛天閣，懷恩在馬上，面不改色暗暗咬緊牙根，壓住心口升起的顫動，無論自己有多堅強冷靜，兩家互欠的血債，是一座無法越過的鴻溝，他下定決心，即使傷害到他愛的人，也要獨自守護這個祕密，獨自承擔這個恩怨循環，終結在他身上。

一長列燈火沿著花園走道點亮，園裡矗立約三四尺高的石柱林，柱上擺滿來自中原各地的珍異盆景，朦朧中，這些盆景像是各種魔面獠牙盯著太子，太子撒賴停在院子不走，望著天邊的圓月，「行宮見月傷心色……下一句是什麼？嗯，你不懂，你不懂，沒有人懂……」

「毗沙閣」裡已布置上兩座大紅燭，香煙繚繞，醉暖溫香的融融春意。祐定在婚房前迎接，侍女們快步低頭忙著送熱水、送茶水到婚房。雙腳跨入門檻霎那，他抽離了思緒，只剩下空洞的軀殼，盆景化作精靈在耳邊輕拂：小殊回來了，在裡面等你，小殊回來了……

祐定身板直挺地站在房門口守著主子，夜黑無他人，她卻侍立如昔，右手覆左手擺在小腹前，心口卻一陣陣酸接著一絲絲妒，獨自陷入回憶，往事點滴如浪潮翻騰。

那年太子十四歲，她照常伺候起床梳洗穿衣，少年的熱血鼓脹難以消掩，面色微燙地轉身避開她的視線，祐定抿嘴送來袍子，太子突然從後圈住了她的豐乳翹臀，蹭著比豆腐還嫩上幾分的臉蛋，「定兒，妳教教我！」

祐定楞了一下，垂首顫聲，「太子，我……也不懂。」她緊繃的身子並未掙脫，被太子急促的呼吸感染的暈眩情迷，臉蛋一片潮紅。

兩人探索著彼此神祕又禁忌的領域，青澀卻熾熱，一主一僕、少男少女的青春烈火在後院燃燒著。

「把妳弄疼了嗎？」少男憐惜不安問道。

「從今起……我就是你的人了，我自知能耐有限，出身又低，但只要一輩子能陪著太子，伺候太子，就心滿意足了。」她頭靠在他的臂彎中。

「定兒，我不要妳受委屈，我要和母后說去，納妳為妃。」

「不可！萬萬不可！」祐定一驚從榻上彈起，「求求你，不要驚動皇后。」

「為什麼？」太子負氣撇嘴，使力將祐定拉回身邊。

「我在皇后面前發過誓，一輩子效忠於她。」祐定平躺，盯著鑲花的帳子。

「皇后對我恩重如山，把我養大，帶我來敦煌，就是要伺候你。」

太子輕摟著她柔綿的身子，定兒的頭靠在他的肩頭，他心知肚明，侍婢出身，即使將來有了皇嗣，在崇尚漢唐文化的于闐也難服人心母儀天下。

「我阿爹和兩個阿哥都在宮裡當差，大哥最近還加了俸餉。」太子輕閉雙眼，眾生平等，但在世俗裡卻貴賤有分，高低有別。「妳下半輩子怎麼辦？」

「我本該是青燈古佛陪伴一生，我在皇后面前，在佛祖前發誓，嫁給于闐國就是我的命。將來妳娶妃立后，我都會在你身邊伺候你。」

祐定緩緩側望，屋內燭光閃爍，逐漸暗滅，她讓侍婢送進熱水，伺候新郎新娘。她慢悠悠地走回廂房，沿路摘了一朵花插在頭上。燭光獨影，祐定啜了一口酒，提筆向皇后報告：太子婚事圓滿完成。

至於她自己，窗外月兒低掛在夜空，彷彿也知道，她的命運就是嫁給于闐。

1 「達干」又稱「塔寒」，為突厥、回鶻等族的官名，功臣封號。

第十九章　鬥酒的女人

慕容懷恩委派密探在城裡尋找生死不明的阿娘，哪怕是一線希望都不願放過，而回報的卻是毫無音訊。

黎少監是道道地地的敦煌人，三代在軍中管馬，當初懷恩由馬夫晉升成馬倌，也是少監首肯，兩人在軍中對馬匹充滿熱情和專業，黎少監年長懷恩一輪，私底下兄弟相稱。自從慕容懷恩晉升至游擊將軍後，和負責馬政的黎少監走的更近。

懷恩找了個理由，和黎少監騎馬到莫高窟轉悠。兩人來到了索家窟洞窟口，拿出酒壺淺酌，懷恩拿起火炬往洞口裡走，在甬道北壁面向供養人題名，懷恩雖然漢字認得不多，但「索」是從小就會的字，他默然不語，怔怔地望著石碑。

黎少監將火炬貼近，仔細看道：敕歸義軍節度瓜沙伊西等州觀察處置押藩落營田等使、守定遠將軍、檢校吏部尚書、兼御史大夫、鉅鹿郡開國公、食邑貳仟戶實封二百戶、賜紫金魚袋、上柱國索勳一心供養。

懷恩拿著火把在洞窟右邊的牆上，費勁的辨認上面的字：

索恪，安西通海鎮大將軍

索藝，索稚，索琪

果然不出所料，這是阿爹供養的家窟，懷恩望著窟口，抿嘴吞下一口酒，眸色幽幽。

「索家曾經是敦煌的大戶，時過境遷，慢慢移出眾人的視野，就算是有後代，也可能隱姓埋名或者搬離敦煌了。」

懷恩繼續喝酒，未在意黎少監詢問的眼光，「我在草原上就聽過索家和張家深仇大恨？」

「為了爭奪權力，張氏家族上演了好幾輪的玄武門之變，每一回政變都消弱歸義軍的力量，以致領土越來越縮減，老百姓也不願再提當年的腥風血雨了。」黎少監喝了口酒，目光眺望山下黃白相間的胡楊林。

懷恩仰頭飲盡壺中酒，縱躍上馬，原地轉了一圈，向崖壁上的洞窟冷冷望了一眼，不願再提的往事，卻承載了心中多年的疑雲，給了他鐵錚錚的事實，他心愛的女子是家族的世仇，而全家滅口的兇手竟是自己的阿爹索勳。

*

後周顯德六年，柴榮親率步騎兵數萬從汴京水路出發向契丹進攻發兵，直下滄州，勢如破竹，拿下三州和三關[1]，于闐太子率從連和琮原太子赴汴京，一為聯手攻遼，一為鋪設乳香通路。

全副武裝的歸義軍隊在平整夯實的鞠場演習結束，這支精銳騎兵準備和周軍在幽州前後夾攻，小殊公主自信滿滿繞場巡視一圈，帶隊直奔關口迎接太子使團從中原返回，英挺的身段在馬上風姿颯爽。

沒想到等來的竟是噩耗。

「皇上率軍出征幽州途中，身染重病，只得班師回朝。」太子臉上蒙著一層陰鬱沉重的悲容，「我們到汴京時，他剛病逝一月。」

小殊錯愕無言，好久都沒回過神來。

「臨終前，皇上立七歲長子宗訓為梁王，擔心駙馬張永德意圖不軌，升趙匡胤為殿前都點檢，執掌禁軍，宗訓在靈柩前登基，結果趙匡胤在陳橋驛被擁立為帝，最後宗訓和符皇后禪位於他，改國號大宋。」

眾人不勝唏嘘，默然不語。自曹家四十五年前接任敦煌節度使，中原更替了五朝十二帝，一個接一個粉墨登場，有武力上位卻無能力治國，好不容易迎來了一代明君柴榮，卻命運多舛，留下未竟的事業。

「不流血篡位也是時事所逼，朝中也只有他有能力領軍完成未竟統一大業，他立誓對柴家後代善待之，封宗訓為鄭王。」

「柴皇后呢？」小殊面色微紅，語氣激動，記得優雅嫻淑的皇后還要為她賜婚。

「趙匡胤尊她為周太后，恩養她於西宮，算是情義淳厚之人。」

「皇兄才三十九歲啊！我還等著和他一起收拾契丹，他愛民如子，離統一天下就一步之遙。」小殊乾噎，雙肩墜垂，面容一會兒漲紅一會兒蒼白。

曹元忠對走馬燈式的政權更迭已意興闌珊，很久很久他才打破沉默，乏力無神，「中原混亂，我們在邊陲只能靜觀其變。明日我等在光明寺為先帝做一場法事吧。」

太子唇邊牽動，對舅舅求自保的想法並不以為然，敦煌處在絲綢之路樞紐，送往迎來，豈能默默端坐無作為？聯結的兩端廣闊無垠，一端是中原大地，另一端是更遼闊的天竺、大食、大秦。只要往兩邊各看一眼，便見無限的契機。

又或許是太子和小殊與世宗相處過，親眼所見他憂國愛民、英明達練、果敢開明和收復失地的凌雲壯志，有了感情，對他們而言，不只是個皇帝，而是如長兄般有志一同的夥伴。

「在汴京見到了陰家人嗎？」曹大王問道。

太子簡略報告乳香通路設置的好消息，這才把目光放在身懷六甲的太子妃身上，她手覆在突顯小腹，眼含情誼地偷瞄太子一眼，又垂目含羞地看著突起的肚腹。

「你這一去一回，孩子都快出生了。」翟大娘子喜眉笑眼盯著太子妃的肚子，出使前，太子妃有喜如錦上添花，作為長輩，曹氏夫婦對于闐皇室和陰家都有了交代，對使團更如虎添翼的助力。

「辛苦太子妃了。」太子語欲懇切，卻又僵又澀，不冷不熱。

這夫妻情分就是責任和義務，糾結了太多的無奈，以禮相待卻無情愛可言，私底下眾人前總是和顏悅色。他不是不喜歡她，幼時子璇也一起念過書，但她總是安靜的讓人看不到她，說不上一句話。

伺候太子的人都是看著太子和小殊青梅竹馬般地長大，情同手足又魚水情深，僕從三言兩語之間也得知七八，小殊在太子心中的分量。妃子主動問候小殊公主，聊起軍中的趣事，有時他也毫無戒心的談的津津有味，但她愈發溫柔接納，他歉疚之情更深，愈想逃離她的給予。

天生死磕的個性，他心中裝滿了皇室的責任，最純最真的情都給了小殊，不想再對任何人用情。自從出使歸來後，便搬進青玉軒，和西院的毗沙閣隔著花園。他經常藉軍事值宿營中，和懷恩同宿，數日不歸。

太子妃膽小嬌怯，懷了身孕後便有兩個侍婢在毗沙閣裡全時間陪著。她有既有自知之明，又心無城府，只想著平安產下皇嗣，坐穩太子妃位子，順順當當管理後院，慢慢贏得太子的心！

＊

華麗的馬車後跟著三大箱厚禮，康秀華的車隊一路穿街過巷、浩浩蕩蕩地來到喜氣洋洋的太子宅。太子宅這天戒備森嚴，宅外四圍駐滿軍隊，不僅是敦煌城裡，沙瓜兩州和鄰近的甘州回鶻、西州回鶻、羌塘等部族都派使節到府恭賀于闐太子喜得小公主。

陰家老爺大娘子坐在上位，和曹大王翟大娘子如家人般的話家常，祐定嫻熟地帶著奶媽抱著小公主一一向長輩們見面。太子妃頭戴紅巾，端莊地坐在下首，面帶微笑，目光隨著太子游動。院子裡擺滿長桌，供上流水席，于闐宰相和殊羅太子輪流在各桌賓客間敬酒，席間見康秀華，熱絡異常作揖，康秀華右手輕觸太子手肘，傾身低聲耳語，他的駝隊剛從于闐回來，之前太子安排的玉石買賣順利完成，不經意中的刻意提了安息和大食[2]的乳香貨源。

「啟稟太子，大秦被滅後，北方的蠻族日耳曼長驅直入，相繼建立許多小國家，時局穩定了，便是商機啊！」康秀華目光如獵鷹般掃視院內賓客，卻極其用心畫龍點睛，「對絲綢瓷器要求可是不可計量。」

這個商業情報對于闐的農業、絲綢、和美玉往西增加更大通路，以汴京乳香通道相換，是雙贏互利，太子心領神會地頷首。

阿瓏笑盈盈地圍在翟大娘子和陰夫人身邊，吉言美語一句接一句，節度使夫人笑的合不攏嘴，也吸引了從康秀華的注意，他早聽說飛天閣阿瓏的美名，細心觀察她與人群應酬中的互動，一個眼神一個表情，絕非一般江湖之輩，如今親睹她八面玲瓏的談吐，風姿焯約的魅力，不禁心生愛慕。

翟大娘子隨著曹大王離座到賓客桌敬酒，阿瓏在人群中瞄到懷恩，一路含笑與人交談走到懷恩身邊，將他引至花園一角密談。

很長一段時間，懷恩不再來米娘酒肆，嘗試尋他也不得其果，每當夜深人靜，阿瓏沉浸在曾經的柔情蜜意，暗暗啜泣，覺得離他越來越遠，百思不得其解，眼下生意越做越大，心中的空缺難以彌補。

「我是個草原上的浪子，配不上阿瓏姑娘。」懷恩眼神漆黑幽暗，心頭的傷疤如一口封密嚴實的古井，無論外面多大的驚濤駭浪，都滲入不進，但面對阿瓏，難以無動於衷，他沉默一瞬，「妳以後會明白，能相濡以沫是佳事，能笑忘江湖才是幸事。」

阿瓏心中一萬個「為什麼」堵塞在心，再多的追問，就是酸膩的糾纏，「你騙我，我不信！一定有什麼理由，我不信。」語中的不甘，眼中的傷痕，阿瓏不肯就此罷休。

花叢後閃出一個身影，「懷恩已經說的很明白了，姐姐妳就放過他吧。」

阿瓏臉上閃過瞬間驚訝，即刻歸於平靜頓悟，目光投向懷恩，「是因為小殊嗎？」

懷恩微微偏過頭不語，掩去自己複雜糾結的情緒。

受了四周西域游牧民族的影響，敦煌女人的個性亢爽明朗，崇尚獨立自主，在喜歡人的面前，她倆互不相讓。

「我沒什麼好隱藏的，不錯，我是喜歡懷恩。」小殊語意堅定，眼神堅決，「妳人面廣泛，找一個更適合妳的人不難，何苦對他糾纏不放？。」

「我的事要妳操心嗎？」

「當然我管不到，可是關係到懷恩，我們是哥兒們，再說，懷恩哥哥和我在軍旅中有共同點，一起出生入死，這種感情我們更有交集，我才是更適合懷恩的人。」

「我們姐妹一場，難道要為這事鬧翻？」阿瓏聲音從牙縫而出。

「妳們……」懷恩切入兩個強悍女人之間，束手無策，「這是小公主的百日宴，別鬧了！」

兩個女人沒理會他，對視片刻後又同時把目光投向懷恩，狠狠地、忿忿地、怨怨地。

「我看這麼辦吧，按規矩來，鬥酒！誰輸了誰放手。」阿瓏昂首揚眉，兩虎相爭必有一傷，「賽後不記仇。」

「願賭服輸！」

「此時此地做了斷！」豪氣萬千的敦煌女人，院中亭子裡擺了一桌，兩大罈酒，開始了比拼，一杯接一杯，絲毫不輸男子漢。

太子從院子中央走來，欲加入夥伴們喝酒，被太子妃喊去。賓客都當她倆因小公主喜事盡情暢飲，舞孃隨著音樂在亭子外助興，阿瓏目中的堅定隨著一杯接著一杯層層加深加重，當人在苦難中滾爬，生命中出現了美好，像是救命的稻草，天邊的彩虹，想緊緊的抓住，證明自己還活著。懷恩，就是那呼吸和彩虹。

小殊一輪趕一輪，嘟嘴豎眉，竟有些飄飄然，舞孃的身影在她身邊晃動，她雙頰滾燙，彷彿月奴重現，一時以為自己看到了幻影，飲盡一杯，衝著月奴幻影憨笑，從流離失所的孤女成為和親公主，是注定亦是偶然?而自己的命運能掌握在自己手中嗎?

強扭的瓜不甜，就算她贏了鬥酒，愛情就會降臨在她身上嗎?她再舉一杯，耳邊嗡嗡響起：生死有命，富貴在天，可遇而不可求，屬於妳的永遠都在，即使在天邊；不屬於妳的，永遠無法企及，即使近在咫尺。

似醉如痴地看著懷恩，眼前的阿瓏，太子的身影從遠方慢慢移近，小殊忽地大笑，將酒杯從頭頂灑下，暈乎乎迷糊糊，身子軟溜溜的斜倒在座。

太子疾步上前，托住歪倒的小殊，衝著歡信不悅道，「怎麼不好好看著公主？讓她喝成這副樣子。」責怪的眼神沒放過懷恩，祐定聞聲而至，太子將小殊抱起送往青玉軒。

阿瓏砰地一聲將酒杯撞在桌上，「我……贏……了！」醉眼朦朧地看著懷恩，嘴角嘲諷的呆滯的笑了一下，混混沌沌的喊著，「我贏了，你是我的，你是我的。」

小殊躺在床上，只聽得屋裡人聲吵雜，太子交代，祐定囑咐，婢女進出，等眾人離去，小殊懨懨起身，「公主，您慢點兒！」侍婢送上溫水，「您喝醉了，太子特別交代在這兒伺候。」亦步亦趨跟在小殊身後。

「我沒醉，只是不想喝了，我累了！」

她步履緩慢在大街上，從太子宅駛出的馬車從身邊嘀嗒嘀嗒擦身而過。沁風吹醒混沌的思緒，她放下了尊嚴，放下了個性，放下了固執，都只是想抓緊那個人。慾望就像一把沙子，抓的越緊，沙粒越快速從手中散失。不放手，怎能擁有？

舉頭望月痴笑，不是不在乎，而是累了，看淡了。

愛情像一陣清風，溫柔的吹在臉上，卻怎麼也抓不住。

放手，像是胸口開了一扇窗，光進來了，狹窄幽暗突然變得寬闊明亮，凌亂的心找到了韻律，糾結的心找到了釋放。

放下了，坦然了，她褪色的唇透著慘白，哼著小調，痴痴巔巔地走回公主府。

擦身而過的馬車裡，阿瓏抓住懷恩的手，一字字地問，「阿郎，告訴我，你心裡更在乎誰？告訴我，你對我是真心的！」

神情木然的懷恩扭過頭，薄唇緊抿，當他知道索張兩家恩怨那一刻起，心中便種下不祥的種子：他愛上了仇家的女兒。無論有多鎮靜，多冷酷，每當他看到她時，總會想起她一家滅門和阿爹有直接關係。多少夜晚從夢中驚醒，夢裡是阿瓏在馬廄裡淒慘無助的童年，和拿著利劍的阿爹，有時也出現滿身是血的阿爹和哥哥們。

他不願相信阿爹弒親篡位，但事實已無法挽回，他心中發誓，要結束這一切的恩怨情仇。相遇相知的緣分，心底最後的溫柔在血腥中快速的蒸發冷卻，往日的兩情相悅在兩家的殺戮中糾纏不清。這個祕密就讓我一個人守護吧！說不出是什麼滋味，是悲傷還是決絕？舉手想抹去阿瓏臉上淚珠，停頓在空中，緩緩的放下。今生緣盡至此，再見已是陌路。

「阿瓏，我們有緣無分，忘了我吧！」他的聲音和心一樣，失去了溫度，覺得胸口一滯，彷彿全身的血液冷冷的凝住。

阿瓏睜開迷濛的眼，把剛才的問話又慢慢重複一次，懷恩牙根緊扣著想說一些什麼，卻一個字說不出來，只是身子不停的顫抖。

僕從把阿瓏接進屋裡，懷恩在心中默默地告別：總有一天，妳會遇見一個能夠愛妳的人，來生再見。

揚長而去，顫抖的身子卻無法停歇，緊扣的下顎緊鎖咽喉，他強迫自己張開嘴呼吸，彎腰抱腹，張口狂喊，卻聽不到自己的聲音，感覺到眼睫上的濕潤，仰頭大笑，越笑越無法阻擋淚水從眼眶如洪水決堤般崩裂。

1 三州為莫、瀛、易，三關為益津、瓦橋、淤口，均在被割讓的燕雲十六州境內。

2 大食為今阿拉伯半島，安息為今波斯。

第二十章　公元九六二

披著杏黃色袈裟的僧侶低頭輕步匆匆經過佛堂，從德、從連、琮原三位太子在佛堂裡專注抄寫《妙法蓮華經》。龍興寺的小僧侶在功德簿上記載了「八月七日，于闐太子供養油胡餅子一百枚，麥麵二斗，油一升，綢一丈。」接下來的三天，太子們住在寺裡的禪房，打坐、誦經、抄經。

公元九六二，一個並無驚天動地大事的一年。

兵連禍結、蒼生塗地的中原大地在趙匡胤的統治下，漸漸走出黑暗時代，百姓得以喘氣穩定，文明生活朝著巔峰緩緩攀升。這一年他和宰相趙普訂定北守南攻的國策，開始和割據湖南的周保權周旋，從長江中游開始，一步步收復南方各國，再收復燕雲十六州和北漢。

中原北方的草原上，契丹興起了一個大遼帝國，經過四十四年的發展，國力正值極盛，兩國實力平均，誰也沒有辦法畢其功於一役，將對方直接驅離。

當趙匡胤登基建立大宋王朝的同時，遙遠的西方，一個強大的家族，建立了皮亞斯特王朝，三百年後成為強大的波蘭王國。

西羅馬帝國毀滅後，北方的日耳曼蠻族長驅直下，在四方無主的大地上建立大大小小、鬆散自治的邦國，滋養了領主、騎士和城堡的封建社會。這一年，東法蘭克國王鄂圖一世因平定義大利亂事有功，受教宗在聖彼得大教堂加冕為有名無實的羅馬帝國皇帝，懷著一統羅馬帝國的夢想，繼續在黑暗時期裡爭戰。

介於西域和大秦之間的廣闊土地上，波斯人建立的薩曼王朝叱吒沙漠近百年，亦難逃幼主繼位地方割據的命運，一個來自中原北方的突厥奴隸軍人蘇布克特勒，橫空出世創建了一個新邦國，伽尼茲王朝，在薩曼王朝的土地上瓜分從天竺北部一大塊遼闊的疆域，除了薩曼皇室一聲無奈長嘆之外，波瀾不驚的生命軌跡延綿不斷地往前進行。

一個看似無關緊要的年分，因為三個于闐皇子而在敦煌做的一件事而打開一扇窗，看到平凡無奇事件的始源，一個事件引發一個事件，環環相扣、彼此影響。

兩個月前，從連、琮原護送妹妹從蓮公主到敦煌，二度與曹氏勢力結親，嫁給了曹元忠長子曹延祿，即她的表兄。曹李兩府張燈結彩熱鬧了一番，徹夜不休供佛歌舞，敦煌百姓跟著慶祝了三天三夜。

太子們的心情卻難以歡愉，婚宴過後結伴至佛堂抄經靜心。

源自於鄰近喀喇汗王朝[1]的侵略擴張令于闐國王寢食難安。李聖天將他最疼愛的女兒從蓮公主嫁到敦煌表親家，親上加親，強化結盟關係，期待透過歸義軍能進一步和宗主國宋朝建立關係。太子慶幸自己親妹妹嫁到表親家，有自家人照顧。當自己的女兒長大了，是否也難逃和親命運？心中流過慢慢不捨隱隱作痛，不能多想，只能暫時將心思放在佛經上，為女兒多做功德。

康秀華藉著為太子們接風洗塵、祝賀聯姻為由，在豪宅裡設宴請輸羅太子和身邊的人。常年在絲綢之路上奔波，粟特商人敏銳的基因早就嗅到戰爭的氣息。

對於于闐來說，絲綢之路上貿易平衡，靠得是地區內勢力的均衡，一個強大的鄰國不斷擴張，打破了生態的平衡。

「兩位太子一路辛苦了！」康秀華敬酒，「也祝賀王室和歸義軍再次聯姻。」

眾人圍桌舉杯，氣氛甚為肅穆。太子目光微微掃向宰相曲文泰，「這次和喀喇汗之戰，我方折損將兵多少？」

「啟稟太子，喀喇汗王朝和薩曼王朝較量已有一載，最後退守到疏勒[2]建立陪都，摧毀寺廟，瘋狂迫害異己，不斷的挑釁邊界，國王陛下不僅對逃到于闐的佛教徒予以收留庇護，也利用在其東部兵力空虛的機會，聯手和高昌回鶻進攻疏勒，雖然我方大勝，卻損兵八千。」曲文泰道，于闐國小民富，人力虛缺在戰場上是劣勢。

「喀喇汗是回鶻族的，信奉薩滿教、拜火教，還和唐朝王室通婚過，原本是西域一家人。後來回鶻內亂分了三支：一支建立高昌回鶻，一支投奔了吐蕃，另一支建立了喀喇汗王朝，改信了伊斯蘭教，薩克圖大汗用宗教教團加強自身的組織，還引用了波斯人的中央宮廷制，他們的國力日益強大，對于闐是一大威脅。」康秀華道。

「于闐北部和喀喇汗國為鄰，左邊是薩曼和伽尼茲，我們首當其衝，礦農牧兼具，還有絲路的樞紐，誰不想這塊肥沃之地？」從連冷靜道。

「你說了一半，喀喇汗新宗教的擴張，才是主因。」太子一語道破。

「中原北方戰火連年，產量下降，西邊的拜占庭和波斯征戰不休，路上絲綢之路斷絕多時，即使改走海路，紅海海盜猖獗不已，我們家族多年前就將撒馬爾罕的產業，陸陸續續的遷出老家。如今，阿拉伯人所到之處，在拜火教神廟和佛教的寺院廢墟上建立清真寺。」康秀華選擇在敦煌落地生根也是順應時局。

「兩年前，有二十萬突厥人皈依，如果一帳保守估計為四人來算，就有八十萬人，中亞鐵騎驍勇善戰，以一當十，以少勝多。」琮原眉頭如波浪般。

從連接道，「于闐一共十萬戶，人口不超過四十萬，五分之一都在寺廟裡，可動員的青壯士兵有限，最多三萬，即使于闐軍力再精，也寡難敵眾。」

康秀華語重心長道，「太子所言即是，喀喇汗國的擴張攻擊，他們背後支持的軍力來自整個中亞、波斯、阿拉伯的後盾。」

「高昌回鶻已加入佛軍聯盟。」宰相道，「這次我們也要出使甘州回鶻，要求出兵結盟。」

「嗯，歸義軍勢必支援。」懷恩加一句，「重要的是軍馬是否精良，能否有戰鬥力。」

「父王這次倉促派使團前來，是有遠憂，于闐勢必在短期間徵招農民，訓練步騎。作為世子，我有責任向大宋皇帝請求派兵援助。」太子堅穩目光掃向在座眾人。

「老趙還曾是我的手下敗將，」小殊信心滿滿道，「我們和他有交情，他絕對不會不管的。」

＊

大宋立國，定都汴京，改名開封，比起十年前的百廢待舉，更顯繁榮熱鬧，處處是興建中的樓臺亭閣，拓寬的道路上灰塵飛揚。

于闐、歸義軍和甘州回鶻聯合組成的使團百人進開封向大宋皇帝進貢請援。往皇宮的大道上擠滿了人群，爭先恐後看名滿京城、面如冠玉的于闐三位太子。太子們寶馬雕車在路上，心事重重，見著熱鬧氣氛也難以歡愉起來。

宋朝皇宮，森然殿闕。一眾使團成員長列，宋太祖趙匡胤一眼看見平遼公主，驕橫跳脫之氣收斂許多，伶俐幹練內藏青春英爽。輸羅太子依然儒雅貴氣，眉宇之間一抹嚴謹使他看上去年長幾歲。見前朝舊友，趙匡胤心裡隱隱一絲尷尬，畢竟黃袍加身國位不正，平遼公主是世宗結認的皇妹，儘管前朝皇室遺民都做了妥善安排，下令善待世宗後人，面對共事交手過的公主，不免心有芥蒂。

使團照例獻上玉圭、玉匣、玉枕、象牙、乳香等貢品，隨行的摩尼教士也敬獻了琉璃瓶、胡錦等珍品。

「太子遠道而來，聽說了和喀喇汗王朝有摩擦，戰況如何？」

「喀喇汗軍隊和薩曼王朝交戰激烈，對於位處南境的于闐鞭長莫及。月前父王御駕親征，奪回疏勒，雙方拉鋸戰。但敵軍人數為我方聯軍的三倍之多，日後人數更會從中亞和內亞大量增援，他們的戰馬武器均勝我軍，懇請皇上派軍支援。」

「哦，怎麼才開戰就先長他人之氣滅自己威風呢？統帥少了底氣，怎麼領軍殺敵？」趙匡胤身經百戰，對此嗤之以鼻、置若罔聞，「慕容將軍怎麼看？」

「啟稟皇上，在于闐軍仍使用唐朝時高仙芝留下的戰術和武器，非長久之計。」懷恩據實以報，「我等正在想方設法籌備新武器和戰馬，訓練騎兵，以迎敵軍。」

趙匡胤沉吟瞬間，心想：安西節度使高仙芝都是兩百年前的事了，頓時面露難色，太子目光及時射向懷恩，提醒他勿曝露戰馬來源。進殿前，他無意間從其他官員談話中得知契丹和西夏不斷進犯關南，阻斷了宋軍得到北方優良的蒙古河套戰馬，從雲南運來的滇馬雖肌健卻體小似黔驢，善駝卻遠遠無法與北方良駒匹敵。

趙普是開國元勳，受到趙匡胤的重用，老謀深算、目光銳利，在朝廷呼風喚雨，上前進言，「大宋舉國上下都在修整復甦，和遼國邊界無一日太平，北漢不時進犯，南方十國尚待一一收復，全國統一大業非十年、二十年才能完成，『先北後南』、『先易後難』是朝廷訂定的方向。」

小殊心中不滿這與置身事外的託辭，跨步上前，「于闐千年來為中原王朝戍守邊疆，穩定西域功不可沒，中原王朝才能高枕無憂，于闐有難了，和中原王朝也是息息相關，若是門關失守……」

「公主慎言！」趙普面向小殊疾言厲色。

太子側身掩過面色逐漸潮紅的小殊，上前和趙普並列，對趙匡胤恭謹上奏，「喀喇汗王朝為回鶻同族，敬拜火神，二十年前在巴拉沙袞與伊軍爭戰，寡不敵眾，後繼無援，曾向後晉皇帝求援，彼時中原內憂外患而無法出兵援助，巴拉沙袞被敵軍占領，喀喇汗最終皈依伊斯蘭教。年前，穆薩可汗宣布伊斯蘭為國教，全民狂飆猛進地皈依，他們東進的速度不容忽視，于闐、高昌、甘州聯軍仍非常吃力，前車之鑑，望皇上明查。」

廷上百官交頭低聲竊語。

軍人出身的趙匡胤怎會不明白「數量」是戰爭中最主要優勢的道理？然而，對內先要穩住這半壁江山，對外要抵禦北方如狼似虎的契丹，誰又能理解大宋的自顧不暇，力不從心？

「西境邊事，重在內防，不是不可戰，戰非上策。」趙匡胤大將之風依然霸氣，仍不失敦厚本性，「朕自會有安排，倒是建議太子去水師訓練營觀摩一下。」然而他頭頂如烏雲密布，面色沉重地退朝。

平遼公主的話字字戳心，趙匡胤度過難眠一夜：西域，漢唐打下的疆土，大宋王朝能堅守住祖宗留下的基業嗎？

使團來到城南新鑿的湖，湖面浮著數十隻駱駝，岸邊停滿軍艦，「這是皇上開鑿的湖，做為訓練水師和陸戰的基地。」軍武出身的趙匡胤把大量精力花在軍事演習，常去船塢視察艦隊製造，對收復南方十國抱以必勝決心。

＊

輸羅太子、小殊和懷恩等人來到開封城外百里的一片荒地，步行一段路，見正方形磚牆，正中立黑色碑「慶陵」，墓門朝南。

「這就是先帝的陵墓。」館伴使領路低聲道。

環目四顧，墓塚旁只有一顆槐樹孤零零的聳立，黃土灰地，景象荒蕪。小殊、太子、懷恩在墓前行大禮叩拜追悼這亦兄亦主的明君柴榮。

「這……和平民的墓沒什麼兩樣啊！」小殊胸中酸楚、眸中泛光、哽咽難言，「對皇帝怎如此草率？」

「啟稟公主，先帝臨終前交代小塚薄葬，只要求將馬鞍弓箭放在棺木裡，不修地宮，不要守靈宮，不立石柱、石人、石壽，一切從簡。我們也是萬分不捨啊！」館伴使衣袖遮面低泣，「皇上連年征戰、積勞成疾，我親眼見他嚥下最後一口氣的。」

「世宗是我心目中完美的君王，他有唐太宗的影子，果敢頑強，善於捕捉時機，敢面對最嚴峻的挑戰。」輸羅太子望著遠方淒然道，「如果老天再多給他十年，想必又是一個漢唐盛世！」

懷恩取出羌笛，在墓前吹奏，戚戚悲涼。小殊道，「皇兄一生戎馬，馳騁戰場，奏一首輕快激昂的曲調吧！」

太子和小殊蹲身清理墓塚旁的荊棘雜草，在夕陽映照下，墓塚因三個年輕人傾心的陪伴添了一分壯烈豪情。

*

開封，如夢幻般的魔都，放眼所見，青樓畫閣，繡戶珠簾，雕飾華麗的轎車爭相停靠在大街旁，名貴矯健的寶馬縱情奔馳在御街上，一幅繁華太平的景象。

清風樓裡內堂中央矗立一六尺金蓮座，座臺齊日，舞伎用絲綢纏腳，纏成月牙形狀，用珠寶緞帶瓔珞裝飾，身著華服在蓮花臺上翩翩起舞。從連、琮原隨著使團將官至酒樓吃酒，努力克制自己的眼神表情。

「南唐李煜寵愛一個舞伎，她想打造這蓮花臺，纏足跳舞，婀娜翩翩，這舞步從宮裡流出，民間紛紛效仿。」宋史一邊喝酒一邊介紹道。

使團從于闐帶來數十種阿拉伯香料，包括上好的乳香，圓大如指頭，宮廷權貴趨之若鶩，連民間都盛行焚香、沐浴、醫用。

從連太子從長兄手中接管了乳香貿易。于闐戰事，需大量資源，儘管有其他商人從海上運輸過來的香料，于闐乳香價錢仍持高不下。

太子等人在開封周旋一個月，靠著陰家的關係一一打通乳香管道，帶著豐厚的回賜和深切的援軍期盼，使團返回敦煌。

七月時節駐足於祁連山下，油菜花綻放了大西北的豪放，滿山滿谷，隨風鼓動形成金色波浪，山上融化的水滋養了油綠的草原，彷若江南水鄉。

慕容金全帶著他的部落，在焉耆山下已等候于闐使團多日。輸羅太子下馬車，換騎乘，由慕容懷恩陪同上前，向大哥問候。

「你可知山丹馬場的第一任場長是誰？」慕容金全騎在一匹肥臀精壯的棕色馬上，聲音洪亮。「當年霍去病把匈奴趕走，收回這一片肥美之地，就是養馬的天境。」

小殊策馬上前，與太子並駕巡視四周，同聲頷首。

太子環顧四野，水草肥沃，美景如畫，山風吹撫兩頰，他的心情瞬間鬆弛，即刻宣布在此修整三天，全團官兵歡呼聲響徹草原。

慕容懷恩的目光緊隨著不遠處熟悉的身影，昔日的碩壯肩膀背負了歲月的重量，飛揚的黑髮綴飾了銀灰，當身影緩緩前近，懷恩踩著馬鐙瀟灑的翻身下馬，大步向前，單膝跪在那熟悉男人的面前，就像幼時仰望高大的他一樣，哽咽喊「阿爹！」

阿爹不再年輕意氣風發，眼神中除了倦怠，多了歲月風霜鐫刻的凜冽，與惡劣環境格鬥的痕跡，早就洞悉世事的淡然。布滿老繭的手輕扶懷恩的肩上，懷恩雙手抱住阿爹，把頭埋在阿爹衣服裡，淹沒自己的哭聲。幼時的恐懼，轉化成不得不依賴阿爹生存，到少年時的怨恨不解，至今成人，才深深明白阿爹不僅救了他的命，養他長大，更是人生老師。懺悔感恩的淚，聚流成河。

慕容桑度稍稍吃驚片刻，四周的人無不動容，都是第一次見冷峻傲骨的慕容將軍真情流露，慕容桑度嘴唇顫抖，極力嚥吞胸中滿溢的情緒，雙手拍拍懷恩的肩背，扶他起身，「你這兔崽子，當將軍了！當將軍了！」便忍不住轉身輕輕抹去淚痕。

小姝穩坐在馬背上，下頜微顫，眼睫泛光，看到一個堅強男人裡的小男孩，對他添增了一份憐惜。

慕容桑度對身型修長挺拔、貴氣儒雅的青年手撫胸微傾，「想必這位是太子殿下！」

輪羅太子笑道，雙手作揖「慕容大汗，久違了，您還認得我！」

聽到太子稱他大汗，慕容波度心中感動，好久才吐出一句話，「想必太子的騎術本座已追趕不上了！」布滿皺紋的臉露出一抹笑意，將目光轉向小姝。

「阿爹，這位是平遼公主。」

慕容桑度收起心中的小驚訝，小姝已下馬，落落大方走近向慕容大汗致意，大汗右手撫胸致敬。白天射獵的野鹿在篝火中散發出令人垂涎欲滴的香氣，懷恩用利刀切了一塊腿肉，遞給輪羅太子，兩人忍不住嬉鬧一番，重回到當年他們相遇的時光。小姝夾在兩人中間耍賴，「我也要！我也要！」

酒酣耳熱後，慕容大汗、金全和太子等人圍著篝火。

「飼養良種戰馬，高原環境培養出的馬匹品質比中原的馬更強壯耐力。」慕容金全拿著樹枝在沙地上勾畫出養馬的方案。

「中原缺戰馬，遲早會往這裡尋找馬源，他們人多兵多，必定會向我們徵戰馬，到時我們就是幫他人做嫁衣……」

慕容桑度的眼光掃視四周，懷恩明白阿爹的顧慮，怕消息走漏到使團中的西州回鶻，半個時辰後再分別移進太子大帳裡。

「我們屈海湖邊是吐谷渾的地盤，海周回千餘里，海內有小山，有豐饒的環湖草場，幾代前引進波斯種馬，改造鮮卑馬，冬天放養良駒，來春便可得幼駒，稱龍種馬。」慕容大汗口中吐出一圈一圈的煙，帳內瀰漫著淡淡的煙草味。

「喀喇汗軍隊的馬和武器是他們的優勢，我們的戰馬質量必定能扛住長期作戰。」

輸羅太子起身，雙手抱拳，在慕容大汗面前，極其誠懇道，「父王領軍抗悍敵，十分艱困，于闐軍的軍馬就靠大汗了。」

慕容大汗起身，右手撫胸行彎身禮，「聯盟助于闐抗敵，也是保衛自己。」

夜晚，懷恩和阿爹繼續在篝火旁吸著煙草，喝著小酒。

「你阿娘的身體越來越不行了。」

「草原生活太艱辛，我接她到敦煌去住吧。」

阿爹搖頭苦笑，「她怎麼捨得離開草原？我們習慣了無拘無束自由自在的生活。城裡就是個牢籠，沒有艱苦草原人倒不知怎麼活下去，呵呵！」

阿爹輕敲煙管，重新裝進新的煙草，藉著篝火點燃，用力吸了兩口，再將煙管遞給懷恩，「這位……公主……」他從公主看懷恩的眼神和說話語氣看出一些端倪，詢問的口吻，欲言又止。

懷恩嘴角微微牽動一下，浮略過一抹似笑非笑，眼中透著亮，盯著篝火；阿爹同時也將目光投向溫暖明亮的篝火，星空下父子並肩而坐的身影在火光投射下，被拉的好長好遠。

太子盤坐朝東，鋪在草地上的鹿皮滲透沁涼晨露，卻不影響他的專注禪定，朝霞漸漸向地平面擴散，頂頭的天空被柔和的灰藍映如一片薄紗，天色漸亮，微溫和煦灑在他臉上，他緩緩睜開雙眼，盯著遠處太陽升起處，繽紛彩盤後閃爍層層金黃亮光，一絲絲，一抹抹，慢慢凝聚成一團金光，他睜大眼球，調息吸取金光的能量。

營地不遠處傳來清脆笑聲，是小殊和一個吐谷渾小男孩挨著馬兒玩耍，小殊用袖子幫他抹淨臉上的塵土，看著孩子清瘦臉上甜甜的小酒窩，讓人想去保護他。

孩子水汪汪黑白分明的大眼睛一眨一眨的望著太子，憨厚的笑容讓人愛憐不捨。

慕容大汗用土話喊孩子，靖兒奔去，穿上了馬甲，向太子施禮後又匆匆奔向小殊。

「這孩子是實實在在黏著馬屁股長大的。」慕容大汗笑中透著慈愛。

懷恩吹聲口哨，他的馬飛奔到面前，他帥氣縱躍上馬，看著太子笑道，「尉遲輸羅，我真想看看這幾年騎術長進多少！」語畢便策馬往前。

輸羅二話不說，雙腿把馬一夾，往前追去。小殊不甘示弱，躍馬前進追擊，靖兒扯著嗓子在後追跑，小殊返回，慕容大汗將孩子抱起，拋騰坐進小殊懷裡，猛踢馬肚，「駕，到要看看這青海馬能跑多快！駕！」

小殊揚起馬鞭，在一望無際的油菜花奔馳，趕上並駕齊驅的太子和懷恩，她超越至太子右側，揚鞭高聲道，「輸的是狗崽子！」這是他們小時候玩遊戲的謎語。

在前座的靖兒雙腳彎提，改成蹲坐，懷恩眼尖，心知孩子想做什麼，立馬從後超到小殊右翼，用土語對孩子喊話，靖兒兩腿一蹬，站在馬上，雙手展開，小殊既興奮又緊張，懷恩對小殊喊道，「保持速度，保持速度，不要停！」

小殊咬緊牙關，保持上身穩定，懷恩一聲口令，孩子像風一樣的飄到懷恩的馬上，坐穩懷中，懷恩呼嘯而過。男孩興奮笑的眼睛都湊到一起，小手興奮的揮舞著。

「以前練過嗎？」懷恩問道。

「沒有！」男孩使勁大聲在風中道，「沒有！」

「好傢伙！」

輪羅從後超到懷恩右邊，加速趕上，靖兒再次直立馬鞍上，隨著口令，若風之子，輕盈地縱躍到太子懷裡，太子擁著靖兒，神采飛揚，雷鳴般的風聲、喝彩聲、馬蹄聲，一切都在他耳中消失，他的世界一片沉靜，彷彿看見多年前出使敦煌時的那個孩子。

---

1 喀喇汗王朝又稱黑汗王朝。

2 疏勒為古西域三十六國之一，又稱喀什噶爾，大約在今新疆喀什附近。疏勒處於東西文化交前沿，是中國最早引入佛教的地區，也是西域最早接受伊斯蘭教的地區。

第二十一章　僧人一五七

大廳裡笑聲盈滿，三歲的榮容公主迫不及待地爬上她的乾爹親手為她而做的木馬上，有模有樣「駕！駕！」地揮鞭策馬，不時回頭向慕容懷恩軟萌施令，「跑快快！跑快快！」

「我的小公主，妳騎馬，乾爹在後面怎麼追的上！」懷恩假裝受傷在地，榮容躍下木馬，衝向懷恩，抱著他，趁他不注意騎到他身上當馬使。小姝享受做姑姑的樂趣，在旁指使榮容騎在有求必應的老馬身上「施壓」，讓老馬連續捲腹起坐。

「是誰這麼大膽，在大將軍頭上動土？」太子攙著大腹便便的太子妃進屋，覆在身上的雪花即刻被屋裡洋溢的暖氣融化，「妳這麼黏乾爹，有人會吃醋哦！」

容兒噗通落地衝進太子懷裡，嬌嫩奶音叫阿爹，甜的耳朵都溢出蜜汁，水汪汪的大眼睛融化酸溜溜的阿爹，他抱起孩子在膝上讓她肆意撒嬌。兩人玩不厭的遊戲是坐在阿爹腿上，肉敦敦的小手遮住他的眼睛，憨態可掬，「猜猜我是誰？」屢試不爽。

輪羅知苦疾難滅輪迴難斷，不生不養方能斷苦滅疾，然嬌憨貼心的小女兒，粉撲撲肉綿綿在懷裡說著旁人聽不懂的話，哄著寵著鬧著，孩子的溫暖讓他有了回家的期盼。

祐定盯著父女無邊無限的寵溺撒嬌，大主小主都是要呵護的人，掀起心中暖暖紋動，自嘆命中無親人緣，只能將心中對親情的渴望寄托在主子身上。

太子剛才進門見容兒和懷恩小殊嬉耍，心中說不上一陣酸一陣暖。有一回和小殊容兒在一起，見兩人生的相像，心中隱隱略過暖暖的甜美，腦中霎時閃過一家三口的幻想，嘴角一絲似笑非笑。

「啟稟太子妃，晚膳已經備好，您交代的肘花，熏魚冷盤，羊肉用文火熱著，魚蓉粟米羹正在燉著。」

太子妃夾了熏魚送到太子面前的碟裡，未料祐定從身後後將小碟撤走，「太子不能吃魚，您忘了五年前您吃魚，渾身發疹子？」說罷交代侍婢，另外做一份花菇粟米羹。

太子乾笑，見太子妃尷尬的模樣，溫聲道，「醃製的魚在沙漠裡是珍品，一年吃一口沒事的，何況，是懷恩哥從老家青海湖裡撈的。」

他對妃子拋了個眼色，讓她再給夾一塊，他慢慢嚐了一口，太子妃安慰地笑逐顏開。

「嚐嚐咱老家的特產，是我們族人夏天撈魚，醃製過冬的好東西。」懷恩勸菜道。

「我怕腥！你們忘了我在汴京第一次吃蒸魚的糗事？」小殊連連推躲，莊矜地避開了他的眼神。

「熏魚不腥的。」懷恩夾了一塊到她碟裡，嘴角一絲靦腆的笑。

小殊輕瞪了他一眼，對這若有似無的殷勤翻個小白眼。自斗酒之夜後，心中傷痕褪去，澎湃歸於平靜。兩人在軍營總會擦身而過，或集會或練習，都嘗試保持軍中禮儀，彷彿什麼都沒發生一樣，尷尬隨著時間慢慢淡化，久而久之便習慣彼此的出現，尋常到她幾乎忘了曾在青春萌動奔放地痴戀過一個人，曾體會到那甜美又醉人的滋味。

懷恩開始試圖接近小殊，自然辭色間流露了出來。在射場上，懷恩會過來特別糾正一些小缺點；鞠場上對峙時也不如往日狠鬥，會停下來傳授妙招，每一次近距離的接觸，總會情不自禁讓她想起第一次馬背上邂逅男人的味道。她從歡信那兒聽說懷恩和阿瓏不再往來，但她心中坦然，按捺心中小竊喜，不驚不歡也不多做他想。

隨著歲月的磨礪，酸甜苦辣的洗禮，往日刻在臉上的喜怒哀樂，慢慢蛻變成含蓄的情致，她更認識自己隱形的一面。在男人面前，不張揚驕縱，尤其是在懷恩面前不挑弄激越，與人一種安詳之美，自在之態，小女人的柔婉伴隨著天生養成的自信率真忽隱忽現的浮出。

敦煌的富商豪門不是沒有上曹家說媒攀親的，不乏皇親貴冑追求者卻難引起文殊半點漣漪。「我們家小殊也不容易，精騎射，善舞劍，全敦煌那裡找得出一個男人能匹配她？和周世宗兄妹相稱，當今大宋皇帝還曾是她馬球的手下敗將呢！」翟大娘子既得意又憂心，然而連比武招親都無法說動小殊。

雖是皇上女子，曹文殊很早便知自己不屬於大家族裡的一片小天地，在生兒育女忙碌中度過一生，在妻妾爭寵鬥爭中虛度一輩子。她心儀的男人，無論是勇決善戰或儒情文骨，不僅要入她眼，心靈相通，共享視野天下，更要能讓她心臟突跳讓她臉紅。的確，曾經有這麼一個人；若不能與鍾情自己的人在一起，寧可獨身。

在汴京宮宴上符皇后說過的話如醍醐灌頂：讓對方愛上妳，需要靠自己、靠緣分！她想要的愛，不是基於政治結親，身分地位，或任何交換條件，而是因為喜歡她而愛，包容她的缺點。或許她的天真執著，表面上平靜了，但心裡的火種仍沒有熄滅，仍在等待能點燃她心中小女人的那個人。

懷恩被她雍容風華自然大氣的態度吸引，獨立自主，堅韌卻不堅硬的個性，對她開始好奇渴慕。然而，自己曾無情拒絕她的告白，與生俱來的獵人本能，讓他耐心地等侯，在最適當最穩贏的時機收穫她的芳心。

黃沙漫漫，梵風滾滾，阻擋不了敦煌炙熱的期待，歸義軍在城外整齊劃一等候，曹元忠、尉遲輸羅身穿鎧甲，頭戴鐵盔，英姿挺拔的坐在馬上，安靜隆重的迎候宋使團的到來。

軍旗在熱浪中飄盪，兩排打著「宋」旌旗的軍隊，後是數排僧侶。曹元忠和外甥互看一眼，再確認一次，是僧侶百人，引頸望去，除了物資車隊，再無軍隊。

「參見曹大人，參見世子，我大宋皇帝派遣僧侶護持團，支持于闐抗敵，路過敦煌，請曹大王多關照！」宋軍指揮官合掌。

一片死寂般的沉默，無人開口。曹大王的鬍鬚在風中沾上了黃沙，面無表情的看著宋指揮和百餘位僧侶。

平遼公主策馬上前，摘下面紗，昂聲問道，「皇帝派來的支援于闐軍是僧侶團？沒有軍隊？」

僧人行勤上前合十，「我等一百五十七名僧人奉旨，向于闐國給予精神上支柱。」

太子凝視行勤良久，他心中最後一絲希望破滅，「諸位護衛和師父們一路辛苦了，請隨慕容將軍入營休息。」

鐺！鐺！鐺！頭盔和盔甲卸下的聲音加重了沉悶的氣氛。

曹大王喝了一口茶，呸地一聲吐出茶葉，砰地將茶杯甩在桌上，狠狠地罵了馬總管，「連茶都不會泡了？換茶！」

自從趙匡胤登基，歸義軍頻頻向宋朝示好，然朝廷忙於安內統一，毫無收編歸義軍之意。中原王朝東為大海，南無勁旅，西南有橫斷山脈，而北方只有燕山一脈為屏障，割給了契丹，咽喉直接在其彎刀下。西北有兩山三關一地可守[2]，少了瓜沙兩州，不足為威脅。加上中亞不平靜，絲綢之路的商貿大受影響，漸漸被海上絲路取代，敦煌重要性大不如過往。

曹元忠心知肚明歸義軍對宋朝在軍事戰略無足輕重，經濟價值銳減，只要歸義軍不作亂，宋朝對其放任安撫。這一股憋了在心中的氣，全甩在茶杯上。

太子臉色凝重，上下牙齒隱隱發顫。他從行勤口中得知，這一百五十七名僧人是奉旨到天竺取經，路過于闐，順道做個精神支柱。

小殊啪地拍桌，杯裡的茶水濺了出來，「這趙匡胤什麼東西！腦子壞了麼！」怒火急口，吐出敦煌地方音，「順水人情這事也是大宋皇帝幹的出來的事兒？于闐是西域第一線，拼了命的守住門戶，中原才有……」

太子即時打斷了小殊，這事他看的通透，宋以安內為先，西域既遙遠又無力掌控。順水人情，冷暖自知。

＊

石博士在榆林洞窟裡作畫已經兩載多，聽不到西域的戰火連天，中原的改朝換代，長年在暗陰的洞窟裡作畫，蓬鬆凌亂的棕髮間竄出銀絲，提肘作畫，頸脖僵硬，肩斜背駝，那雙眼神在談起作品時仍炯炯發亮。

北壁甬道第一身供養人像，即為于闐國王，容貌莊嚴，白面短鬚，身著玄色袞服，裝飾四爪龍，肩部左右繪有金烏與桂樹的日月圖案，右手捻金色花枝，左手持長柄托板和香爐，腰佩寶劍，身後為于闐皇后，端莊華麗，是太子心目中最深刻的模樣。

太子親自為發願文撰稿，用于闐文所題，除了對父王感恩，也表達了對母親萬分感念：「我至親至善之母，大漢皇后，予我此生之輪迴生命，伏願其命居三聚而堅元永隆。」最後加上漢文「從德太子一切恭敬，敬禮佛法，命人寫訖。」石博士畢恭畢敬地描繪，好幾夜沒睡上安穩覺，兩隻眼睛深深陷了進去。

輪羅太子發願為父皇開鑿的功德窟歷經八年，終於完成，他在如意觀音像前持誦《不空絹索神咒經》，為于闐祈福，但是他的心卻已無少時的宏寬自在，有著說不出的沉甸隱憂。

于闐咯喇汗軍隊再度交鋒，硝煙四起，李聖天孤軍奮戰，再次派遣三位太子向宋太祖求增兵援，輸羅心中有數卻王命難違，太子們再次赴開封求救。

「父皇御駕親征，統帥高昌和吐蕃組成的聯軍，敵軍內訌，若此時乘勝追擊，極有可能將潰散的黑汗軍驅除西域。」太子在廷上極其力爭。

趙匡胤眉宇間帶著些許倦意，一面聽一面琢磨，突然笑道，「太子、公主，我們許久沒有打馬球了，咱們揮兩杆如何？」

趙普滿面疑惑，心想皇帝必有底，未上前阻攔。小殊側頭納悶的看了太子一眼，不知老趙葫蘆裡賣著什麼藥。

＊

趙匡胤並沒有馬上戴護套，極其平穩對太子道，「先帝在世時，是舉全國之力要收回燕雲十六州，世宗與我肩膀作戰，默契十足，攻無不克。」他眼光投向遠方，懷念起昔日戰友。

高平之戰，柴榮御駕親征，在最前線，夜宿戰地，彼時趙匡胤勇冠三軍，一騎絕塵，十步殺一人，千里不留行，收復關南失地，全軍層層節制，如身使臂，如臂指使，水路並進，相互配合，絲毫不亂。

「在戰場上能遇到志同道合、配合無間的戰友，也是天賜。」趙匡胤語中滿滿對老戰友的懷念。

「皇上和皇兄不僅出生入死，同僚，君臣契合，情誼深厚，更是大事業的夥伴。」小殊和趙匡胤喜歡鬥嘴，卻深知趙匡胤的粗中有細，寬宏仁厚，對他充滿敬意，拱手作揖。

「我們能打下一片基業，並非偶然。如今先求穩定，不輕易出兵。唐末以來，國力損耗巨大，內戰綿延給老百姓帶來的無窮災難，沒有把握贏的戰爭，朕是不會去冒險的。」

趙匡胤把眼光移向小姝，「公主和世宗的情誼，朕甚知，黃袍加身，宗訓禪位這事，不止是公主，很多前朝舊臣因此不滿，妳也看的很清楚，我對世宗後人和舊臣都是善而待之，但很難說是否有機會就可能造反，黎民百姓禁不起再一次的戰亂。」

小姝和太子互看一眼，越來越明白趙匡胤話中之意：他非膽小怕事，無情無義之人。他作戰小心翼翼，步步為營，形勢有利則攻，形勢不利則守。

「我朝『先易後難，先南後北』的方向也是沿襲世宗統一大業的規劃。南要統一，北要收復，這兩個問題都待解決，卻不能兩面作戰。」

朝廷削平南方七個政權，是強對弱，勝算大。遼國面積和人口比宋大很多，騎兵有三十萬，宋步兵不及三十萬。宋對遼作戰，是以弱對強，勝算小。

「愛卿有所不知，朕早先發兵北漢，他們聯合了契丹反擊，長城險要控制在遼國手裡，宋步兵打遼的騎兵，形勢不利，朕即刻下令退兵，等待最佳時機。」

「收復失地，朕未嘗一日忘懷。」趙匡胤心中有數：不能光靠戰爭血拼，他建了「封樁庫」，將年底朝廷財政結餘納入庫中，等存滿四五百萬兩，便可和遼談判，贖回失地。宋遼邦交正常了，北漢這附屬國便不戰而勝，通過談判就能完成統一。

大宋的立國大業中，並未涵括西域疆土。沒說的，比說出來的更有說服力。

趙匡胤戴上護套，拿著球杖揮了幾揮，「公主，這回朕可不會讓妳了！」趴的一聲出擊，清脆的球杖擊球聲蓋過了隆隆蹄聲。

＊

于闐使團徒勞無功的返回敦煌，想想這幾百年來對中原王朝的一片忠心，對漢唐文化一片癡情，西域守臣難道就落此待遇？宋朝自身難保，于闐孤立無援，父王對中原真實情況所知不如太子，勢必得親自面奏父王，而不是一次次的盲目求救。

無獨有偶，于闐的詔書等著輸羅太子，召他即刻返國。

太子心中有個說不出的預感，未踏入家門便急著見提雲大師，請他隨團返國。事出突然，臨時決定：從連太子接手太子宅的政務，他有意帶榮容公主回于闐見母后，但考慮年紀太小，恐怕挺不住三個月的顛簸，便讓太子妃、小公主和剛出生的小皇子尉遲斯摩留在敦煌。

毗沙閣燈火通明，太子妃不顧剛做完月子，身邊堆著針線籮筐臥在床上，日夜趕工，為太子親自縫製夾袍子，讓他穿著上路。

她進太子宅已四年，為皇室添了小公主和小皇子，懷胎生育輪替中，身心俱疲。夫妻二人完成延嗣基本使命，如釋負重，稍微喘口氣，太子的冰漠漸漸微溫，太子妃克盡其職，孤寡清剛對上百依百順，擦不出火花，倒也相安無事。

陰曹兩家對皇室有了滿意的交代，皇后發來的信函及愈發豐厚的賞賜，是對她溫慧賢淑的肯定，太子妃的位置愈坐愈穩，她也將更多的心思放在府中的事。唯一讓她不省心的是祐定這塊絆腳石，表面看來呵護備至，實際上又是小處為難，彷彿從沒把她看在眼裡。

太子是她的宇宙，他的喜怒哀樂左右她的情緒，他對她的一往深情不是沒感覺，若是她能偶爾對他發發氣撒撒潑，他心裡可能好受一點，而她愈對他無私付出，愈增加心中愧疚，她卑微的愛他，使他愈想疏離她。長年在外出使各國，回到敦煌不是到寺裡見師父坐禪，在軍中練兵，便和小殊伴當們在酒肆談天下論東西，回到府中隱在崑崙書堂，夜宿青玉軒，若不是想念小公主和皇子，夫妻也難見上一面。

侍婢稟報：太子行裝已打點完畢，十六箱行頭也推到後院裝上馬車了。

「嗯，我知道了，一會兒去崑崙書堂。」

「娘娘，這會兒太子在青玉軒呢。」

太子妃沉吟片刻，在梳妝臺前左顧右盼，扶正了花釵，臉頰紅潤，身段豐腴，已是少婦模樣。自懷上了二胎，太子便未碰過她，聚少離多，枕席之間卻是溫柔體貼，這一別不知何時再見，期待著小皇子滿周歲，便可團圓，入住皇宮，做個真正的于闐太子妃。

華麗皇宮和高高在上的憧憬填滿著她的腦子，充滿著翻雲覆雨的美妙。床笫鋪上晒過太陽的緞被，噴灑了玫瑰露，芳香滿室，一抹春意寫在眉梢間，掛在笑臉旁。

她在頸背腋窩抹上了桂花香膏，用羊脂抿了嘴唇，雙手捧著縫製好的內袍，步履輕盈地來到青玉軒。房內燭光明亮，內室飄來細碎語聲，她猶疑半晌，耳接門縫。

祐定雙膝跪地，隱隱啜泣，「我求您讓我隨您回于闐！」半身依在太子膝蓋前，她知道太子這一去，繼承王位就不會再回敦煌，她留在敦煌有什麼意義？

太子神色黯然，默然無語，摩挲她的手。從小到大起居生活全依賴她，少了她就像是左手找不到右手，而更難忘的是共度兩人青澀的第一次，和她對他身子的付出。

他原本就是清寡淡欲之人，年事稍長，更想在寺裡抄經坐禪；如果他是沙漠裡的魚，他渴望的水便是精神層面的富裕，靈性追求的狂喜。然一夜夫妻百日恩，未有愛情激情也有感情，心中不捨和無可奈何交戰著……

「我從九歲就照顧您，注定要跟您一輩子，現在怎麼能分開呢？我……求皇后召我回于闐，一輩子伺候您，她答應我的。」

太子側頭避開祐定哀求的眼神，「我需要妳留下照顧太子妃、小公主和小皇子，從原駐守敦煌，太子宅的大小事只有交給妳我才放心。」她跟了他這些年，從來沒有過任何要求，只怕自己心軟誤事，畢竟他對祐定是有情的。

祐定趴坐在地上，淚如泉湧，雙肩微微地顫抖。她兩次拒絕太子納她為嬪，不僅是對皇后的誓言，而是她心裡打著如意算盤：嬪妃得和其他女人共侍一君，捲入後宮的勾心鬥角；而身為尚宮，隨侍在側，擁有掌事權，更多見太子的自由和機會。

她能在太子宅呼風喚雨都因太子的寵信，沒有太子她什麼也不是，未料，奉詔回于闐像沙漠的雨驟然而至，令她措手不及，只怕日後再也見不到太子，即使再見，未必能如此時得寵。臨別在即，她心慌的發麻，亂了陣腳，只能以苦相求。

「祐定，妳別哭了！妳……幫幫我……除了妳，無人讓我放心！」太子扶起祐定，雙頷微顫，怨自己年少無知，恨自己心軟耳軟沒有堅持納她為嬪，祐定情難自禁地墜入太子懷裡，他俯首無語，狠狠的咬住祐定，堵住了她的嗚咽，狠狠的咬住了癱成一汪水的祐定。

屋裡傳來斷斷續續壓悶的哼吟。

太子妃胸口砰砰瘋狂地竄跳，心絞如刀割：太子的心被小殊占據，身子給了祐定，而作為正妻的她，將青春奉獻給太子，卑微的愛著他，甚至連擁有他的奢念都不敢有。自古帝王家無情，是她太癡情還是要求太多？除了封號和富貴，她還有什麼？只能堅守住這太子妃，指望公主和皇子將來為她出頭。

是恨，是怨，是憤憤不平，她手捂著嘴，噙著淚水逃離了青玉軒。

＊

尉遲輸羅離開敦煌時，慕容懷恩帶隊護送，小殊隨行。淚水在輸羅眼眶中滾動，回望身後，依依惜別的人群尾隨成列隊、風姿卓越的鳴沙山依然玉立。

他想起七歲那年，第一次上鳴沙山，坐上滑板，雙手抱頭縮腿，驚嚇興奮各半的嘶喊下滑，安全停落後，總教頭含笑輕摸他的頭，「從鳴沙山滑沙下來，你是我們敦煌人啦！」

從那時起，敦煌便注入他的靈魂和身體裡。

上千人為他送行，軍中同僚，少時伴當，酒肆胡姬，曹家親戚，豪門富商，太子府上上下下，不理會侍衛隊的勸退，緊緊跟著車隊，抹淚的、嗚咽的、小跑步緊跟著不放。僧侶為他送別，歸義軍為他送別，鳴沙山為他送別，莫高窟為他送別，他不忍讓他們看到他眼中蓄滿的淚。

他從坐騎下地，依依不捨向送行的人拜別，一個在敦煌長大的西域太子，在民間成長的于闐皇族，雙膝落地，親吻這片孕育他的沙地；向莫高窟千百尊佛像叩拜，孕育他心靈的精神世界；雙手捧起一把鳴沙山的沙，裝入白瓷器中，爛漫的童年、錦瑟的華年、風發的青年都裝入這純真的回憶中。

他還是沒忍住，讓淚水模糊了雙眼。

---

1 兩山：隴山，嶢山；三關：隴關、嶢關、函谷關；一地：關中。

第二十二章　西域小唐朝

于闐人身穿絲綢，種稻養蠶，蘊玉藏金，繼承漢唐精髓，守護絡繹不絕的絲路貿易，在麗水聖山下生活了近千年。

來自北方的喀喇汗民族鍥而不捨地想爭奪這宜牧宜耕、金玉之地。

尉遲輸羅回到他的國度，當年唐代在此設置毗沙都督府，王城約特干建築布局對稱、街衢寬闊、坊里整齊，彷彿是長安城的縮影。

金冊殿的白玉臺階罩著戈壁吹來的沙塵，彷彿悲戚留足，鳥雀奔飛，寢宮細碎匆匆的腳步聲，宮女臉上蒙著一層陰鬱沉重，無人說話，輸羅心中已有不祥的預兆。

老國王李聖天氣若游絲在龍榻上殷殷期盼著世子的歸來，輸羅快步上前，雙膝落地向父皇行大禮，老國王形色枯槁，只剩下眼中見到輸羅時綻放出的瞬間生機，身上布滿了針灸，吃力的伸出手，輸羅一言不發地緊緊握住。他永遠記得心目中的父王，在崑崙山密林之中，僅憑山澗倒影，一箭射中猛虎的肋部，瞬間斃命，這神奇一箭在高原勇士中流傳不已。

「國王全靠著意志力撐著，就是要見你一面。」太醫起針後退離榻旁，讓父子說話，皇太后靜坐榻邊，滿面憂戚。

李聖天年前領兵出戰受傷，瞎了一眼，回于闐後染成重症一病不起，每況愈下。太子在榻前加毯褥，衣不解帶伺候湯藥，不過幾天，國王竟然有了氣色，能從床上坐起，吃些熱粥，清醒和昏沉之間，父子多年不見，彷如相隔數日，或聊些戰場之事，或聽世子出使中原精彩萬分的見聞，受周世宗款待晉封的點點滴滴，射豹獵虎、練水軍的奇聞妙事，加上對汴京城裡繪聲形影的描述，枯黃的臉上偶爾現出滿意的笑容。

提雲在榻前為國王誦經，摩尼師在旁祈禱。

老國王目光緩弱，沙啞地在輸羅耳邊再三忠告，「黑汗侵略，如冰山一角，我見到一股巨大黑色的力量旨在殲滅于闐……人數如潮，如無邊紅海，即使聯合所有西域邦國也抵不過他們，我們贏了一場兩場戰役，實力消耗過度，後援無繼，就是……滅亡！務請大宋出兵相援，切記！切記！」

父子分離多年，共同承載的使命將他們的心緊緊相連。

老國王撕心裂肺乾咳一陣，再度睜眼，虛弱無力，他的話卻像一把刀在輸羅的心口上鐫刻，「于闐千年，佛國千年，我……只能守護到此。」輸羅握著老國王枯瘦冰冷的手，心如芒刺。

領侍總管呈遞上一份早已擬好的傳位詔書，尉遲輸羅於父皇寢榻前，在皇后和齊聚寢宮外的文武百官的見證下，繼承于闐國王王位。

這一切都在曹皇后縝密的計畫中，一步步推進。老國王御駕親征和病中這段期間，曹皇后攝政，穩定大局，但並不表示其他的兩位妃子和她們的皇子沒有野心要爭取王位。一小撮新派文官認為輸羅太子久居國外，不諳國事，懷疑繼承王位的實理性。宮闈中各種陰謀繪聲繪色被傳遞著，惶惶不安的氣氛中，新黨暗地擁立高昌德妃的四皇子繼位。

朝中的洶潮暗湧，在輸羅太子繼位後暫緩平息。曹皇后心中暫舒了口氣，她在龍榻前加了一床褥榻，和兒子日夜守候著老國王，老國王的臉色突然紅潤發亮，和母子倆說笑片刻，之後便陷入昏迷中，斷斷續續的夢囈，母子握著國王的手，一刻沒有離開。

次日，李聖天龍馭上賓，他是于闐立國在位最長的君王，五十二年的繁榮強盛，綠洲邦國展現了驚人的生命力，千年使命移交到尉遲輸羅肩上。

服喪期間，輸羅在寺院閉關七日，依舊打坐掃地推沙，廷官們競相紛說，「國王不諳宮中之事，躲在寺院中無作為，豈能擔任一國之君之重擔？」

提雲大師是他最信賴的人，君臣師生之間的一場對話，沒有人知道詳細內容，似乎散漫無重點，但是他豁然開朗：「國王」是一個機構，而他無法再以一個有血有肉的個體活著，他是一個護國統領、護法使者，不能滲進個人的愛憎情感。

＊

公元九六七年，丁卯，兔年，尉遲輸羅登基，號天尊。金冊殿上有紫衣武僧五十人列侍，他面留鬍鬚，身穿白色中單，外著大袖玄色袞服，衣上繪有日月龍等圖案，和漢族帝王的形象無異。頭戴冠冕，頂飾北斗七星，冕板前後各有六條旒珠垂肩，頭兩側各有大量玉珠，戴嵌綠玉的耳墜和戒指。他嚴謹地或坐或立，平衡前後旒珠，不至因頭的一點動作晃動而顯得不莊重。

他終於明白，幼時先生對他嚴格「為人君者，不可敬哉？」的要求。父王加意的栽培，開發他領袖氣質，為這一天的到來。團龍王袍，豐神如玉，聲音沉穩有力，高貴儀表和儒家風範不僅令臣僚印象深刻，更深具神祕的宗教力量。

新國王下詔冊封四位皇弟為諸侯，賞賜封地，分派差職，照護百姓。駐守在敦煌的從連受封為華王，和琮原為寶王。曹太后在幕後操縱一切，壓抑新黨的陰謀，一場可大可小的政治波瀾，就在曹太后的精心策劃中悄然落幕。

做一個守成之君，他的一舉一動都在眾目睽睽之下，一言一行都需符合道德規範。

「我咋覺得這國王當的像活著的祖宗？」他私下向小殊和懷恩訴苦。懷恩完成護衛的任務，在國王登基後便將返回敦煌。尉遲輸羅親自送他們走到高頭駿馬，看著兩人跨上雕鞍，領著隨從和衛隊，望著摯友們遠去的背影，他突然感覺自己成了名副其實的寡人。

金絲皇冠，畫棟雕樑，白玉如毯，紫衣武僧隨身護衛，日日演習各種禮儀，處處沿襲唐制，凡官必擺譜，走邁方步，張嘴說官話，完美而固定的節奏令他窒息，對一個在鳴沙山頂、大漠千里長大的世子，宮中少了動人心魄的生命和朝氣蓬勃的呼吸。

他心懷宏願，護法衛國，卻困在巨大金籠裡，處處受禮制束縛。獨居深宮，倍加思念敦煌酒肆裡的知己，一個溫暖知心的眼神，一個拍肩對飲的鼓勵，甚至舅舅的老派卻穩當的忠言輔佐，他也經常想起心中的明君柴榮，在禪定中和他對話，他繼位時也是剛過而立之年，若換成是他，會如何定奪？

深夜，他身著絲袍，腳踩玉石，獨自在偌大堂皇的宮中遊蕩，宮女提著軟靴、武僧掌著火炬、亦步亦趨的跟在身面。終年白皙的冰山在星空下仍巍峨可見，崑崙是中原文化精神的源頭，諸多美好事物來源地。宮殿的門均面東，他駐足廊前，眺望雪峰，心想著該如何衝破這層無形的束縛？

他曾在尊榮肅穆，磅礴泱泱的中原朝廷，經歷過百廢俱興、危機四伏的大周，覲見過雄才大略、任賢革新的明君柴榮，為他說法講經，在璀璨興華的汴京見過火樹銀花，曾與開國立業、善厚穩重的趙匡胤豪飲騎射，親睹日增月盛的大宋王朝百花齊放。這些經驗都闊達心中的格局，他有堅定的信心，足夠的能力，將于闐佛國從危難中帶出，再創繁盛。

他也明白：要得到朝廷的支持，憑著承襲的王位是不夠的，必須用政績贏取民心，用魅力團結廷官。他也自我期許：儘早坐穩皇位，不願再有武后再現的局面。

曹太后依然容豐華美，然眼角處已有老態，眼中少了往日的溫婉舒心，多了一股凌厲多疑，她凝望國王時，眸中閃著難掩的疑慮。在紛繁複雜的後宮，權謀較量的朝廷，必備周全的性格和應變的機智，她對權力的依賴和慾望也與日俱增。她是在于闐朝中唯一能信任和輔助他的人，然而一種無形的距離存在太后和國王之間，他們之間的交流變得形式化、禮儀化，甚至彼此開始暗中較量。

輸羅順利登基，然後宮空蕩，皇嗣稀缺，令太后惶惶不安。歸義軍張氏家族骨肉屠殺的前車之鑑，她更擔心人多勢眾的新黨趁虛而入。以太后為首的廷官幕僚們不時以「太子乃立國之本」為由，不斷上奏催國王納妃延嗣，越多越好，越快越好。他卻興趣缺缺，心在整頓于闐軍以及寺院管理，不停推三拖四。

新尚宮對輸羅的伺候還在磨合中，偶爾想念祐定熟悉的感覺，她懂得何時嬌媚，何時潑辣，何時安靜，何時進退、寬衣解帶送茶遞水，甚至有時都覺得自己被她捏在手心，但有一種絕對信任和至誠忠心，他知道她不會傷害他和身邊的人。

「祐定為于闐添了皇嗣了嗎？」太后聲冷若冰。

輸羅眼神恍惚一瞬，母后耳目靈通，太子宅裡沒有一件她不知道的事，無奈淡笑。

「祐定啊，」太后輕嘆，「是菩薩的人，我們沒有這個能耐，何況，沒有家世靠山的女人，坐不住這位置，不能服眾反害己，她只能做好本分的事，其餘多想無益。」

身為一國之君，有些事也不是他說了算，一切要照祖傳規矩、道德標準、和小而精繁的朝廷體系。

「納妃立后非僅閨房的寵幸，是要廣延皇嗣，由不得你喜歡或不喜歡。」太后說完不免心疼，後悔語氣過嚴，探究的望著輸羅，「哀家倒是想到了一個人，肯定合你意。」

輸羅未語，眉梢微提。

太后見到疼愛的小殊，不僅氣質非凡，慧黠練達，渾身凜然的巾幗英氣中仍有少女的單純執著。

在姑姑面前，說著貼心體己的話，仍萌態撒嬌問姑姑最喜歡哪個侄女，流露出孩子爭寵的可愛模樣，太后明知是在拍她馬屁，仍被逗的笑逐顏開，太后打著如意算盤，小殊能為心腹，內可管理後宮，外可躍馬疆場。

「小殊和你竹馬青梅，又冊封為平遼公主，身分不可同日而語。」

「不可，萬萬不可。」輸羅鏗鏘揚聲。

太后面上不形於色，心裡卻暗暗吃驚。

輸羅沉吟半晌，想了個母后能接受的理由，「她啊，大我兩歲，難道老蚌生珠？」

皇后似笑非笑，「國王心中選后有何想法？」

「找一個適合這裡，能夠一輩子在宮中生活的女子。」他瞄了一眼母后的表情，換了語氣，「選皇后之事就請母后煩心了，高昌回鶻是我方最重要的盟友，聯姻結盟自是天道。」

太后頷首微笑，「這事我心中早有譜了，盡快派使團提親去。」

輸羅仰頭吟笑，心中卻是說不出的痛楚，他為了解救小殊結親之難，搭上了自己的幸福，如今為了于闐，終究是逃不了和親之路。天底下沒有純粹的愛情和幸福嗎？柴榮和符皇后之間像小夫妻般的恩愛，他也能擁有嗎？

輸羅在宮裡的書房崑崙閣布置的和崑崙書堂一樣，那種熟悉感或許能減低一些思鄉的情懷。

門口響起宮女清喉嬌囀，「陛下，太后派奴才送來皇上喜歡吃的饊子、葡萄酒。」

「不必了。」輸羅專心寫書法。

窗外接著傳來吟詩：

五陵少年金市東，銀鞍白馬度春風。

落花踏盡遊何處？笑入胡姬酒肆中。

輸羅望著窗外的倩影，「背的詩吧？妳懂什麼金市東？去過胡姬酒肆嗎？」

想起和君兒小姝在敦煌自由自在的日子，語中酸楚。

「皇上在于闐生活的日子不長，可知我們從小都是背唐詩長大的，宮殿的門都是向東開，沒去過長安，也知道長安的美啊。」

傳來悠妙的吟唱：

人間桂花落，夜靜春山空。

月出驚山鳥，時鳴春澗中。

一個「驚」字，把深夜靜山全部激活了。

「進來吧！」輪羅繼續寫字，頭也沒抬，「若有詩詞藏於心，歲月從不敗美人。是太后讓妳學這些的吧？」

輪羅眼角餘光瞄到宮女的婀娜小蠻，暗忖是母后派來監視抑或誘惑他的，輕嗤一聲，「會磨墨嗎？」

「會！」宮女小心翼翼走近桌旁，滑膩溫香的指頭輕輕拾起墨條，柔柔凝望著，「陛下的字如怒猊掘石、渴驥奔泉。」

輪羅停筆，目光緩緩順著白腕柔肌往上移，一對飽滿怒聳，妍姿俏麗十七八，含羞待放的明眸怯怯面對儒雅俊秀的新國王，傾心仰慕。

不久，這個會背詩的宮女有了身孕，太后大喜。因著那首唐詩，被封為桂才人。皇二子出生後，母子住進桂香閣，在想起兒子尉遲頡，或想聽吟誦唐詩時，輪羅會去探望一時。他終於明白，祐定的大智若愚遠超過他，小殊的凌壯志越今冠古。

原來，在敦煌求學儲備的日子，並沒有明確地教導他，自己的歸屬地，皇宮，亦是一個鑲金載玉的牢籠。

高昌回鶻與于闐南北相鄰，唇亡齒寒，祿勝可汗將他的四女兒月理朵公主嫁給尉遲輪羅，一場盛大的佛教婚禮為全國蕭肅的氣氛帶來適時的歡慶。大象身掛彩帶寶石，巨大的車隊金碧輝煌，百來位宮女沿途撒花，為回鶻公主開道，白玉階梯上灑滿鮮花，兩旁的樂師奏樂迎新人，仿如天界。

和親外交中需取得微妙的平衡，軍事與經濟兩者之間權衡良久，以軍事聯盟為當前之急。大婚完畢，輸羅國王冊封回鶻公主為皇后，頒詔書冊封敦煌陰妃子為貴妃，一來慰冕在敦煌養兒育女，接受漢文化教育的功勞苦勞，一來鞏化乳香貿易的通路。

敦煌太子宅仍然是于闐國外交中心，輸羅打下深厚的基礎，從連太子忙於拓展乳香貿易，常常往返於開封和敦煌之間，連帶著美玉和其他大食珍品，為于闐帶進不菲的利潤。

新國王上任，稅收豐盈倍增，所需儲備軍需都不愁資金。廷官們對這外放回歸的國王另眼相看，對他想進行的改革措施也都大力支持。

太后六十大壽，輸羅將老國王的寢宮「七鳳樓」修繕裝潢，請母后搬進，很大程度上是拍母后馬屁。張羅了布施法會，和皇后、桂妃親自在街市饋食，于闐老百姓對這充滿新鮮活力，郎才女貌的王室夫婦好感俱增，不少老人孩子來到跟前求摸頭祝福。壽宴上，皇后親自領舞伎為太后祝壽，身體柔軟成三道彎的勁健與優美，似曾相識，博得喝彩。

在于闐能看到失傳的「反抱琵琶」，高昌的舞、龜茲的樂，太后高坐鑲滿寶石的金椅上，盛唐剪影，如此華彩美妙，豐富融合，身處在大唐的精神世界，不禁有點飄飄然。世事難料，教導皇后跳舞的就是當年代替文殊郡主和親到回鶻汗國的李月奴。

「郡主是我的表姐，不知她現在過的如何？」輸羅問道。

「阿郎大皇上，高昌人是為舞而生的，我們走在街上都是抱著琵琶邊走邊唱邊跳，敦煌郡主嫁到高昌回鶻後，組織了一個汗廷舞坊，教我們各種沒見過的舞技，她說是大唐教坊傳下來的，其實和我們當地的舞很近的。」新皇后甜美笑道，「她生了一個小皇子，就是我的小弟，父皇很疼他的。」

月奴被冊封為王妃，不爭寵不樹敵知進退，侍上御下，彷彿她是為皇宮而生的，高昌回鶻與敦煌關係日趨平靜，相安無事。

輸羅臉上一抹安靜的笑意，一切的安排都是最好的安排。對摯友的思念浮上心頭。對他而言，男女之愛，固然香甜如蜜，但兄弟之情，何嘗不是如金玉般的珍貴？

當日，他寫信給小殊：青山一道同雲雨，明月何曾是兩鄉。

給懷恩他僅寄上七字：一生知己有斯人。

*

端午節，七八列駝隊沿著延綿起伏沙山的脊線，緩緩流動，猶如幾葉小舟在浩瀚大海上悠哉的漂浮。小殊公主和教頭帶著一群三五歲的娃兒來到鳴沙山下滑沙，極目四望，滿眼都是黃色，高處是黃黃的沙，腳下是細細的沙，空中飛舞的也是沙，穿著白衣騎裝的孩子們在沙的世界興奮的高聲尖叫。

小殊帶著榮容共乘滑板，容兒反應機敏，滑了幾次便能駕馭獨自平衡。孩子們各自上山滑下，飛沙漫天，驚聲四起，有的盤旋匍行，飛沙滿嘴樂的停不下來。小殊目不轉睛的盯著榮容，看她飛流直下，突然後面的孩子失去控的往容兒衝來，只見容兒在沙海裡翻騰起來，小殊鎮靜的告訴自己：軟綿綿的沙不會有事的，自己幼時滑沙不知翻騰多少次。

教頭已衝上沙坡，把容兒抱了下來，容兒滿臉沙泥，眯著眼睛裝勇敢，見了姑姑，哇的放聲大哭。教頭擔憂道，「小公主可能手骨折了。」

榮容的手腫的像根牙棒，小殊在馬車裡撕下布襟為她包紮固定，派歡信請大夫到太子府。歡信上馬，小殊又把她喚了回來，「先去通知慕容將軍，請他帶大夫到太子府。」孩子哭的她心急如焚，第一想到的便是懷恩。

小殊小心翼翼的把哭到睡著的榮容抱下車，沙塵滿面還殘留著兩道淚痕，醒來見懷恩，撅著小嘴淚眼汪汪，揮著沒摔傷的手撒嬌求抱，「小心，剛才馬車顛路都會痛。」

陰貴妃和阿瓏火急火燎的趕到回春堂，正巧在門口見到這一幕。

「哦，不怕，乾爹在這兒，大夫給容兒看看。」懷恩溫柔的將孩子從小殊手中接過，一邊放在腿上讓大夫診視，一邊輕聲安撫，那神情，能把雪山消融。輸羅不在身邊，榮容和弟弟對父親的渴望，需要強大安全的保護，都投射在懷恩身上。

輸羅回到于闐後，陰貴妃和祐定情感上的齟齬也悄然落幕，平平淡淡的各司其職，井水不犯河水。陰貴妃對夫君的牽腸掛肚無處傾訴，阿瓏成了她無話不談的閨蜜。

阿瓏和懷恩四目相接，她眼中瞬間跳躍了苦澀的驚喜，立刻化成了淡淡的失望。彼此點頭打了照面，她從來沒見懷恩如此溫柔的一面，他和小殊照顧孩子默契的眼神，那種天倫之樂的畫面，是她夢寐以求的家，和懷恩歸宿的幻影，如今活鮮鮮在她眼前，而她不在這個畫裡。

她寄情於飛天閣和女人社，生意蒸蒸日上，社務紅紅火火。與其是澈底絕望死心，不如說她越來越相信一個人的命數，當你擁有太多，上蒼定會在其他地方取走一些，就如同她和懷恩的炙愛燃燒了兩人的緣分，讓她剩下的幸福屈指可數。上天是公平的，緣分來時阻擋不住，緣滅時亦無法挽留。

透過從連太子和陰貴妃從中牽線，康秀華終於邀到心儀已久的阿瓏。阿瓏是個明眼人，康家數代在敦煌城裡的產業赫赫有名，樂善好施的名聲也是眾所皆知。

阿瓏漾著暖人心魄的笑意，觀察到康秀華全身散發出屬於中亞貴族的大氣，說話光明利落，精明銳利的眼光因為他常年開窟供佛，行善而顯得善良可靠。

兩人談著江湖上的奇聞逸事，十分投機，康秀華來自遙遠的撒馬爾罕，對於阿瓏的身世隻字不提，他知道一個女子在江湖拼搏，必有其苦衷。他看上的是她長袖善舞的手腕，秀外慧中的能力，而不是她的家世，她是個價值不菲的花瓶，他有足夠的自信和本錢做這個女子的磐石。

「飛天閣在敦煌可是赫赫有名，在下還想向閣主好好請教，如何把奢侈美妝坊提升到貴族豪門趨之若鶩。」

「康大人客氣了，您承包了城裡一條街上的翻譯社、導遊社、絲仿、禮儀學校，怎麼會看上我這小小的飛天閣？」雙方實力明裡暗裡都有了數，自然就把話順著說開了。阿瓏嫣然一笑和嬌媚一瞥，使康秀華心裡再次蕩漾，她整個姿容體態的韻味，是一個成熟女人才有的，康府裡有更年輕美貌的侍妾，卻都比不上阿瓏多聰多慧，見多識廣。

阿瓏巧妙矜持避開了他熱情的目光，雖然有好感，但是對一個年長她二十歲，肚子微凸臉肉下垂的男人，她仍有所考量，能夠像慕容懷恩高挑韌健般而入她眼的人如鳳毛麟角。

康秀華不斷示好，買了一個美妝鋪子，請阿瓏管理經營，從撒馬爾罕運來的珍品都進鋪子包裝打造成高級品。生意上一來二往，各自有數，康秀華朝思暮獻殷勤，阿瓏心照不宣，她也不避諱的暗話明說，「我習慣了獨立自主的生活，在康府裡只能做個側室，必不長久。您的心意我領了，其餘的只能靠緣分了。」

這天賜良緣沒有多久便降臨康秀華，他久病多年的原配撒手西歸，康府為她做了隆重的法事，過了七七，便向阿瓏求聘為正室，更進一層的說，他在敦煌的十幾個鋪子、作坊歸她打理。

阿瓏透過米娘和慕容懷恩聯絡，相約酒肆。她抱著最後一絲希望：只要他回心轉意，甚至一個「也許」，她願意！她願意重回他懷抱，再做他的女人，重築未來的夢，甚至最後一次互訴衷腸的道別。

她在酒肆等了一整天，坐在他們過去常坐的角落，喝著他們最愛的葡萄酒，直到深夜，從華燈初上，望穿秋水，等到關門謝客，慕容懷恩始終沒有出現。

只是她不知道，酒肆外有個人一直看著她，一路跟著保護她，直到她安全回到家。

第二十三章　乳香的賜予

對吐谷渾人而言，青海湖是靈魂駐足的地方，湛藍的深邃，清風的撫摸，白雲的呼喚，都有著讓人一見傾心的觸動。沒有人知道，這清澈不見底的湖在這神聖的雪山裡隱藏了多久，於是天神將最俊美的馬牛羊駝放養在最純淨的遼闊草原上。

馬崽子長大了，三千匹高大健壯、精神抖擻的戰馬，等著慕容懷恩的檢視。他衣錦榮歸，部族的人都尊稱他慕容將軍，他大碗喝酒，圍火高歌，阿娘卻說出一個令他猝不及防的祕密。

「當年你離開家後，薩蘭娜才知道自己有孕，生下了兒子交給我們撫養，就跟隨家人投靠了党項部族。」阿娘的目光落在身旁的靖兒。

薩蘭娜的模樣出現在腦海裡，自從他離開草原，就再也沒有回頭。這麼多年他完全不知自己有個孩子。

慕容可汗看了靖兒，再看懷恩，對妻子淡笑道，「我說的沒錯吧，除了皮膚較深一點，和他小時候一個樣。」

「靖兒就像是我們的孩子一樣，也捨不得他走，可是我們老了，我們的部族人越來越少，有的移居關內，有的融入党項人。跟著你比較有未來……」

祁連山下的飆馬，靖兒對英姿颯爽的將軍傾慕不已，他的英雄竟是阿爹，從天而降的是驚還是喜？爺爺奶奶不要他了麼？焦灼的眼光避開面前又敬又畏的威酷鐵漢，對著奶奶衝道，「妳老了誰照顧，妳連水都提不動？除了我，誰照顧妳？」靖兒賭氣的噘嘴，從出生到大，他的世界就是老爺和奶奶，還沒有準備好離開老爺奶奶。

懷恩久在震驚中，啞口愣愣的看著靖兒，是歉疚是迷茫，父子兩人，既熟悉又陌生，尷尬無語。

老人們的勸說聽不進，靖兒以為慕容將軍不喜歡他，不認他，五味雜陳，手足無措，猛地起身，跑到馬欄桿上坐著，背著大人們，想起從來沒有過的阿娘，自己是被遺棄的孩子，心中酸疼，暗暗抽哽，偷偷抹去眼角的淚。

慕容可汗抽著煙斗，沙啞的呵笑，「和你小時候一樣，一生氣，就一個人跑到馬欄，悶不吭聲。不過，他射箭比你強，十二歲就能射中大雁的兩眼之間。」

慕容將軍慢慢走到馬欄旁，坐在靖兒身邊，不說一句話，拿出一壺酒，喝了一口，遞給靖兒，孩子踟躕看了將軍一眼，喝了一大口，將軍面色輕緩，取出腰間的羌笛，對著明月奏起一首輕快歡樂的吐谷渾歌謠。父子一言不發地對著駿馬明月，好久好久。

慕容將軍在部族招募吐谷渾騎兵，豪邁強悍的氣魄深深流淌在他們的血液裡，百來名好漢不願寄生在党項人旗下，無懼死亡，只有在草原或戰場上才能找到他們勇敢的靈魂，紛紛投靠在慕容懷恩麾下，為于闐佛軍效命。

三千駿馬良駒在綠色草原上馳騁若雷，豪邁的勁蹄，彪健的肌肉，油亮的鬃毛在陽光下閃閃飛揚，嗜戰如歸的騎士、奔騰如飛的駿馬、粗豪助威的吶喊，壯觀無比的行進，身形修長精瘦的靖兒在彪悍的雄性群中，戴著全副弓箭利刀，他強忍著不捨的淚水，向身後的老爺奶奶道別，大聲呼喊，「我會回來看你們的！」

兩鬢斑白的慕容可汗和奶奶，滿眼的依依，滿臉的祝福，向他們心中兩個小兒子揮手道別。

＊

敦煌街道上出現整齊抖擻女兵的倩影，旗手開道，為首的曹文殊紅衣金甲，紫帶黃巾，後面的二十餘騎女兵，青衣銀甲，英姿綺健。所經之處，光彩四溢，成為敦煌城裡一道靚麗的風景。

文殊已過了女人最燦爛美麗的年華，歲月精萃成內在的魅力。在感情上她已到了波瀾不驚，見山不是山的境界。阿瓏有了令人稱羨的歸宿，坐鎮康家龐大的事業，姐妹冰釋前嫌，各自安好。她在太子宅長大，除了對于闐深厚的感情外，她對姑姑的養育之恩湧泉相報，從原太子經常往來於開封和于闐，她幫著陰太妃分擔起照顧小公主榮容和皇長子尉遲斯摩的責任，到了這個年紀，對孩子的耐心和疼愛更是油然而生。

靖兒跟著將軍阿爹到敦煌，以軍營為家，可惜他年紀太小，無法參軍。將軍鐵面無私，將兒子分配到馬場從低階幹起。

塵土喧囂的西校場，在一列箭靶之前，文殊勒馬駐足，指導一騎人影紅衣紫甲，綠帶藍巾，她來回疾馳，彎弓搭箭射向靶子，無一虛發，女兵們齊聲叫好。她結合歸義軍的百刀操和柴榮教的劍法設計了一套劍舞，從軍中精選百餘名二十出頭的男女，精練劍法。指導劍舞後，她到東校場訓練她最鍾情的馬球，清一色男子隊，個個意氣風發，生龍活虎。

小殊收了慕容靖進球隊，從球童開始做起，跟著訓練。

「我破例收你進球隊，你得怎麼報答本宮啊？」小殊嚴中帶詼笑道。

「師父，我叫您師父，行嗎？我要跟師父學打馬球，伺候您的座騎，洗馬，餵馬、照顧馬沒人能比過我。」靖兒雙眸閃爍著青春無敵，在身分尊貴、騎射武技高超的公主面前，突然搔頭撓耳的憨笑。

小殊觀察靖兒，憨厚於外，靈秀於內，目光沉穩，沒有少年的浮躁氣盛，在草原上長大，有著獵人伺機而動的能量和時刻專注的窺伺本能，這在球場和戰場上是個優勢。若上天賜予良機，他必是能成大器立大功之人。

靖兒身手敏捷，渾身蠻勁，生活的艱難更磨礪了他機敏的悟性，一經小殊的指點，竟然能揮桿如風，球球進場，不久即被擢升入球隊成為備用球員。

草原少年很快適應了軍旅紀律生活，但是和新阿爹卻一路磕磕絆絆。

歸義軍配給將軍的宅子不大不小，有庭院有花園有馬廄。慕容懷恩將在花園搭建了一個舒適營帳，提醒自己不忘家鄉草原，更重要的是作戰出兵，隨時適應行軍生活。除了隨身侍衛，婢女管家，養著上上下下十幾口。

靖兒喜歡和家鄉相似的大帳，一來便捨廂房住進營帳。

慕容將軍回到府中，見侍婢在營帳裡打掃清潔，厲聲訓斥，「你住在府中，得按家規，侍婢是伺候將軍的，不是伺候我兒子的。」

少年傻愣一剎，心中的怨氣頓時爆發，衝口而出，「你從來沒養過我一天，憑什麼管我？」說罷踏重腳步、用力開門離開營房。

懷恩啞口無言，眼睜睜的看著靖兒背他而去，未料兒子對他的怨竟如此深。

靖兒在街上晃了數個時辰，腦子冷靜下來，一肚子的委屈抵不過飢腸轆轆，他在公主府門口徘徊良久，被府裡的管事發現，給帶進府裡。在公主面前，喊了一聲師父便低頭不語。

有什麼事能逃過紅辣子的火眼金睛？她讓灶房準備了一大碗湯面，什麼也沒問，看著他狼吞虎咽地吃完後，便讓總管安排他休息。

「師父，您不問問我是怎麼回事？」他惴惴不安道。

「你想說自然會告訴我，不想讓我知道的我逼你也不會告訴我，誰叫我是你師父呢！」小殊臉上帶著一抹天塌下都不在乎的笑。

話音剛落，孩子的眼眶便紅了一圈。積壓多年的委屈，阿娘拋棄的傷痛，阿爹斥責的委屈，全在這一刻找到了出口，「我跟將軍來敦煌，是不想成為老爺奶奶的負擔，他們老了，繼承財產的是小叔，我留在他們身邊會造成麻煩。」少年的眼神透著創痛的痕跡。

小殊心中掠過陣陣不捨，沉默了一瞬，溫暖的目光凝視著孩子，「你告訴師父的事，我不會告訴別人，相信我，好嗎？」她輕輕拍他的肩膀，「今晚就住師父這兒吧，我派人通知你阿爹。」

面對著平遼公主和兒子，慕容將軍鐵青著臉，卻又不知該如何擺放這面皮子。一個血氣方剛的小伙子從天而降，令他不知所措，他知道如何帶兵操兵，卻不知如何做一個阿爹。居然把小殊牽扯進來，這幾年和小殊的關係忽明忽暗，時熱時冷，前進一步倒退兩步，自己曾決絕地傷了她的心，曾殘忍的拒絕她的告白，當下不知該如何安頓自己的尷尬和悔意。

無論成家與否，小殊對人生有一份難以言喻的激情，她的女兵團，她的馬球隊，她的于闐侄子侄女，她的公主府，賦予了她揚在臉上的自信，住在心底的良善，溶入血裡的英豪，刻進命裡的堅強。她生命中的兩個男人，靈魂伴侶輸羅，初戀情人懷恩，讓她活的無怨無悔，活的自在霸氣，因之她的凌厲淬煉出她的美麗，從內而外的光華，一縷縷晒進慕容將軍的心裡，慢慢疊加出重量，沉澱出分量。

興許是人與人之間的緣分，孩子對母愛的渴望激起了小殊的母性，小殊向慕容將軍提出，「靖兒打馬球有潛能，我想好好栽培他，我身邊也需要個侍衛，想留他在身邊當差。將軍意下如何？」

父子二人都不作聲。

「將軍可記得在高平之戰，趙匡胤的阿爹趙宏毅率援軍趕到，在城下叫人開門，老趙在城上說，父子不可不親，但深夜軍情不明，不能開門，他讓老子在城外露宿一夜，天亮才被允許進城。」

「嗯，趙將軍的嚴謹風格，才能鍛造出勇猛凌厲的軍隊。」慕容將軍道。

靖兒眼睛眨了一眨，鋼鐵般的軍旅生活令孩子心生嚮往。

「將軍和老趙領軍都有我皇兄柴榮的統帥風采，」小殊先拍一下馬屁，「那次，敵軍的統領劉仁贍幼子劉崇倫跑出城，被抓了回去，劉將軍毫不猶豫，忍痛下令將兒子處死，將其首級宣示全城，兵將痛哭流涕，之後他一病不起，在床上指揮作戰，連我皇兄都為他的忠貞剛烈感動，下令停止強攻。」

將軍明白她的用意，微思一瞬，盯著面露惶恐的靖兒，「你願意跟著師父嗎？」

靖兒目光從小殊慢慢移到將軍的臉上，不知該如何回答。

「將軍，你這麼嚴厲，別說孩子，連我看了都怕。」小殊半笑半嘲。

慕容將軍表情鬆了下來，努力擺出慈祥的模樣，卻看著滑稽不自然。

「你阿爹在軍隊裡帶兵，就是這副表情，不然怎麼管理部下？將軍就是要威嚴，懂嗎？」小殊瞟了將軍一眼，「他並非不喜歡你，只是沒做過爹；亦非對你兇巴巴，在軍隊裡他是老大，老大說話就是這樣，有時他對你師父也是這樣。」

慕容將軍穩坐如山，臉色卻是一陣青一陣紅的窘態。

小殊慈顏婉言勸道，「靖兒，你未曾和你阿爹相處過，彼此都要適應。你在師父這當差，包吃住有月餉，考核你三個月再說，師父也有條件，你得定時和你阿爹見面。」

還是少年心性，靖兒嘴角微揚，眼底浮出期待，「謝謝師父，我一定會努力的。」然後目光盯著地面低聲道，「我會去看他的。」

靖兒在公主府，被調教的有規有矩，清瘦的身板開始茁壯拔高，燦爛的笑容掃除了臉上的陰霾，微笑時和他阿爹一樣有個迷人酒窩，是個陽光開朗，意氣風發的美少年。

慕容將軍和靖兒出行狩獵野營，在男人粗曠的遊戲中，說著老家的話，大口吃著野味，喝著老酒培養父子感情。經過莫高窟，將軍往索家窟方向行去，半途停留片刻，卻不發一言地調頭返回，靖兒不明就理地跟在後面。

「沒事，本來要帶你去看個佛窟，以後再說吧！」他該如何告訴兒子索家的家史？一個在草原上馬群中長大的孩子，和昔日血緣的輝煌，骨肉相殘的真相有何牽連？既然他選擇放下過去，自我重生洗煉，是否就該斷捨的澈底，重新開創屬於自己的輝煌？

「唉，帶兵千百，卻搞不過一個臭小子。我怎麼覺得這個做爹的，和兒子溝通還不如妳？他只聽妳的，我說的話都是耳邊風。」慕容將軍醋溜溜道。

「誰叫我是他師父？」小殊似笑非笑。

「我看不完全是吧！」將軍瞇著眼，「有人好像也把他當兒子一樣？」露出意味深長的微笑。

小殊裝作沒聽懂他話裡的意思，輕輕嗯了一聲，撞上了將軍的深深的凝視，這些年過去了，她仍逃不過初戀情人眸中的魅力，迅速收回凌亂的眼神，藉口離去，將軍的眼神一直跟隨著她的背影。

她眉睫顫動，唇邊眼角是遮不住的少女春意。

「師父，」靖兒在人前尊稱她為該公主，私下稱她師父時，不免像孩子般撒嬌口吻，充滿探究的笑問，「我就是有點弄不明白，明明您喜歡他，而他也喜歡您，怎麼你們卻裝著不在乎？」

「他？你說誰來著？」小殊故意裝懵。

「我阿爹啊！」靖兒和將軍關係漸漸升溫，私下開始喊他阿爹。

「哪有？」小殊撇嘴。

「我年紀雖小，懂的沒師父多，可是一個人喜歡另一個人，我感覺的出來。你們大人就會裝。」

「好小子，竟會教訓你師父了！」小殊笑拍靖兒的頭，難以言喻的幸福自心底浮起。

＊

春天，崑崙聖山冰雪融化，潔淨雪水將綠白烏三色玉石刷沖入暴漲河中，于闐人放下農活，暫緩養蠶，邊唱著歌邊在沁涼的河中撈玉。

宋朝內憂外患不斷，銀庫八成用在軍費上，開支不堪負荷，為了平衡赤字，必須靠貿易來彌補空缺，除了茶鹽礬等民生必須物資，奢侈品乳香成了大宋財政的救命稻草，輸羅第一次出使時便看準了這供不應求的金脈，佈署多年的通路人脈，開始運作，經濟復甦，中斷一時的絲路貿易又開始活絡起來。

輸羅國王在戶部下加設了市易司、倉儲司和賦役司，任命三位皇弟主理，除了每日向他報告，並令他們直接和康秀華合作，從天竺、西亞、北非等地找到貨源可靠、價錢穩定的乳香，而對於康秀華經手的貿易，予以免稅的特權，建立一互信互利的關係網。

國王甚至親自授課，向戶部四司的負責人教授中原從宮廷權貴至市井百姓對乳香的需求和規格。大量商賈和四方珍寶穿梭于闐國，注入新鮮活力和無限商機，他和宰相重設稅收機制，嚴禁私販，讓國家稅收源源不絕，井然有序。

于闐進貢大宋的乳香三萬餘斤，約合市價四萬四千餘貫，回賜除了貢物折價，還有朝見和朝辭的賞賜、別賜和國王禮物，包括襲衣、金帶、銀器。輸羅國王將這筆貢賜貿易的帳，一一攤開說給保守頑固的左丞右相聽，其中許多是老國王的摯友伴當。

他先以多年的外交經驗說服老臣們，朝貢貿易不僅有豐厚精良的回賜，更可深入內地進行貿易。于闐向大宋進貢馬駝、和闐玉、琥珀、香藥、象牙、珊瑚、翡翠、木香等，換得現錢、絹帛、茶葉，再轉手到中亞、大秦等地。

宋遼雙方在東亞大地為了霸主地位較量多年，近年党項人在黃土高原興起，混亂中他看到了機會。

「于闐和党項、契丹並未接壤，對宋朝並無直接的戰略價值，但是我們可以創造自己的優勢。」輸羅滿懷熱情的向老臣們疏導「優勢」的概念，並巧妙地將附屬關係與時俱進，爭取政治援助，畢竟在西域無共主的情勢下，于闐需要一個靠山。

「大宋必會擔心于闐倒向党項，聯手圍宋，我們藉此機會提供高原和西域的軍事情報給宋朝，體現于闐的價值，換取深入民間如熙州，秦州買賣，爭取免稅優惠，雙贏互利，何嘗不為？」

朝官們漸漸認識輸羅國王，不僅馬上能騎射作戰，練兵鎮定從容，下馬能講經說法，理政運籌帷幄，還能以智盈利，對國王推行的新政支持實施。

農曆四月初一，于闐國迎來了禮佛狂歡大遊行。

于闐人將最珍貴的金葉子貼在佛寺佛像上，王城浮在一片燦燦金光之下。街道灑掃一新，城門高懸帷幕，張燈結彩。瞿摩大寺武僧們牽引象車在隊伍前，象車莊嚴神聖高三丈如巨塔般，緩緩而行，大象是于闐吉祥象徵，佛像矗立在象背的寶座上，以僧幡蓋頂，氣勢宏偉，場面壯觀，所到之處，萬人空巷，膜拜頂禮。

象車距城門百步時，國王摘下王冠王服，素衣赤足，手持華香邁著穩重的步伐走出城門迎接佛像，佛像入城時，王后嬪妃和宮女們在城樓拋撒鮮花，一片五彩繽紛，香氣瀰漫。佛像被請入瞿摩大寺後，一番典禮法事，提雲大師為皇后和王妃腹中皇胎祈福。坐在金碧輝煌的象車上，王后不時向群眾散花，國王手捻金花接受萬民的朝拜，沿街一路歡音樂舞，如佛國降臨人間。

從小在歸義軍長大的輸羅國王，慢慢省減各種文官上奏繁文縟節，將更多時間花在軍事訓練上，極其禮遇于闐軍事的兩大基石，左申武大將軍和右申武大將軍，取中原軍制之精，優化戰術，步兵班含括隊長和伙夫各一名，戰士十名，四名為手持橫刀的攻擊主力，左右對稱，各持大刀、橫刀、鎧甲和製作精良的弓弩。

輪羅推行「起—當—止」的近身武器姿勢，這個他在歸義軍中演練千百次的攻守招數，加上參與趙匡胤操練時體驗，發揮著實戰決鬥中熟練掌握的基本功，以聲東擊西，出其不意的佯攻出擊。[1]

「除了要有嫻熟的技術外，更要注意武器協同配合，讓兵器發揮最大殺傷力，你們十二個人是同生死，共同呼吸的結合體，作戰時，全靠分工合作，生死與共。」

他開始厲兵秣馬，積極進行各種準備，不僅下令在全國招募新兵，並下詔禮遇工匠，出戰時可有坐車的優惠，隨行打造兵器，功不可沒，並大量開設工坊訓練製作兵器的學徒。

入夜後的崑崙閣燈火通明，他和左右中武大將軍在沙盤上演繹各種變化無窮的陣形布置，令普凡和畫工製成圖形，反覆研究，樂此不彼。

比起乳香的厚利稅收，軍隊的精良訓練，更讓一班老臣們興奮的是皇后有了身孕，皇儲有望，喜事傳遍朝野，全國上下為之歡慶。不僅深得太后榮寵，身懷六甲的皇后臉龐更加圓潤亮麗，她上和太后，下恤僕婢，與嬪妃有禮有序，與國王人前溫言婉色，人後卿卿我我。輪羅終於活明白：敞開自己的心，老天的賞賜往往超出凡人的想像。

皇三子出生，名尉遲僧迦羅摩，昭告全國減稅免刑，舉國歡騰，寺院法會連連，各家各戶開放門前小佛塔，燈火不滅，供客僧商旅住宿餐食。

太后抱孫心切，心中開始勝算在握地策劃下一步：吐蕃聯盟。想起漸漸興旺的後宮，太后嘴邊揚起了一抹自滿笑意。

輸羅對與吐藩結親在心理上有天然的抵觸。吐藩縱橫青藏高原，占據河西地區和西域達百年，沙洲和于闐都被奴役多年，直到張議潮集結歸義軍才從吐藩手中收回失地。如今和侵略者結親，怎麼想都有點彆扭。

「皇上，當初你外公為了和周邊各族修好關係，娶了甘州回鶻英義可汗的女兒天公主，就是小殊的親奶奶，恢復歸義軍名號。後來為了安撫甘州回鶻，再把我妹妹嫁給英義可汗的孫子，這地位一下子從回鶻可汗的女婿成了岳父，還幫女婿登上了大位。」太后溫言相勸，「天底下哪有永遠的對立？」

他無言的同意母后的安排。他是君王，要維護他的國和子民，個人情感永遠是微不足道，做一個英明的君王，不能有柔軟的情感，也不能用情太深，否則他所坐的王位會容易被擊垮。他常提醒自己，這個肉身不過是暫時的，他的天職是護法，使命是護國，人生一回就是要圓滿這些任務，學習人生功課，若有辱使命，這一世不僅白來，下一世還要重來重修這些功課。

1 起—當—止：和拳術原理相似，分解三段為開始—稍微休息而轉變—繼續進行又歸靜止。（《萬曆十五年》，黃仁宇）

第二十四章　疏勒得象一

「開寶四年，其國（于闐）僧吉祥以其國王書來上，自言破疏勒國得象一，欲以為貢，詔許之。」

——《宋史・卷四百九十》

平靜的日子起了波瀾，蹂躪西北邊境的喀喇汗騎兵，紛至沓來；從疏勒傳來的求救者，接踵而至。于闐收留了成千上萬受迫害的佛教徒，輸羅國王發起了每一戶收留一家的庇護，並開放全國寺院開放接收難民。

提雲大師陪同國王和皇后親自巡視慰問難民，親見慘狀，流淚不止；受害者的控訴，對佛像寺廟的毀壞，傳遍大街小巷，人人為之義憤填膺。

寺院陸續收到難民從疏勒帶來的佛經、佛像等，逃難當頭，沒有忘記他們的精神寄託，駝車馬車上裝著生存所需物資外，便是視為珍寶的佛經。

娑摩若寺在《大唐西域記》即有記載，玄奘大師在西行取經路上，曾經駐足於此，今在此住持的是國師提雲大師。寺院有迴廊圍繞，置身於犍陀羅風格[1]壁畫和塑像之間，利於引導進入沉靜內省的精神境界。國王來此禮佛後，和提雲大師在迴廊裡漫步論事。

「這一波的毀壞，影響佛教在西域的存亡。」提雲眺望廊外的終年白皙的雪山頂峰，他的側面和身邊的塑像同一角度看去，高貴冷峻，「佛在西域立足千年，接下來的災難，世尊早有預言。」提雲眸中泛起一絲憂光。

國難法難當前，對此說法，國王面露疑色。

提雲緩步，「該來的還是會來，我們身處千年像法滅盡的前夕[2]，世尊預言，隨後的一萬年便是末法時期，人們只追求相、欲、物，詆毀佛法，邪說氾濫，修行之人越來越少，真理越來越著相，最後佛法被人遺忘，從世界上消失。」

輸羅靜靜的與大師對視良久，做一個毗沙門天王的後裔，他心中升起陣陣澎湃，「護法為朕之天職，豈能坐以待斃？」

他瞳孔中的火焰被點燃，即使為法殉身，也在所不惜。

兩人來到提雲的禪房，輸羅恭敬道，「先生，于闐國寺院百所，年輕力壯者多在寺院修行供佛。在天界尚有四大金剛護法，如今寺院臨敵，覆巢之下無完卵，我軍人力短缺，急需僧人身體力行護法衛國。」輸羅成功說動了提雲大師，提雲深知國王有權向寺院徵兵，不如趁勢為僧人爭取保障，返鄉後仍能重返寺院。

師徒二人心有共識，未雨綢繆，為保護佛經佛像，以于闐各大寺院為基地，收藏、編列佛經，制定了退守計畫，緊急時刻將佛經送往相對安全的敦煌予以維護。當晚，他寫信給負責太子宅外交的皇弟從連和祐定，交代他們著手和舅舅曹元忠商量護經計畫，在敦煌各大寺院開啟類似的編列工作。

國王向朝臣提出了御駕親征的龐大計畫，宰相大臣支持出戰喀喇汗，但是全體否決國王親自領兵，一旦受傷甚至陣亡，都是于闐的損失，老國王李聖天就是眼前的例子。

脣槍舌戰的辯論，輪羅篤定的眼神遮掩不住內心激情，「自古御駕親征者，先有唐太宗攻打突厥俘虜了頡利可汗，近有世宗親征北漢與契丹聯軍，高平之戰大捷。」

老宰相輔佐聖天國王四十年，德高望重，股肱耳目，毫不保留諫言道，「唐太宗開疆拓土，周世宗是亂世中靠打仗坐上皇帝位的！陛下剛登基不久，老臣建議，還是熟悉朝政、鞏固民心為先，發起戰事，非同小可，還是從長計議為妥。」

「此次朕親自掛帥，奪回被占據的疏勒，為日後安排做考量，戰場有大將軍帶隊上陣，且有高昌回鶻聯軍支持，朕信心足已。」他敘述了對付騎兵的戰術方案，新設計的陣式，將大唐安西步兵的作戰方式發揮到極致。

幾輪脣槍舌戰，輪羅意識到眾臣最擔心的是皇儲問題，王位的任何波動都將引起內部恐慌和外敵覬覦，敦煌的皇長子十二歲，嫡皇子尉遲僧迦羅摩不足三歲，任何閃失都會造成朝廷隱憂後宮紊亂。

輪羅國王對政治沒有過多的慾望，對塵世亦無太多眷戀，但是對保護他的子民和他的信仰，他必須扛起這面護國護法的大旗，「眾卿上奏的的褶子朕都慎重看過，爾等是擔心皇太子尚未冊立，朕便駕崩於沙場嗎？」

左右宰相毫不諱言，「尉遲家族一脈相承千年，不能一日無君。」

「朕已立皇嗣詔書密封於太後宮內。」

宰相向太后望去，見她微微頷首，她知道國王的個性，沒把握的事是不會輕而妄行，她即使不同意也拗不過他的牛脾氣，不如讓他一試。

*

高昌回鶻派出一萬精兵支援以于闐軍為主的佛軍，向疏勒出發。

「英勇的聯軍們，你們此時的心中必想：佛陀以慈悲為懷，不殺生不造業，但求此生行善為來世積德，如今三萬佛軍要上戰場，如何說的過去？我要告訴各位，我在寺院修行時，連螞蟻都不殺，如今，我們兄弟姐妹被人屠殺，寺廟被燒毀，佛像被侮辱，經書被燒毀，兄弟們，大德們，你們能夠讓敵人摧滅我們的精神世界嗎？」統帥如洪鐘般的聲音號召聯軍。

「不能！不能！」三萬聯軍怒吼聲貫徹雲霄。

「尊重眾生，愛好和平，當敵人攻擊時，我們勢必奮起抗爭，保護家人和我們的家園。勝則生，敗則死！你們願意坐以待斃，任人奴役征服，背棄佛祖嗎？」

「不願意！不願意！」

「殺！殺！殺！」之聲響徹雲霄。

公元九六九年，于闐聯軍大舉進攻，奇襲疏勒附近數座城鎮，大軍抵達疏勒城下，國王御營駐紮在城南一荒廢的寺院，派遣左右先鋒負責城北的巡城，在沙河上遇到喀喇汗的前哨軍，雙方立刻交戰，消息傳來，佛軍的主力部隊迅速趕往戰場助陣。于闐軍士氣旺盛，求戰心切，連國王都親自從二線親率禁衛軍趕到前線視察，在禁軍隊長極力勸阻下，留在高處俯瞰陣形是否有破口，就地指揮。

喀喇汗後援軍不斷增加，漫山遍野，塵土滾滾，人數超過五萬，輸羅看出敵軍的八大陣，每陣相隔百步，很容易擊破。

輸羅派眼力好的哨兵爬上高岩，眺望到不遠處有峽谷地。

「天佑我也！速速吩咐下去，將敵軍引誘到狹窄谷地山間，狹小空間裡騎兵就發揮不了衝殺作用，到時重步兵立刻圍剿。」輸羅向普方交代。

輸羅彷彿是天生的軍事天才，初上戰場，指揮若定，令身經百戰的左右中武大將軍刮目相看。他重新布置，將陣隊改為大小兩陣，兩位大將軍帶領大陣，以重步兵和弩兵為主，重裝列陣推進，壓縮敵軍空間。小陣由回鶻騎兵和機動步兵組成，從側面衝殺。

三日的猛攻，前來助陣的喀喇汗援軍，被人數較少的聯軍擊散，紛紛向北狂奔，縱橫大漠數十年的左中武大將軍，並沒有猛追逃兵，「恐怕會有埋伏襲擊，還是集中火力攻城。」

輸羅國王用砲石轟開城門，主力軍用重弩向城內射擊，熱血澎湃的于闐軍勇向前衝，喀喇汗軍在炮火連天的城內列陣巷戰，騎兵發起猛烈反擊，輸羅帶著主軍，堅守陣型，拔劍撥開敵軍射來的利箭，口中怒吼，「養兵千日，用兵一時，大家不要怕，向前衝！」

此時從南方刮起風沙，國王未露出一絲懼怯之意，豪氣地頂著風沙，冒著箭雨，帶頭衝向敵人主軍，麾下將士深受激勵，排山倒海地緊隨其後，嘶吼力拚。只要能破城而入，加上高昌騎兵的驍勇衝進，殺人如切瓜一般。

阿里阿爾斯蘭汗是喀喇汗王朝的王位繼承人，他沒想到這青年皇帝竟如此氣勢驚人，頓時亂了方寸，帶領少數禁軍逃往中亞，其寶物、妻子、大象都成了于闐軍的戰利品。城內哀鴻遍野，寺院滿目蒼夷，輸羅下令，「嚴禁掠劫，違者必誅！」

輸羅在疏勒扶植了一個佛教首領諾古特熱西提，一面安撫百姓，一面協助重建寺院，組織自衛軍隊，他告知熱西提，「阿爾斯蘭汗逃離，必會反攻。屆時必是大軍壓陣，短時間內必要團兵自衛！」

戰勝高昂的心情，稍縱即逝。他帶著侍衛軍在城裡巡查，天泣地嚎，死傷狼藉，徘徊在寺院的殘垣中。他脫下盔甲，角落就地打坐，為那些陣亡的英靈和孤魂默禱。父皇臨終的聲音迴盪耳邊：他們無邊無岸地朝這裡奔來。在高處，他見證到了那黑壓壓的一片，「這一次是八陣，下一次可能就是十六陣，二十陣。」

隨侍在側的普方問道，「看到敵人這麼多，陛下毫無懼色。」

「害怕？戰場上一絲一毫的害怕都會給敵人殺死你的機會，即使在很遠的地方，他們都能嗅到敵人害怕的氣息，想要踩著你的身體過去。」

「說起來真奇怪，我和敵人無怨無仇，可是見了他們就是要殺死對方，為什麼？」

「戰爭無關你我，若不抗爭，我們就被消滅，這就是阿修羅道。」

「人間地獄就是這樣嗎？」

「不，會比這個更可怕，普方，這只是個開端。」

＊

于闐，無數火把簇擁著歡迎凱旋而歸的國王，尉遲輸羅騎在粟色戰馬上安然夾道，他在宮門下馬，一口飲盡奉上的酒，將戰利品排擺在宮院，向太后稟報勝利的消息，大大的賞賜有功的兵將，隨後親自參加為兩千戰亡士兵所作的法事。

朝中老臣並不贊成賞賜的作法，財政超出預算，建議等年底再一并論功行賞。

「諸軍付出極大的辛勞，領到豐賞和撫卹，才能激勵軍心，鼓舞士氣。再立功再領賞，是人性潛規則，這點錢值得。眾卿，勿擔心財務來源，只要有精兵，裝備精良武器，吃好領賞，自然有戰鬥力強大的兵將。」

隨即詢問戶部人口清查結果：有戶九萬餘，人口近五十萬，數次戰事，損兵折將，男丁銳減。

「此戰非三五年即結束，需做長期準備，十年，二十年，三十年……」輸羅銳利的眼神掃向朝中老臣們，個個面色凝重，鴉雀無聲，句句重擊在心，「除了聯軍，我們自己要增加人口，包括從疏勒來的難民，得制定辦法讓他們參與生產勞動，從中徵兵。戰爭最寶貴的資源就是兵力和馬匹。你們的任務是為朕獎勵生育，招兵增軍。降低從軍年齡，年滿十五即可入伍，寺院裡的僧人也要徵召參軍。從今起，生育無論男女嬰孩，免稅十年，另制定獎勵方案呈給朕。銀子，朕自有辦法。」

一戰立威，戰捷迅速提高國王在朝廷的聲望和實力。他迫不及待地寫信向舅舅曹元忠報捷，並列出禮物石玉、純玉、玉石共六十斤半，良馬等。按照唐朝書信格式，在每一個字縫和重要地方都蓋上漢字印，並工整的寫了一個很大的「敕」字。

大宋開寶四年，公元九七一年，一頭大象出現在汴京宮廷門庭外，護送貢品的于闐僧人吉祥準備的音樂響起，這頭龐然大物便隨著節奏跳起舞來，不僅令廷官百姓嘖嘖稱奇，趙匡胤更是龍顏大悅。

「啟稟皇上，這頭會跳舞的大象，是輸羅國王在疏勒大捷的戰利品，望能得皇上一笑！」曹文殊慎重施禮，這是她第四次見趙匡胤，每一次都像是見大哥一般，並無一般人見天子的謹小慎微。

「嗯！朕開了眼界，長了見識！愛卿平身，賜坐！」趙匡胤莊重又親切，數年不見，頭髮蒼白許多。趙匡胤含笑看著當年的嬌蠻公主，歲月的光華削去了年少的鋒芒，經過世事沉澱更顯穩重睿智，風韻動人。

「宋軍攻克廣東，滅南漢，大象在于闐天竺乃吉祥之物，僅此祝賀大宋早日收復南唐，相信不久便能一統中原。」文殊英氣勃發的祝賀皇上。

「于闐國王再次托臣女向皇上感謝大宋予以的精神支持。」她淡淡地提了一百五十七名僧團之事，之後交換了一些練兵和劍陣的心得，以及戰事發展的時事。

「皇上，于闐的處境異常嚴峻，贏了兩場戰役，于闐財力物力人力皆不及喀喇汗王朝，曠日持久，耗損過度，優勢必不能長久。從中亞、大食來的騎兵將會陸續集結，騎兵東西連亙兩千哩，十倍之數排山倒海，西域聯軍怎麼也頂不住，西域大門一開，河西不保，對中原也是危險啊！」

趙匡胤帶笑的臉色漸漸沉下來。

文殊帶著哭腔，從腰帶取出一金牌，「皇上，這是先帝世宗賜此金牌給臣女，如今冒著大不畏，懇請看在亡兄的份上，對于闐給予軍事援助！」說罷雙膝落地，情理並茂，「如今喀喇汗正值東西分裂交叉點，是聯軍反擊的黃金時機，」文殊心中盤算宋軍有三十多萬，「不要多，只要能出兵七萬……不，只要五萬精兵，便能助于闐一鼓作氣將喀喇汗趕出西域。」文殊全身伏地不起。

朝臣眾議紛紛，嘆息聲、譴責聲交錯一片。

趙匡胤逾越君臣之禮，步下龍座，親自扶起文殊，牽動嘴角卻說不出他心中的無奈，轉頭向趙普道，「公主長途跋涉，想必累了，送公主回官邸，招待至白礬樓聽書看戲享珍饈。」

平遼公主被禁衛軍請出大殿，再也無緣於大宋。

開寶七年，公元九六四年，曹元忠壽終正寢，次年翟大娘子仙逝。敦煌在他三十年的勤政下，安然度過了最後的黃金時代。文殊的長房大堂兄曹延恭繼任敦煌節度使，按照輩分和繼位排名，下一任便輪到二房的曹文殊，無奈敦煌傳承是傳子不傳女，她在歸義軍中的地位和影響力有目共睹，是歸義軍心中的公主。

*

漂浮成群的玉石，映在晴空，將天色染成翡翠般的閃亮。

公元九七六年，宋朝僧團從天竺經過于闐返回開封，行勤、繼業等一百五十七名僧人在天竺求法整整十年，帶回了梵文貝葉經和佛舍利。輸羅國王在熱瓦可佛寺舉辦一場隆重的法會，請行勤僧侶開示，並賞賜豐厚的供養，派遣軍隊一路護衛至敦煌，托僧團向宋朝皇帝趙匡胤進貢豐厚的供養和貢品珠玉、琥珀、木香等，親自交代為他帶上真切的問候口信。

曹延恭在位兩年後卸任節度使，曹延祿繼位，他不僅是于闐曹太后的侄子，也是輸羅國王的小舅子。輸羅的妹妹從蓮公主十年前便嫁給了曹延祿，在敦煌勤做佛事，開窟造像，和太子宅的從連親上加親，關係密不可分。

*

天邊的雷聲，轟轟隆隆響徹雲霄，國王和大將軍們辯論排陣法越越熱烈，瞬間驟停，同時凝視牆上的地形圖，眾人摒息豎耳傾聽，普方警惕的手按在刀柄上。城牆上的哨兵搖紅旗，傳令回營，「大軍進犯！戒備！戒備！」

「前天從康秀華得到的訊息，喀喇汗在西邊與薩曼王朝大軍糾纏不已，怎會有餘力東犯？莫非有詐？」

大將軍披盔戴加出營指揮，下令保護國王，兩人站在碉堡上，十哩天外飛沙揚礫，轟雷震耳，如臨大敵，大將軍踱步城牆，士氣盎然，氣氛肅然，弓箭手排列備戰守城，箭頭上綁了油脂硫磺，待命點燃後以弓射出。

半個時辰後，塵沙漫天中，見一紅底「曹」旌旗飄揚，他熟悉的不能再熟悉的歸義軍旗。輪羅心臟突地一下，令大將軍停手，他直視前方，雙唇緊閉，眸中閃過一道銳利的亮光，他最堅強的後盾如期而至！

曹文殊向大宋求援屢屢受挫，向堂兄曹延恭請纓出戰，領精兵兩千，與慕容懷恩在大關山會和，率領徵召的騎兵，由慕容金全為首的兩千吐谷渾悍兵，護送三千精良青海戰馬加入盟軍。

「見到你們，真好！」輪羅策馬相迎，語音平穩，慕容將軍聽出老友的真摯，向國王舉劍行軍禮。歸義軍旁邊較小的紫黃相間的「殊」字旗，在空中婀娜颯爽的搖曳。隊長一聲清脆令下，蹄聲劃一，百名青春煥發、紫帶黃巾的女兵齊刷刷地來到跟前，揚鞭喝令，分列四行，亮出利劍整齊一致揮舞，輝閃奪目，手中持劍伏在馬背上向輪羅國王致覲見禮。

國王見文殊穩坐馬上，自信的微笑，在她身上，平遼公主不見了，英姿颯爽也不見了，只有一個敞亮的生命向世界綻放激情，綻放地既率真又酣暢。這個綻放既不是她的頭銜地位，亦非她的個性容顏，而是一個包括了對于闐無私的大愛，對兵將無畏的擔當，看到這光芒的人都為之動容。

遠處煙塵瀰漫，駿馬仍在集結，慕容金全豪氣粗曠地策馬上前覲見，與文殊分立兩側，慕容懷恩全副武裝雄赳氣昂地驅馬闊步到中間，面對久違的輪羅，四目相接，情深義重的兄弟，肝膽相照的君臣，出生入死的戰友，全在不言中。

相隔五載，當年神采飛揚、青春無敵的東宮少年，如今濃眉下多了一分強悍深沉，皺紋爬上眼角唇側，腮幫鬍鬚修淨整齊，倍增風采，神色間的從容自信多了一分君王的淩厲。

文殊帶來敦煌親人的口信問候，陰貴妃親手縫製的內袍，榮容用鳴沙山沙子製作的沙畫，石博士為皇長子畫的畫像，道家常般說了舅家和孩子們的近況，也帶來趙匡胤駕崩的消息：他與弟弟趙光義飲酒，次日早晨竟然暴斃宮中，不久趙光義登基繼位，為大宋第二任皇帝。

輪羅關心問起柴家後代的現況。

「趙匡胤登基時，力排眾議立誓詔告廷輔：若柴氏子孫有罪，不得加刑，縱犯謀逆，止於獄中賜盡，不得市曹刑戮，亦不得連坐支屬。並對宋家後人下了嚴訓：子孫有違背此誓者，天必殺之。想必趙光義不至於明目張膽追殺柴氏孤兒，趙大哥真是個寬容宅厚之人，自己活，也讓別人活。」文殊說起老友，諸多不捨。

趙匡胤的猝逝像是個謎，卻又不便當眾議論，眾人分別說了一番惋惜追念的話。

「宋朝有雄厚的財力資源，有才華橫溢的文人，可是缺少傑出的軍事將領。」輪羅說道。

「我覺得老趙就是有恐遼症！」文殊暢言，「是個將才，是個好人，可惜崇文輕武，這也不能怪他，地方勢力太大，不得不削軍集權中央完成統一。唉！少了一個和我抬槓的人，還挺想念他的！」

「宋軍一直在北方游牧民族的陰影中，歸根究底就是一個戰無良馬，無險可守，攻無騎兵，處處受游牧騎兵的牽制。問題出在派文官打仗，這如何打？宋兵機動性差，軍心渙散，和契丹、党項人對壘，一對十就是被追著挨打！」懷恩道。

「其實不完全是宋軍弱，大宋王朝強幹弱枝，將領出戰卻無調兵之權，游牧民族變得太強大所致。」

輸羅平日維持著喜怒不形於色，莊嚴威儀，尊貴儒雅的神態，在摯友面前，他難得的放鬆，國王臉上竟有一分少年人的淘氣頑皮，神采飛揚，和老友慨慨而談。

三人不謀而合達到共識：「看來我們還是要靠自己！」

「多虧慕容大汗為聯軍養馬，增加我軍實力。」輸羅國王舉杯敬慕容將軍和慕容金全。懷恩大碗酒一飲而盡，將軍風骨，錚錚若鐵。羌笛聲起，故人相聚，彷彿回到敦煌的胡姬酒肆，大口喝酒，大口吃肉。

「報告公主，您讓伙夫長做的饊子好了，還有蜜汁！」一明目朗星的少年端進一香蜜蜜油茲茲的饊子。

輸羅目光在少年身上停留一瞬間，似曾相識之感。

「靖兒，過來參見陛下。」慕容懷恩對少年道。

輸羅的目光來回在將軍和孩子間，似是看出了某些端倪。

「慕容靖參見陛下！」少年右手撫胸行草原禮。

輪羅臉上浮起一抹笑意，「當年我們從汴京回家路上和大汗會面時，那個和我們在馬上縱躍的孩子，靖兒？」

「他是我徒弟，將軍失散多年的兒子！」文殊幫木訥尷尬的將軍解圍。

國王噢地一聲，朝懷恩看去，心裡多少有了數，似笑非笑點頭，故作吃驚狀，「你可得有多大的本事做公主的跟班？我可是從小被她欺負長大的……」

「陛下，公主對我可好，帶我去滑沙呢！」靖兒雙眸露笑，語中親切。

「這小子聰明，知道師父疼他，也懂得討師父歡心，」慕容懷恩酸溜溜嘆道，眼中卻盈著暖意，「就是對他老子像是欠幾輩子的債一樣。」

國王溫暖的眼神在慕容靖身上停留一會兒，「我們相遇時，你差不多就是這年紀。不大不小，在馬上靈活像隻猴……」

「猴兒？」懷恩嗔目，「我還以為你仰慕我騎術高超，原來像隻猴兒？罰一碗！」

「你給自己斟上一小碗，該敬敬公主。」輪羅笑道，「跟在她身邊學不少事，我告訴你個秘訣，要是你不小心惹她生氣了，就……」示意靖兒近身，「趕快求饒！」

高昌的舞孃，龜茲的樂師，在氣氛高漲的宮闕為少時摯友歡慶，戰鼓聲中成為最堅固的後盾。平生知心者，屈指能幾人？喝到歡處，令普方拿出他畫製作的陣法圖形，圍圖研究，「慕容將軍，大汗，你們看我設計的陣法，讓你來攻，何從下手？」

當慕容將軍找到攻破口，國王立刻召左右申武大將軍入宮，眾人移入崑崙閣重新推沙布陣，慷慨激昂的情緒，飄然乍現的靈感，剛硬彪悍的鬥志。

無論是香艷醉人的酒肆亦或金黃琉璃的皇宮，紅顏知己，莫逆之交相聚，大家喝的醉意盎然，縱情歡唱，集思廣益。誰又能知下一次相聚何年何月？

五更剛過，輪羅已在殿中的禪堂打坐完畢，匆匆用完簡單的粟米粥配奶酪，便到沙盤上作功課。普方和禁衛軍在十尺外守候，無人敢打擾國王最重視的獨自思考的時間。

曙光冉冉衝破天邊的雲色，由墨青轉為淡紫，天色被染成鵝黃。一個風姿楚楚的倩影移近沙盤，坐在盤邊的木椿上，靜靜地看著輪羅深深沉浸在不斷變化的沙型。

「妳來啦！」輪羅沒有抬頭，他知道，除了文殊，無人有闊步走進他禁區的自信和自在，也沒有人能耐心地盯著他舉耙在沙上推，即使她從來沒看懂。

推完一盤，他手靠著長耙，面對金色朝陽，微閉眼感受晨曦的暖意。文殊起身拿起耙子咻地一聲，把輪羅的圖形全打散，「昨天和皇后小聚，她告訴我月奴的近況……」

平日莊肅的輪羅露出年少時和伴當嬉鬧時才有的嗤笑，「還好妳沒嫁到高昌，不然我又降一級，得稱呼妳岳母大人了！」

文殊噙著笑但眸中卻毫無笑意，這些年來，從曹李兩家人耳語碎口中，她聽到結親換人之事，不是表面上看起這麼簡單，加上自己的判斷，和陰家的種種牽連，心中有數十之八九，現在這感動強烈地上升為一種震撼般的感覺。她抬眸看著輪羅，「我……」她該感激他的無私，感恩他的仗義，為他的犧牲惋惜，還是問他何以為之？輪羅對她的情意，是她心中最珍貴之處，鼻尖一酸，欲言又止，諸多情緒層層浮現面上。

輪羅睜開雙眼，凝視著文殊，他知道她心之所思，卻無從說起，他對她的那分感情，他對她一切的一切，都昇華成最純的能量。

文殊掙扎一瞬，回望他眸中的澄澈。輪羅定定看了會兒小殊，此時只有安靜的笑意，「陪我練一會兒劍吧！」

慕容懷恩和左右武大將軍依約在申時和國王練劍，見兩人專注的比劃使招，均止步於普方身邊，安靜地，遠遠地凝望，誰也不想打擾這摯友的對流。

---

1 犍陀羅藝術，源自印度西北部、阿富汗附近，特殊地理位置和人文環境融合了印度、希臘、羅馬、伊朗的美學風格和技巧。

2 佛教的正像末法之說，各家有別。最早起於南岳慧思（公元五一五至五七七年）的《立願誓文》。亦有正法五百年，像法千年，來自《摩何摩耶經》，末法萬年之說，可能來自《大悲經》。世尊曾說過佛法將經歷三個時期，見過他、聽過他的教誨，都會毫不猶豫的接受並修成正果，佛陀涅槃時的五百年為正法時期。接下來的一千年是像法時期，見證過的人都不在了，佛法成了傳奇，漸漸不再奉為真理，只熱衷在建寺廟，做法事上，離真道越來越遠。

第二十五章　英吉沙之戰

凜凜嚴寒、漫漫肅氣盤旋在綠洲邊緣，來自高昌回鶻的沙漠騎兵和拉薩吐蕃的高原戰士，陸陸續續進駐于闐國。千百營帳圍著綠洲，白日煙土瀰漫，夜晚火炬通明。慕容金全繳上馬冊給輸羅國王，兩千彪悍尚武的壯士報到入列。整個于闐進入馴馬，練兵，備資的集訓。

數百個寺院帶動民間開始了勞軍敬軍的活動，不曾間斷的焚香、誦經、拜懺，流水供養的茶飲、饃餅、鮮果、米粥。靦腆美麗的于闐姑娘們，被年輕力壯、粗爽豪邁的騎士們傾慕的眼神看得受寵若驚，閉月羞花。小酒館偶爾傳來浪漫的歌聲，令人陶醉。

康秀華從撒馬爾罕回來，帶來最新的情報，「阿里．阿爾斯蘭汗剛繼位，新舊勢力交接之時，必有縫隙可乘虛而入。在下還聽說布哈拉、撒馬爾罕等地大量的鐵匠被軍隊徵召。」

「製作兵器需要工匠，想必喀喇汗是有所移動。」右申武大將軍聲音沉緩，走至一羊皮地圖前，「喀喇汗目前面臨兩個劣勢，一是國土東西狹長，顧東邊就管不了西，騎兵來回奔波也要十幾天。」

「所言甚是，加上他們和薩曼王朝宿怨百年，薩曼王朝侵占首都布哈拉，喀喇汗無奈遷都疏勒，幾代大汗誓師西進收復失地。」左申武大將軍說道。

國王和文殊、君兒交換了眼神，當年柴榮迫不及待收復燕雲十六州，一樣的迫不及待地心理，三人默契十足認同是進攻的好時機。

康秀華在旁琢磨良久，語中甚憂，「重要的是時機！若喀喇汗將布哈拉、花剌子模、撒馬爾罕等拿下，便有廣大的腹地提供糧倉戰馬，擁有更多的兵力，那時便是強敵，不可小覷。」

眾人靜默片刻，面對的日益強大的敵軍，無不感到生存的壓力。

右申武大將軍道，「所以要越早打擊對我們越有利。我方的優勢是巍峨的崑崙山，氣候多變，聯軍裡的吐蕃，吐谷渾，都是高原戰士，誘敵到崑崙山脈險峻之處，在他們地形不熟之下，我方足一網打盡以殲滅之。」

不出所料，傳來消息，喀喇汗大軍捲土重來奪回疏勒，佛教總頭諾古特熱西提被斬首示眾，教徒屍積如山，血流成河。難民捧著諾古特熱西提的頭顱到于闐，遍地哀鴻處處聞，民憤沸騰到極點，戰爭的怒吼聲聲咆哮。

輸羅帶著聯軍兵將到崑崙山老林狩獵，這是歷年來上戰場前的儀式，結合軍心，鍛煉戰術，激勵默契。夜晚，共同吃著獵取的羚羊野豬，唱著歸去來兮的豪壯，盼著鐵馬金戈的出襲。

吐谷渾沌騎士呼嘯在獵場上，對獵物窮追不捨的堅毅，歷代以擄劫剽奪為生，每一次策馬揚鞭的豪情都是他們生命的狂歡。

「看到吐谷渾騎士嗜血磨牙的激慨嗎?」輪羅對左右大將軍道，「你看到他們眼中的殺氣騰騰嗎?這才是上戰場時該有的狠戾之氣，我們的敵人會比吐谷渾游掠擄獲的氣勢更凶狠!」

慕容懷恩將軍集結百名身著厚重護甲騎兵，覲見輪羅，「陛下，『金剛鐵騎』的使命是保護統帥的安危，無時無刻用生命保護陛下，絕對服從陛下，只聽陛下指揮，在有關鍵時刻出襲任務。」

慕容將軍祕密訓練這支鐵騎隊，靈活精斂、快速機動、戰鬥力強，取吐谷渾游牧戰士強悍驍銳之最，歸義軍中百里挑一，為精銳中之精銳，突襲主師、決勝兵團。他們裝備精良，軍紀嚴明，身著昂貴扎鎧，每個相連的鐵環由鉚釘加固，千片鐵片層疊加緊，抵抗砍劈刺。所配備的優良戰馬也裝備馬鎧，長矛、弓箭等冷兵器。

輪羅點頭，眸光發亮，揚聲道，「金剛者，護世四天王，護法天神。不見其容，也容，不聞其聲，但覺忠誠之心，自此我們生死與共，榮辱共享。金剛鐵騎聽命，不滅喀喇汗，誓不復返!」長槍鏗鏘擊地鐵騎低沉咆哮，震撼寰宇。

「報告統帥，佛教聯軍三萬集結完畢!」于闐大將軍以萬夫難敵之氣勢面陳輪羅國王。

聯軍統帥尉遲輪羅傳令擊鼓，開始出發儀式。

「來自高昌、敦煌和吐蕃的聯軍們，諸君不認識我，我也不認識諸君，今日，我們的命運早已綁在一起!」

輪羅眼神氣吞山河，「第一杯酒祭佛軍大旗……第二杯酒祭四大戰神……第三杯酒祭天神地靈……戰場之上，刀槍無眼，不滅敵人，就被征服，兄弟們，拿起長槍利劍，刺進敵人胸膛！」

此時，太后出現在宮殿前階梯頂，一身紅綢金緞的太后，高貴莊嚴，全體肅然舉目，她邁著穩健步伐走到輸羅國王的面前，高昂之聲迴盪天地，「勇敢的佛教聯軍們，你們每一位都是阿娘兒，孩子爹，妻子郎。自開天闢地以來，沒有一個皇室，沒有一個國家像于闐延綿不斷一千年，尉遲家族的天職是守護于闐王國，哀家夫君已光榮地為于闐鞠躬盡瘁，今天，哀家把兒子託付在你們手中，他和你們一樣，孩子爹妻子郎，你們要齊心齊力支持他，就像他對天發誓，對佛發願，一心一意保護你們和家人！你們一定要平安回來，要勝利歸來！」

有人潸然淚下，有人慷慨激昂，千槍萬盔，怒轟天地！

「殺！殺！殺！」勇兵吶喊穿雲裂石，鼓聲大作震天撼地。

「踏在敵人的屍體上，才能生存！」大將軍對全軍激勵。

「全體于闐軍，回鶻軍、吐蕃軍，歸義軍，聽我命令，向疏勒進發！」

鼓聲大作，馬蹄如雨的奔騰，吶喊如雷的轟動，熱血如注的沸騰。

尉遲輸羅目光投向太后和皇后一一告別，策馬揚鞭，領著旌旗蔽日的千軍萬馬、劍戟戳天的鐵騎勁旅，跋扈直衝，一路高歌，溢著難以名狀的悲壯氣氛。

英吉沙[1]，喀喇汗和于闐的分界點。炎熱乾燥，狂風肆虐，飛砂走石，那氣勢似要把整個自然消滅在它的淫威之下，兇猛地掃過荒地之後，安靜地讓人足以窒息。

喀喇汗王朝正舉兵進攻中亞的布拉哈，阿里阿斯蘭汗得知于闐軍第三次興兵而來，為了復仇，憤然揮師南下。兩軍對壘於英吉沙，和越戰越精的佛教大軍接陣。

驍勇善戰的阿里阿斯蘭汗也非浪得虛名，他在中亞和薩曼王朝的廝殺中登上大汗寶座，此次和輸羅第二次交鋒，正是棋逢對手。

輸羅和左右申武大將軍站在高地往下望去，喀喇汗騎兵黑壓壓一片，遠方滾滾煙塵，「判斷不止四萬大軍。」

「喀喇汗人馬具裝的鐵甲騎兵和輕裝弓騎兵，雖然靈活機動，但在攻堅戰中用處有限。」慕容將軍道。

右申武大將軍派兩隊騎兵登高處，在敵軍看得到的地方，雙手持火炬，往來衝突，揚塵蔽空，無數火光在黑夜跳動閃耀，「越多越猛越好，讓敵軍弄不清我們的人數。」

每日清晨，曹文殊的劍隊在陣前操演劍舞陣，殺氣騰騰，激勵軍心。

男女各百人，在陣前凌空騰劍，寶劍左右互換八次，抛出無數劍花後優雅精準落地，兩百人整齊列陣，騎舞青鋒，劍氣瀰漫，殺聲吶喊，不僅振奮聯軍軍心，霎時在氣勢上就把敵人的壓下去。每隔兩個時辰操演一陣，喀喇汗前哨軍在百尺的距離，「他們從來沒看過這種陣勢，你們給本公主大聲的喊，喊到敵軍聞風喪膽！」

于闐軍是以步兵為主的安西軍部隊，「只要在野戰中保持縝密隊形，就可以頂住騎兵的瘋狂進攻。」輪羅用樹枝在地上沙堆勾勒出戰陣，「我軍以步兵為主力圍攻，將鴛鴦陣的武器和人力發揮到最大化。回鶻騎兵從外圍包抄，抵消喀喇汗騎兵的攻勢，吐蕃騎兵在圍攻戰中擔任外圍警戒任務。」

晚上，輪羅在營帳中打坐，理清思緒，集中注意力。

「戰場就是人間地獄，領兵的人，首要愛惜士兵生命，無論看到什麼，都要練到心如止水，哪怕千萬人在你面前倒下，也要保持鎮靜，下達準確的命令，收起你的慈悲心，這樣才能保護我們的家園，不做亡國奴。」提雲大師出發前與之對話話浮現腦海。

下坐後，立刻召見文殊，「平遼公主聽令，帶歸義軍兩千突襲疏勒，火力攻城。」

「將城裡僧侶、老弱婦孺護送到于闐，」輪羅遞過旨令，「我朝會安頓他們，再者，將殘留的佛經、佛像全部運送到于闐，寺院集中管理，不得有誤。」

左申武大將軍和國王眼神交會，明顯的是放棄疏勒，背水一戰，「此時喀喇汗在城內兵力較弱，宜攻占，我軍無多餘兵力駐紮在疏勒，與其留下百姓任之宰割，不如先保住他們性命，將來再返鄉重建。」

「切勿留下鐵匠和作坊，糧草輜重全帶走或毀滅。」

文殊在帳口告別，眼神掃過輪羅和慕容懷恩，瀟灑笑道，「我們酒肆見！」

慕容將軍眸色深長地回望文殊，對她身邊的靖兒道，「慕容靖，好好保護公主，不得有閃失。」

「遵命！」慕容靖如獲大令抱拳作揖。

天色未亮，曹文殊帶領歸義悄無聲息的往城裡出發，埋伏在沙丘後，待入夜，用油脂和硫磺綁在箭頭上，點燃後用弓射出。用登雲梯，擂城門等擊破城門，困在城裡抗暴佛教自衛隊聞聲裡應外合，十幾輪猛烈的火攻，城內火海一片，在鼓鈸鐘磬聲中，將歸義軍的大旗插在疏勒城頭。

歸義軍迅速的控制城內，城裡一些老人抗拒不願離開家園，「喀喇汗軍隊已經大軍壓陣，不走，就是被屠城的命運，死路一條！佛寺被燒了，我們可以再建，只要留一條命，到于闐重整，將來跟著輸羅國王再打回來。」

文殊激情的勸說，終於說動了眾人，立刻組織逃亡隊伍，朝于闐前進。

數十隻禿鷲在空中盤旋，嗜血飢渴的早遠便嗅到了戰爭的血腥味，在對峙兩軍的血管中爆發激流。

中央陣線以于闐軍與歸義軍組成，五十人為一隊的步兵，以營為單位，組成多個楔形陣，構成了前後兩線布置。回鶻騎兵鎮守步兵陣線的兩翼，吐蕃騎馬步兵則用於加強步兵陣線。輸羅在中央陣線核心，慕容將軍在前，左右申武大將軍分列左右，等著統帥的一聲令下。

第一回合，雙方的輕騎兵直接開弓，在你來我往的劍雨中耗盡了大部分箭矢。

第二回合，喀喇汗的步兵發起進攻，一波接一波地前仆後繼，裝備簡陋組織散亂，很快的就在于闐步兵的楔形型陣模式下被殲滅。

慕容將軍立刻看出其中詭詐端倪，「敵方送來奴隸充當炮灰，消耗我軍的體力和武器。」下達命令戒備，話音剛落，第二波奴隸衝上，一番廝殺，橫屍遍野。

第三回合，于闐主力軍尚未喘停氣定，喀喇汗派遣游牧部落的輕裝騎射手包抄于闐軍周圍。

「有詐！」慕容懷恩指揮，「他們反覆不停的是要消耗我軍精力和武器，看準了再放箭。」誓死如歸的志願騎兵，排山倒海般地從中路殺出，衝散了于闐步兵陣線。與此同時，輪羅在高地瞭望到排列在兩翼的重騎兵隊，迅速以剪刀狀的陣型包抄于闐軍，立刻下令火攻。

「開火！射箭開火！」右申武大將軍下令，灼熱火球在空中奔射，煙硝散後，滿地血肉橫陳，連續火箭瞄準重騎兵，未料志願軍向火海奔去，迎著刀尖衝鋒，一時人仰馬翻。然而出其不意的新的一波重騎兵，衝出火海，喀喇汗騎兵頂著于闐步兵射出的弓弩火力，直搗核心。

蠢蠢欲動的吐蕃後衛預備隊，接到慕容將軍發出的命令，以嗜血磨牙的狠勁衝進應接不暇的步兵陣營，將措手不及的喀喇汗騎兵趕出佛軍主線。喀喇汗騎兵落荒而逃，撤回重組。

笛聲溫戚，卻有金戈之聲。

右翼傳回鶻騎兵死傷兩千，「敵軍的古拉姆重騎兵是他們的精華，裝備齊全，攻勢猛烈。」右申武大將軍分析，「我軍騎兵以游牧戰術為主，殺了就搶，搶了就跑可發揮機動性，但盔甲和武器都不堪一擊。」

「日後我們要徵更多鐵匠隨行，才能供給的上武器。」輪羅冷靜道，兩位將軍點頭同意。

大將軍們陪同輪羅在營區裡巡視，探視傷亡。「康秀華說的沒錯，喀喇汗大軍從薩馬爾罕、布拉哈、但羅斯的作坊內，獲得質量更高的盔甲與武器，他們的兵器是的確精良許多，我們要帶回一些敵軍武器，研究一下。」

巡視途中，見慕容靖風塵僕僕的走進營區。

「你……怎麼回來了？」輸羅心中一咯噔，隨即問道，「公主呢？」

「報告統帥，我軍攻城勝利，疏勒在佛軍控制下，公主已開始疏散百姓往于闐方向，她嫌我當跟屁蟲，派我回來做陛下的跟班，保護陛下。」慕容靖臉上滿臉灰塵，雙目發光。

輸羅未語，他已近至不惑之年，感覺到體力不如從前，而靖兒來回百里，尚未見疲態，麗日中天，年輕戰士在體力精力上的確有優勢，眼中對少年微露欣賞之色。

「啟稟陛下，靖兒歸途中發現敵軍中有些穿著奇特的人，和主騎兵的軍服不同。」慕容靖機敏觀察。

慕容將軍道，「敵軍出現越來越多的步兵，從他們的武器看來，是來自中亞的，很有可能是他們俘虜的敵軍，或者是傭兵，也更有可能是加盟他們的狂熱志願軍。他們的波斯馬也相當優良耐戰，在交戰中一大優勢。」

「一旦他們增加步兵，人數越來越多，我軍優勢即將迅速喪失，人海戰非我勢。」

四周黑暗中，輸羅雙眸猶如烈火，他認清了面對的敵人，「伊斯蘭志願軍以戰死為榮，以投降為恥，置生死於度外的決心，比他們的武器、戰馬和人數更能左右勝負！」他決心一鼓作氣將咯喇汗趕出西域，永絕後患，摧枯拉朽的意志氣勢在軍兵卒中燃燒著。

靖兒在戰場上仍未完全褪去男孩玩耍頑皮的天性，他和一名年輕騎兵趴在地上，將耳朵貼在沙礫上。靖兒用石塊挖了個小坑，往坑裡撒尿，再貼耳聆聽。兩人賽跑上岩台，「報告，我聽到的是距離百里，他聽到的是不超過一天。」

將軍們在制高點的石岩上觀敵，遠方山頭飄來飛灰揚煙，「不是沙塵暴！看來喀喇汗的後援往這裡不到一日的路程。」

「殺人是什麼感覺？」靖兒低聲問身旁的慕容將軍，眼神滿布疑惑。

慕容將軍把手放在兒子肩上，「不要怕，只要你夠勇敢，箭都刺穿不了你，哪怕一瞬間的恐懼，敵人就會找到你。戰場上只有勝負，沒有無辜的人，只有勝者才能站著。」

此時佛軍步兵已筋疲力竭，傷亡慘重；騎兵武器折損不堪，必須在更多敵軍到來之前以騎制騎，才能守住最後的防線。

調兵遣將在一念之間，國王和諸位將軍商量後當機立斷，「慕容將軍接令，率金剛鐵騎軍攔截敵軍後援，右申武大將軍精選五名對地形熟悉之人做嚮導。以寡擊眾，以騎制騎，燒毀敵軍的糧草輜重！」

喀喇汗步兵精於弓射，進攻前射箭，進攻中射箭，敵人逃跑時仍然射箭，為了掩護騎兵前進，使用密集火力壓制對面于闐步兵的攻擊，雙方戰力達到白熱化，硝煙四起，殺聲震耳。

輪羅向佛軍喊話，「拿起長槍利劍，刺進敵人胸膛。拿下阿里阿蘭斯汗者，賞黃金千兩！」佛軍群情振奮，鬥志昂揚。

連續數日的拉鋸戰，時退時近，不分輸贏。鮮血在艷陽下陰詭地發亮，屍骨在戈壁上堆積如山，禿鷹在天空中盤旋覓食。

後方吐蕃騎兵在包抄對喀喇汗主力時，于闐大將軍咆哮怒目，率領精銳步兵及時出手助攻。然而兩翼回鶻騎兵被埋伏的敵軍重重壓制，于闐精英步兵陷入與喀喇汗騎兵的混戰，難分難解。輪羅在後觀戰，縱馬馳騁至前線，身先士卒，嘶喊著帶領佛軍殺出重圍，頓時軍心大振，反克敵軍。

砰的一聲，利箭射中輪羅的馬，馬匹硬撐數步，普力策馬急奔上前，被四面八方射來的亂箭擊中，當下墜地，輪羅馬的四肢支撐不住巨壯的身體，急收四蹄，緩緩蹲下，仰頭嘶鳴。一匹馬如疾風從左竄出，慕容靖聲嘶力竭，「跨上來……」在戰馬倒下之前，不知從何而來的力量，輪羅縱躍翻身，落座靖兒身後便迅速衝出箭雨馬陣。

輪羅回頭搜尋，已不見普方身影。

金剛鐵騎是馬背上的民族，夜行三百里，來去如風，能遠距攻擊，亦能突擊搏殺。游牧民族悍殘嗜血的原始基因，被輪羅國王的使命感喚醒，面對萬馬奔騰的戰場興奮不已，血腥的味道激起本能興奮。金剛鐵騎極少說話，枕鞍入睡，弓箭在側。

「吐谷渾戰士的靈魂，是在戰場上才配擁有的生命力，戰死沙場才是勇士的榮耀。」慕容金全向他的隊伍喊話，厚重頭盔下是一雙雙燃燒如炬的眼神，強健的體魄剛傲的肝膽欲從厚實的盔甲崩裂而出。

阿里的四叔侯賽因領兵一萬前來援陣，金剛鐵騎暗處伏擊，溝塍縱橫的戈壁沙漠，提供了最適宜的游擊戰場，避其鋒芒，擊其不備，當疲憊又迷失的喀喇汗軍隊喪失警惕的時候，金剛鐵騎幽靈一般出現在眼前，千鈞霹靂，所向披靡，打了一場暢快淋漓的勝仗。

慕容金全提著侯賽因的頭顱返回，佛軍卻因傷亡慘重，籠罩在低迷氣氛。

輪羅集結了歸來的金剛鐵騎和聯軍，「侯賽因是阿里大汗的四叔，金剛鐵騎的將軍慕容金全提著他的頭回來了，我說過立了戰功便有賞，他是個親王，賞賜黃金千兩！」

輪羅沉鬱頓挫地對金剛鐵騎道，「你們都是草原沙漠的兒子，你們對我的忠誠，對于闐的幫助，我永遠不會忘，老天也不會忘，這第一杯酒，是敬在戰場倒下的勇士，他們成就了自己的榮耀；第二杯酒，是敬你們的不懼赴死，你們每一個人都是真正的勇士，現在我向鐵騎下令，關鍵時刻已經來到，在戰場上勇猛殺敵，更要凱旋回家！」他右手撫胸行草原禮，鐵騎依樣回禮，長槍撞地。

靖兒在屍體堆中找到普方侍衛長，輪羅蹲在地上，手握著普方的手，克制著內心升起的情緒，眼含淚花，向自十二歲就在身邊保護他的侍衛告別，從入寺院修行洞窟閉關，每一次的酒醉踉蹌的扶持，出使在外脫靴端水都是普方在旁，他像一個影子金剛，隨侍在側，很少說話，卻總是在他需要時出現。

「普方，我還要給你娶媳婦呢！你放心，我會照顧你阿娘的！」

「我不明白，犧牲那麼多人的生命，為的是什麼？」慕容靖哽咽道。

「每個人都會死，每一個死亡都是化蝶新生，」輪羅蹲在地上，對普方頂禮合十，「他完成這一世的任務，願他的靈魂在天界裡享福。」

隨隊僧侶開始持咒，一把火燃起，堆積如山的屍體，埋沒在熊熊大火中，所有的戰士靜靜行注目禮。

「阿爹，燃燒這火是要指引他們的靈魂回到佛國淨土嗎？」慕容靖盯著火問道。

「把戰死的勇士燒掉，是怕禿鷲把他們的身體吃了。」慕容將微仰看天空，這是靖兒第一次喊他阿爹，慕容懷恩身體挪近，將手搭在靖兒肩上，目光停留在火焰很久。一陣很長的沉默，生命洪流中那一瞬間，戰爭即便是高歌猛進，旗開得勝，也不過是一剎一瞬，輪羅收起哀悼之心，將目光收回，「戰場上，不是你選擇命運，而是命運選擇了你。」

阿里沒有等到援軍，卻等到叔父的死訊，悲憤交集地和他的表妹艾麗努爾公主，即侯賽因的女兒，在一個慘淡的黎明向于闐軍發動第三次猛攻。艾麗努爾公主親率騎兵搏擊，反覆衝擊逐漸被削弱的于闐軍陣線。

回鶻騎兵因彈盡糧絕首先撤離，于闐步兵開始被喀喇汗騎兵和重裝步兵合圍，嗜血磨牙的虎狼百般射擊，將于闐陣型一一瓦解，吐蕃援軍被喀喇汗騎兵重重層層阻隔。

于闐軍如一座孤島，乾燥勁烈的風沙和馬蹄箭鳴在空中交叉呼嘯，數名金剛鐵騎掩護輪羅。阿里舉弓瞄準舉手怒吼大軍前進的輪羅，利箭射中輪羅左肩，輪羅趴在馬背上，咬著牙用手狠狠拔出，血濺噴射，輪羅旋又立刻搭弓，對準手持利劍向他衝來的艾麗努爾公主，艾麗努爾公主頓時落馬。

佛軍見國王身先士卒，瞬間熱血澎湃，慷慨壯烈地向阿里發起勢不可擋的猛攻。烏雲罩地，天降冰雹，喀喇汗護衛縱馬上場搶先帶著艾麗努爾公主撤退。

冰雹撒在輪羅身上，血水和雨水交渾不清，慕容將軍讓輪羅靠著他，為他止血。靖兒臉色青白，冰雹融化在臉上，神色焦急的看著左申武大將軍為他急救。

「快，我騎不了馬，我指揮你們打，一定要趁勝追擊，打個他們落花流水，不敢再犯，打擊他們的信心，不能讓他們捲土重來。」輪羅厲聲申斥，接下一陣急喘。

慕容靖急奔四處找來一個輕車，兩人將他移到輕車上，讓馬拖著。左右申武將軍兩側排兵重整布陣。

「我死不了，你們好好地打！」輪羅心中仍想著一鼓作氣擊退喀喇汗王朝，永絕後患。

「慕容靖，你留在國王身邊聽差，四名金剛鐵騎保護國王，其他的鐵騎隨我來，掩護主力軍。」聯軍重整，一路緊追。國王在顛簸的車上昏撅了兩次，靖兒不斷拍打喚醒，眼中驚慌不已，深怕國王再也醒不過來。

「靖兒，怕什麼！」輪羅強擠出一個笑容，「幾歲了？」

「我……我快滿十五歲。」他嘴唇微顫。

「慕容靖，接旨，」輸羅吃力發聲，靖兒聞聲雙膝落地，「愛卿騎術高超、救駕有功，朕冊封驃姚校尉！」

「國王……」慕容靖雙眼睜大。

「霍去病十八歲才得冊封，你……要趕上他！」

「遵……旨！」冰冷雪水從慕容靖頭盔流下，咬緊牙根止住顫抖不停地上下頷。

1 英吉沙在今帕米爾高原以西，吉爾吉斯坦與哈薩克斯坦的邊境，唐天寶十年（公元七五一年）安西都護府軍隊與阿拉伯帝國穆斯林聯軍在此相遇而導致一場戰役。

第二十六章　佛窟的祕密

太子宅中庭的夯土牆在陽光下黃澄澄地發亮，毗沙閣的匾額刷上金紫相間的鮮漆，絳紫是于闐的皇徽色，配上尊貴的金碧輝煌，為宅子添加幾分西域宮闕的氣氛。敦煌節度使曹延祿得知曹太皇太后欲告老還鄉，積極地和于闐皇貴妃陰子璇張羅著整修太子宅，黯淡多年的太子宅，換上新裝恢復往日的華麗，歸義軍也加派了一班部隊駐紮，頓時宅子內外肅穆井然。

「太皇太后」這四個字在敦煌是貴不可言，敦煌人對這位隻身在西域佛國撐起一片天達六十年的敦煌女兒又敬又愛，幾乎到了崇拜的地步。陰貴妃親臨三界寺拜訪太子宅的老總管，「祐定，妳伺候太后多年，了解她的喜好，這次得請妳親自出馬，幫忙宅子裡好好準備迎接太后。」

祐定說了一番不慍不火的客套話，「老尼已出家十六年，俗名已許久不用，請貴妃直呼我法號『清淨戒尼』吧。」

貴妃陪著笑臉道，「清淨法師，俗事可以不管，于闐皇家的事不也就是妳的家事嗎？」

皇家事，昔日在太子宅呼風喚雨的輝煌浮上心頭，祐定嘴角一絲飄忽的笑，沉吟半晌，淡聲道，

「貴妃抬舉老尼了，出家人不便到太子宅參與俗事，倒是請貴妃派趙興過來，老尼親自交代他該注意的細節，您就不必費心了。」

多年前輸羅太子幫塑匠趙僧子從「賣子契」贖回的孩子趙興已長大成人，祐定當成兒子般地的撫養，用心調教，早已接手太子宅總管之職。

「法師這麼安排，本宮就放心了。」陰貴妃供養一筆香火金，如釋負重地離去。

*

慕容懷恩親自率歸義軍護送太后返鄉，對他和百餘名歸義軍而言，西域作戰多年，此行亦是兵團期盼多年的返鄉之旅。曹延祿攜同夫人李從蓮至敦煌城外十里相迎，見太后華麗的車隊駝隊，畢恭畢敬地奉上熱茶冷帕，殷勤貼心地噓寒問暖。母女闊別近三十載，李大娘子上了太后華轎，一路陪著說話，眼含淚花四手緊握，「盼著母后回來，女兒和您的外孫、曾孫二十來人等著盡孝。」

曹太皇太后已近耄壽之年，歲月對她特別寬容，清爽幹練，身子骨仍強健，和藹的笑容中，都能感受到她不可侵犯的高華。儘管她不是土生土長的于闐人，近六十年的時光早就在她身上烙下了于闐的印記。

她歷經四朝，輔佐三代國王，于闐半個世紀的穩定發展，功不可沒。輸羅國王戰死沙場後，恪尊遺詔，傳位皇弟尉遲達摩，未料，達摩國王在位八年後亦在戰場上捐軀。根據詔書所立，輸羅的皇太子尉遲僧伽羅摩繼位時，剛滿十八歲。老宰相和老一輩的廷官相繼過世或告老還鄉，太后穩定內閣大臣，更換一輪新血，輔佐僧伽羅摩朝政八年後，還政於皇孫。當伺候她一輩子的珉瑜也離世時，她驚覺人世無常中的必然之道。

「我十八歲來歸聖天國王，一輩子嫁給了給于闐，老天憐憫我，讓我苟活了這麼多年，送走了相伴一生的夫君，也送走了兩個兒子，我們一家為于闐忠心赤膽，無怨無悔，問心無愧，我老太婆還圖什麼？人年紀大了，就想平平安安的過日子，人老再也經不起送黑髮人的悲哀了。」

敦煌城門口萬人空巷，康大娘子阿瓏帶領上百伙計們在人群裡撒花獻彩，曹文殊旗下的女兵列隊舞劍歡迎，花團錦簇的百名女兵整齊劃一的開道，簇擁著敦太皇太后回到太子宅。曹家和陰家聯合舉辦了一場盛大的歡迎儀式，上上下下幾百口人，高歌歡舞，傾盡全力地討好太皇太后。

隨著乳香貿易，陰家賺的滿缽滿盆，堆金積玉，他們深信若太皇太后到了汴京，也會受大宋高規格禮遇對接待。陰曹兩家對德高望重太皇太后的景仰和信賴，幾乎到了癡狂地步。陰貴妃坐在太后身邊小心謹慎地伺候婆婆，「這些年妳守在敦煌，養大公主和皇長子，辛苦了，我當年也是這麼過來的。」

一句簡單認同的話，說的溫暖人心，安撫了貴妃多年委屈幽怨，一個女子靠什麼頂住這貴妃的光芒萬丈？她算不上上才德兼備，但盡職做好分內的事，教養好兩個孩子。照敦煌習俗，夫亡後自主決定，陰貴妃選擇不再嫁而留在太子宅，保住了這榮耀虛名和陰家的乳香利益，「有娘家在敦煌，媳婦已經很感恩知足，太后回來，臣妾會在身邊伺候您，也是為輸羅盡孝。」曹太皇太后面露慈祥，輕握貴妃的手。

「我帶回三十駝車的物資，一半是于闐文佛經和佛像。這些佛經要妥善安置在寺院。」曹太皇太后向曹家和陰家說明了輪羅的遺願，「從戰火中拯救的佛經和佛像都是百年傳世之寶，提雲大師和輪羅很早便商量過，先安置在三界寺的藏經閣，最安全之地便是祕密的佛窟裡。」她用無言的目光，傳遞了她的心意。

曹太皇太后一言九鼎，陰家和曹延祿對她言聽計從，亦明理明眼之人，聞後共商出資造窟，即是無量功德。

曹太皇太后親自護送于闐佛經佛像到三界寺，祐定向太皇太后行跪拜大禮，見她消瘦枯萎的面容，抑鬱寡歡的神情，彷如隔世。

自從輪羅國王駕崩沙場，祐定便出家於三界寺，將豐厚的積蓄捐給三界寺，在寺裡擔任要職。她的禪房裡掛著一幅輪羅國王的畫像，並定時在藏經閣抄經誦經供養功德，為于闐祈福。此生往事寄情於國王，來生命運寄望於菩薩。榮容公主出嫁後，仍定時來寺裡燒香探望；一手養大的趙興對她如親娘般的孝順，像家人般的探視是她最大的盼望和歡喜。

住持向太后稟報，「曹家和陰家共同開窟的事，已經著手進行了，有個正在開鑿的佛窟，非常適合，另在入口開鑿個密室，大概是一丈見方，洞高十尺，可安放經書數萬冊，封起後再外繪畫如新。編排經書，安排藏經的任務就交給清淨法尼。」

太后頷首微笑，「清淨法尼出家前管理太子宅是有目共睹的，藏經閣的事交給她，哀家就放心了。」

對一個白髮蒼蒼的老奶奶，其意可敬，其情可親，「太后，您放心吧，國王的交代都謹記在心，奴婢當盡全力護持護法。」她垂目合十，在太皇太后面前，她永遠是侍婢的身分。

住持告退，曹太皇太后和祐定說些體己話，「這些年，都虧有妳照顧輸羅！」太后憐惜的目光，「人最終無法抗爭的，終究還是自己的命運。」眼角有些潤潤的霧氣，當年她在于闐的寺院看上精靈乖巧的祐定，把她接到宮裡調教，沒想到，最後她的歸處還是菩薩的家。

眉宇間隱約一股抹不去的愁鬱，面對多變無常的命運，是祐定這一輩子無解又無奈的功課。支撐著她每一天的力量，是仍然活在心中那個溫暖的祕密，太子的恩賜和信任，從他五歲起形影不離的陪伴，即便不是愛也是情和義。每當她為輸羅抄寫他最愛的《佛本生贊》時，他輕聲誦經的聲音猶在耳際，一邊默默地幫她研磨，一邊指導她，她露出神祕的笑容，彷彿在某一個時空和太子對話。

太皇太后見長孫尉遲斯摩，生的品貌非凡，清朗秀發，已近而立之年，在奶奶眼中仍是個孩子，抬眉垂目之間隱有輸羅少時的影子，滿眼的寵溺地賜坐在身邊，輕握著孫子的手。

「奶奶，于闐有難，做為國王的兄長，堂堂男子，豈能偏安敦煌置身度外？我也想參軍，為于闐效力。」尉遲斯摩曾向他阿娘和姑丈曹延祿請纓，未得其果，最後只能向疼長孫子的奶奶求情。

老奶奶眼珠已無往日的黑亮，聲音卻篤定有力，「聖天國王，就是你皇爺爺，展開了護法之戰，目標始終清晰未變，尤其你父皇，舉全國之力抗爭，動員佛教邦國參戰，抱定寧可玉石俱焚，也要耗盡喀喇汗的軍力，阻擋侵略者的擴張。」

曹太皇太后似已洞悉于闐國將面臨的命運，皇子皇孫子們個個為國出生入死，輸羅的皇長子是保衛皇儲的最後防線。

慕容懷恩和小殊交換了眼神，他們看著尉遲斯摩長大，深受輸羅兩個孩子愛戴，懷恩幾乎替代了父親對兒子的影響，緩聲道，「摩兒，立功建業並非得在戰場上，于闐經年累月的作戰，需要龐大的軍費，你在敦煌維繫外交做後盾，與大宋的貿易為于闐提供財政來源，沒有了經濟如何打仗？」

小殊理解他參與救國的心，柔聲勸說，「摩兒，于闐需要王儲在安全地方，國王的皇子們年紀都還小，你留在敦煌就是社稷的穩定。」

*

尉遲斯摩手捧著金紫相間的骨灰壇，壇面繪有四大天神，裡面裝著輸羅國王的骨灰，由慕容將軍、小殊、曹延祿、祐定等數十人陪同，一步步登上鳴沙山頭，陰貴妃因為腳疾，由轎子抬到山頂，最後才抵達。慕容靖身背著一把小型的木耙，攙扶著他的師父，卸下軍裝的小殊雍容自若，笑著回憶往事，對斯摩道，「你父王第一次滑沙，便是我帶他的，他心裡挺害怕的，我從這裡先滑下，他一個人在上面，只好自己想辦法滑下去。」

小殊讓慕容靖準備好火把，面向斯摩手中捧著的紫壇道，「輸羅，給你燒一把木耙，估計你在佛國淨土也不想打仗了，肯定還是每天推沙。」她目光投向趙興。

趙興顫抖聲道，「陛下，這是我自己做的，做的不好看，可是用來推沙足足有餘。要不是陛下您當初把我贖了回來，可能早就餓死了。太子宅，我會好好看著！」

嗚沙山上除了風聲，眾人一片靜默，每個人在心裡對敦煌之子尉遲輸羅做最後的道別。慕容懷恩點燃了木耙，火光煦煦，「兄弟，你交代的事都照著你的意思辦了！」

他心裡念著：來生再會！和輸羅分別的那一幕，慘烈狀況令他畢生難忘。

＊

英吉沙血流成河，屍橫遍野，回鶻騎兵彈盡糧絕，被迫退出戰場。于闐軍和喀喇汗軍血戰七天七夜，狼藉戰場，不分勝負。

冰雹陣落接著烏雲遮天，四方的參照山混餚不清，于闐軍頓時失去了坐標，喀喇汗騎兵亂，四處分散逃脫。

「陛下，敵軍分散逃竄，此時氣候惡劣，我們還是先進城，醫治陛下的傷，再做打算吧。」

「我軍僅存不到萬名，士兵們已經筋疲力竭，再追下去，恐怕……」左申武大將軍全身血跡，在冰水沖擊下，彷彿一身血灘。

國王唇色蒼白，虛弱點頭。

雨中艱困的走了五六個時辰，來到疏勒城，歸義軍的旌旗在陰空下飄蕩，守著一座岌岌可危的空城，一里路外血腥味撲面令人難以呼吸。軍醫為國王口鼻繫上手巾，換了藥後對身邊的靖兒交代，「你要看緊國王，不能讓他昏睡過去，和他說話，唱歌，保持他清醒，握著他的手。」

靖兒瞪大眼，認真點頭，握著國王的手加力握了一下。

于闐軍依列入城，死亡的味道瀰漫著一個詭異安靜的空城。軍醫在一藥舖裡為國王清理傷口。慕容將軍率兵巡城，腐爛屍體堆積如山，老鼠橫行，他仰頭未見禿鷲，心裡正納悶，見一士兵取水而飲，他瞬間大聲疾斥，「放下！放下！不能喝！」環顧四周，老鼠爬滿屍首，一陣寒蟬竄滿全身，「聽令，城裡有瘟疫，不准觸碰任何當地食物，不准喝水！」

他取出領巾蒙口鼻，下令戒嚴，即刻轉身返回藥舖，「我們必須立刻開拔，離開此地，瘟疫正在醞釀當中，連禿鷲都不敢下來了。」慕容金全火急趕來，通報相同的發現，命全軍圍巾護口鼻。

慕容兄弟各自取出隨身囊裡的大黃，交給軍醫，「先煎一貼給陛下服用，服完馬上撤。」

「這是高原上的草藥，解毒、瀉火，我們從小出去打獵都帶在身上的。」

慕容將軍低聲和另兩位將軍商量，為掌控疫情，避免恐慌，凡是有飲用當地水，觸碰城裡物件的，另交派任務殿後，和大軍進行隔離，否則後果不堪設想。

支援喀喇汗軍的阿拉伯騎兵和波斯騎兵在疏勒城外會和，伏在河谷兩邊的堡壘中，伺機進攻。發現河床上有一條水道通向堡壘，便把成筐的蘋果扔進河裡，蘋果飄向入水口，堵住水管，斷水斷糧，判斷于闐軍隊應堅持不了幾天便投降。

然而數日已過，城裡不斷傳出軍鼓聲，精悍的突厥軍隊在城門不停挑釁，卻不見于闐軍出城應戰，最後按耐不住地衝進城門。城中硝煙四起，殘垣斷壁，三兩在地上伸手求救的居民，卻不見于闐軍踪影，他們隨著軍鼓聲沿路尋去，對眼前景象目瞪口呆，見三隻瘸腿或受傷的駱駝被綁在地上，尾巴上拴著一把鼓槌，不時驅趕蒼蠅的同時也敲打尾端的軍鼓。

＊

于闐軍往南行軍。

「哥，」輪羅氣粗無力，「這場戰爭要……靠你撐下去了！贏，不見得是好事，每贏一次，耗損增倍，兵力不足，他們人太多……來的太快……」

「不要說話了……我帶你回去……挺住！一定要挺住。」

靖兒全身顫抖地雙手握著懷恩的手，嗚咽著，「救救陛下！」

「向大宋求援，一次不行，再去……再不行……就遣使大遼，請求出兵……切勿讓喀喇汗勢力衝破西域……」

輪羅一口氣沒上來，用盡全身之力咳了一陣，鮮血從胸膛溢出，懷恩手染滿了血，他的五官揪成一團，「佛經佛像送到敦煌，三界寺，藏在佛窟裡……貴妃……孩子們拜託你了……陰氏孩子留……」

「留在敦煌，不要回于闐。我知道，你挺住。」

「身後骨灰……」輪羅手疲弱地比了「二」。

「胡說什麼呢！」懷恩臉上擠出笑臉著安慰道，「你馬背縱躍比我更厲害，我們還沒較量。」笑著笑著就哭了，「一半在于闐，一半帶去敦煌？」

輸羅慘白的唇角滲出鮮血，嘴角勾出上揚，衰弱擠出「兄弟」二字，雙目垂閉，掙扎呼吸，面容極其痛苦，身體微微抽搐，過了一陣，緩緩睜開眼，布滿淚水的臉浮上一抹慘淡笑意，懷恩垂首臉輕輕貼著輸羅漸漸失去溫度的臉，耳朵湊在他唇邊，輸羅奄奄一息，「小殊……交給你了……」懷恩握緊他軟弱無力的手，「她心裡有你！」

國王細若游絲的呼吸在懷恩的耳邊無聲的停止，直到他嚥下最後一口氣，懷恩凝望著他的兄弟，一切都靜止了，回到最初的起點：戈壁灘上勇敢調皮的小太子，望著自己時傾慕的眼神……他加力握住越來越冰冷的手，沒有一絲反應，不敢將視線離開安詳的面容……他不得不按捺住悲慟，彷彿看到了一生。

從疏勒返回于闐有七八日路程，沿途極有可能有埋伏突擊。左申武將軍令士兵就地取材，拼做了一口薄棺，當國王的遺體裝進簡陋的棺木時，守在國王身邊分秒不離的靖兒從驚恐中回過神來，聲聲抽泣，引發兵將一個傳一個，終於從啜泣到放聲嚎啕不已。

「男兒有淚不輕彈，戰士在沙場上豈可軟弱？豈可哭泣？」慕容將軍克制自己情緒，斥責眾人。

「我們的國王死了，國家沒了主兒，怎麼能不傷心？」一個年輕的士兵滿腔哀慟。

「輸羅國王是光榮的犧牲，為護國護法而戰，大家收起眼淚，他未完成的任務，我們幫他完成，才對得起輸羅國王。殺死國王的侵略者，我們要為國王復仇。」

左中武將軍派馬使加急回于闐報信，從于闐再輾轉到敦煌報信。慕容將軍派慕容靖隨馬使回于闐，他知道這噩耗對小殊將是晴天霹靂，「你一路要機警行事，不可輕忽，估計三日快騎可達于闐，你好好守護著你師父，懂嗎？」

慕容將軍交給他輸羅國王的弓，「她不會輕易相信的，拿這個弓她便知。」他不放心再次交代，「一路要當心！」

慕容靖心裡想著將軍怎麼突然如此婆婆媽媽的，瞥見他眼中滿滿的憂慮，不眠不休兩天，滿臉鬍渣，眼眶發黑，壓住從心裡升起的情緒，「阿爹，我知道了，就當是我三天出去溜達一下，我會小心的。」

國王的靈柩停留在大帳內，四位僧人同聲誦經，也有士兵在帳外磕頭跪拜。慕容將軍留在帳內為他守靈，燭光悠悠，香煙裊裊，他靠在那口粗糙卻高貴的棺木旁，一整晚，帳內傳來泣血般的低呼，撕肝裂膽的怒吼，終於可以像模像樣的哭了，只為知己，只為兄弟，只為情義。

苦戰歸來的于闐軍，仍然軍容嚴整，旗幟分明地護送輸羅國王靈柩，一派單調灰暗，鐵蹄踐踏、駝跡留痕的絲綢之路在無垠的戈壁灘延伸，敗落荒涼的驛站，忠魂義膽的白骨，淒涼無名的墳頭，在悲愴中前進。

穿過凌霜傲雪的崑崙山，一路向南狂奔，當他們騎馬入城，晚鐘敲響，叮叮噹噹的鐘聲，響徹夜晚的點點星空，慕容懷恩按轡徐行，哀嚎之聲幾乎震動都城，他濕潤的眼眶朝滿街叩拜的人頭望去，輸羅，回家了！帶你回于闐了！」

尉遲輸羅戰死沙場這一年，公元九七八年，大宋第二任皇帝趙光義澈底統一南方。

次年，趙光義親征北漢，蕩平除契丹以外的各個敵國，實現統一中原的大業。

景德元年，趙匡胤的侄子趙恆繼位，與遼國蕭太后締結澶淵之盟，結束了自五代時期與契丹五十年的拉鋸戰。

然而這一切對于闐而言，來得太遲。

冬天，來自于闐的僧人和不願改信的難民冒著刺骨的嚴寒，一路輾轉湧入敦煌，陸續帶來于闐大將喬克、奴克兄弟陣亡的噩耗。敦煌節度使曹宗壽召集各寺，由三界寺主導，祕密地有秩序地搬運經卷、官書至莫高窟的密室，並在封閉的門上做了必要的繪畫掩飾。

公元一〇〇六年前後，一個不起眼的年代：

在西歐，領主和農奴對立的封建制度普及歐洲，政教之爭萌芽，教皇西爾維斯得二世公開提出教權來自上帝，教權高於世俗政權，公開向世俗政權挑戰。

在黃土高原，顛沛流離的党項人李繼遷在靈州完成了立國奠基之作，三十年後，他的孫子李元昊創建大夏王國，吞併敦煌，與宋遼三足鼎立，縱橫高原兩個世紀。

在西域，喀喇汗王朝發動十四萬聯軍殲滅于闐，佛教自此在西域香火斷絕，鐘鼓噤聲。

于闐傾舉全國之力、亡國之價悲壯地阻擋喀喇汗勢力東進。

*

沙塵瀰漫，木耙在鳴沙山頂熊熊燃燒，碌碌梵風中誦經聲清雅如涓。

「或許，老天特意沒讓我見輸羅最後一面，感覺就好像只是暫時分開，」曹文殊頭輕靠在慕容懷恩的肩頭上，兩行清淚掛在臉上，「每想起他，就是我倆在宮廷外推沙練劍的模樣，彷彿還等著下一次的比劃。」她的聲音如水般柔和寧靜。

慕容懷恩輕摟她肩頭，常年鞍馬握劍，層層厚繭的寬厚手掌握著她的手，一齊將她手中一小撮白灰，向空中拋灑，隨著來自戈壁的風飄盪飛舞，最後落入融進無盡無垠的黃沙世界。

參考書目

期刊論文

錢伯泉：〈一場喀喇汗王朝和宋朝連兵進攻西夏的戰爭—藏經洞封閉的真正原因和確切時間〉，《敦煌研究》，第64期，2000年。

孫斌：〈大寶于闐國淺探〉，《新疆地方志》，第2期，1991年。

王新青：〈于闐文明與于闐語言〉，《西北第二民族學院學報》，第1期，2007年。

張廣達、榮新江：〈于闐史從考〉，《敦煌社會經濟文獻真跡釋錄》第四輯，1990年。

269

〉，《上海市社會科學第七屆學術年會論文集》第24卷，上海人民出版社，2009年。

楊瑾：〈于闐與北宋王朝的乳香貿易及其影響〉，《新疆師範大學學報》，第30卷第1期，2009年。

殷晴：〈于闐尉遲王家世系考述〉，《新疆社會科學》，1983年。

榮新江：〈于闐王國與瓜州曹氏〉，《敦煌研究》，1994年。

張小剛、楊曉華、郭俊葉：〈于闐曹皇后畫像及生平事蹟考述〉，《西域研究》，2015年。

林梅村：〈于闐花馬考，兼論北宋與于闐之間的絹馬交易〉，《西域研究》，2008年。

孟凡人：〈五代宋初于闐王統考〉，《中國邊疆史地研究》，1992年。

楊森：〈五代宋時期于闐皇太子在敦煌的太子庄〉，《敦煌研究》，2003年。

沙武田：〈五代宋敦煌石窟回鶻裝女供養像與曹氏歸義軍的民族特性〉，《敦煌研究》，2013年。

陳粟裕：〈五代宋初時期于闐王族的漢化研究—以敦煌石窟中的于闐王族供養像為中心〉，《美術研究》，2014年。

李吟屏：〈古代于闐國都再研究〉，《新疆大學學報》，1983年。

賈應逸：〈古代于闐大乘佛教中心的形成與影響〉，《吐魯番學研究》，2013年。

時蘭蘭：〈甘肅省博物館藏敦煌宋代天禧塔資料辨析〉，《敦煌研究》，2015年。

黃盛璋：〈再論于聞王尉遲徐拉與沙州大王曹元忠書〉，《新疆社會科學》，1990年。

張小剛：〈再論敦煌石窟中的于闐國王與皇后及公主畫像〉，《敦煌研究》，2018年。

王艷明：〈瓜州曹氏與甘州回鶻的兩次和親始末，兼論甘州回鶻可汗世系〉，《敦煌研究》，2003年。

沙武田：〈敦煌石窟于闐國王「天子窟」考〉，《西域研究》，2004年。

沙武田：〈敦煌石窟于闐國王畫像研究〉，《新疆師範大學學報》，2006年。
陳粟裕：〈唐宋時期敦煌石窟中的于闐因素研究〉，中央美術學院，2012年。
張春海：〈穿透神話外衣看于闐〉，《中國社會科學報》，2016年。
張小剛、楊曉華、郭俊葉：〈于闐曹皇后畫像及生平事蹟考述〉，《西域研究》，2015年。
張廣達、榮新江：〈關於唐末宋初于闐國的國號、年號及其王家世系問題〉，《于闐史叢考》增訂本，中國人民大學出版社，2008年。
包東婭：〈張承奉東征甘州回鶻與曹議金東征甘州回鶻結果不同的原因分析〉，《蘭州教育學院學報》2017年。
沙武田：〈敦煌石窟于闐「天子窟」考〉，《西域研究》，2004年。
邵強軍、瞿萍：〈敦煌莫高窟第98窟供養人畫像探析〉，《絲綢之路》，第341期，2017年。
沙武田、趙曉星：〈歸義軍時期敦煌文獻中的太子〉，《敦煌研究》，第80期，2003年。
仲高：〈隋唐時期的于闐文化〉，《西域研究》，2001年。

專書

文蘭，張瑞：《大敦煌》，花山文藝出版社，2006年。

高洪雷：《大寫西域》，野人文化出版社，2019年。
張曉生：《中國古代戰爭通覽—北宋遼西夏金至清代》，知書房出版社，2014年。
黃仁宇：《中國大歷史》，聯經出版社，1993年。
敦煌研究院：《敦煌石窟鑑賞叢書》，甘肅人民美術出版社，1990年。
李重申、李金梅：《忘憂清樂：敦煌的體育》，甘肅教育出版社，2007年。
史式：《我是宋朝人》，遠流出版社，2009年。
游彪：《宋史：文治昌盛與武功弱勢》，三民書局，2009年。
崔星：《牧歌流韻：中國古代游牧民族文化遺珍（回鶻卷）》，甘肅人民出版社，2015年。
史式：《我是宋朝人》，遠流出版社，2009年。
張乃翥：《佛教石窟與絲綢之路》，甘肅教育出版社，2014年。
楊秀清：《華戎交會的都市—敦煌與絲綢之路》，甘肅人民出版社，2000年。
譚蟬雪：《敦煌民俗：絲路明珠傳風情》，甘肅教育出版社，2006年。
姜德治編著：《敦煌大事記》，甘肅人民出版社，2009年。
李富華、姜德治編著：《敦煌人物志》，甘肅人民出版社，2009年。
孫占鰲：《敦煌文化與敦煌學》，蘭州大學出版社，2013年。
賀世哲：《敦煌石窟論稿》，甘肅民族出版社，2004年。

敦煌研究院編：《敦煌莫高窟供養人題記》，文物出版社，1986年。
謝生保主編：《敦煌民俗研究》，甘肅人民出版社，1995年。
李金壽：《敦煌演義》，甘肅教育出版社，2009年。
司馬光原著，張舜徽審訂：《資治通鑑》第七十冊－「高平之戰」，臺灣書房，2001年。
樊錦詩、才讓、楊富學主編：《絲綢之路民族文獻與文化研究》，甘肅教育出版社，2015年。
姚海濤：《絲路商旅》，甘肅人民出版社，2015年。
王克芬：《舞論：王克芬古代樂舞論集》，甘肅教育出版社，2009年。
黃如一：《鐵血強宋》，普天出版家族，2012年。

國家圖書館出版品預行編目資料

于闐太子 / 周遠馨著 .
一初版 . - 臺北市 : 聯合文學 , 2020.12
328 面 ;14.8×21 公分 . --（歷史讀物 ; PY005）

ISBN 978-986-323-365-7（平裝）

863.57 109019278

歷史讀物 PY005

于闐太子：莫高窟密碼及西域的前世今生

作者／周遠馨
發行人／張寶琴

總編輯／周昭翡
主編／蕭仁豪
資深編輯／尹蓓芳
編輯／林劭璜
資深美編／戴榮芝
業務部總經理／李文吉
行銷企劃／蔡昀庭
發行專員／簡聖峰
財務部／趙玉瑩
韋秀英
人事行政組／李懷瑩
版權管理／蕭仁豪
法律顧問／理律法律事務所
陳長文律師、蔣大中律師

出版者／聯合文學出版社股份有限公司
地址／(110)臺北市基隆路一段178號10樓
電話／(02)27666759轉5107
傳真／(02)27567914
郵撥帳號／17623526 聯合文學出版社股份有限公司
登記證／行政院新聞局局版臺業字第6109號
網址／http://unitas.udngroup.com.tw
E-mail:unitas@udngroup.com.tw

印刷廠／沐春行銷創意有限公司
總經銷／聯合發行股份有限公司
地址／(231)新北市新店區寶橋路235巷6弄6號2樓
電話／(02)29178022

出版日期／2020年12月 初版
定價／340元

本作品之寫作獲公益信託星雲大師教育基金補助

ISBN 978-986-323-365-7（平裝）